dtv

London 1946. Bei einem Spaziergang trifft der Romanschriftsteller Maurice Bendrix seinen alten Bekannten Henry Miles, mit dessen Frau Sarah er ein Verhältnis hatte. Zu Bendrix' Überraschung erweist sich der sonst so einsilbige und ungelenke Beamte Miles als überaus gesprächig und schüttet ihm sein Herz aus: Miles verdächtigt Sarah, eine Affäre zu haben. Brisanterweise erwartet der ratlose Ehemann ausgerechnet von Bendrix, ihm bei seinen Nachforschungen zu helfen. Und plötzlich ist der Liebhaber eifersüchtiger als der Gatte. Er beauftragt einen Detektiv, denn er selbst ist es, der unbedingt herausbekommen will, ob und wen Sarah liebt, aber vor allem, warum sie ihn damals verließ, nach jener gefährlichen Liebesnacht im Bombenhagel des Krieges. »Ich halte ›Das Ende einer Affäre‹ für den besten, wahrhaftigsten und herzbewegendsten Roman meiner Zeit, weil er an die Herzen aller Menschen auf dieser Welt appelliert.« (William Faulkner)

Graham Greene, geboren 1904 in Berkhamstead in England, gestorben 1991 in Vevey in der Schweiz, zählt zu den berühmtesten Schriftstellern des 20. Jahrhunderts. Sein Werk umfaßt Romane, kleinere Prosa, Dramen, Essays, Kinderbücher und ist nun in neuen Übersetzungen erschienen. Von Graham Greene sind u. a. folgende wichtige Werke im dtv erschienen: ›Unser Mann in Havanna‹ (12034), ›Orient-Expreß‹ (12573), ›Zentrum des Schreckens‹ (12626).

Graham Greene

Das Ende einer Affäre

Roman

Aus dem Englischen neu übersetzt
von Edith Walter

Deutscher Taschenbuch Verlag

Ungekürzte Ausgabe
März 2000
Deutscher Taschenbuch Verlag GmbH & Co. KG,
München
www.dtv.de

Titel der englischen Originalausgabe:
›The End of the Affair‹

Umschlagkonzept: Balk & Brumshagen
Gesamtherstellung: C. H. Beck'sche Buchdruckerei,
Nördlingen
Gedruckt auf säurefreiem, chlorfrei gebleichtem Papier
Printed in Germany · ISBN 3-423-08418-9

Im Herzen des Menschen gibt es leere Orte, und in sie dringt das Leid ein, damit sie fühlbar zu existieren beginnen.

LÉON BLOY

ERSTES BUCH

1

EINE GESCHICHTE hat weder Anfang noch Ende: Willkürlich wählt man den Moment, von dem aus man ein Erlebnis rückschauend betrachtet oder sich vorstellt, wie es weitergeht. »Man wählt« sage ich mit dem falschen Stolz des professionellen Autors, den man – falls er anerkannt ist und ernst genommen wird – wegen seiner Technik lobt, aber ich *wähle* tatsächlich, allein weil ich es will, jenen nassen, schwarzen Januarabend 1946 auf dem Gemeindeanger und den Anblick von Henry Miles, der vorgebeugt durch den heftigen Regenguß stolperte – oder haben diese Bilder mich ausgesucht? Ist es angemessen, ist es korrekt, den Regeln meines Handwerks entsprechend, einfach da zu beginnen? Hätte ich damals an Gott geglaubt, hätte ich ebenso an eine Hand glauben können, die mich am Ellenbogen zupfte und mich aufforderte: »Sprich ihn an. Er hat dich noch nicht gesehen.«

Warum hätte ich mit ihm sprechen sollen? Wenn Haß kein allzugroßes Wort ist, um auf irgendein menschliches Wesen angewandt zu werden, dann haßte ich Henry – und haßte auch Sarah, seine Frau. Und er, vermute ich, fing bald nach den Ereignissen dieses Abends an, auch mich zu hassen; ebenso wie er von Zeit zu Zeit seine Frau gehaßt haben muß – und DEN, an den wir damals glücklicherweise nicht glaubten. Dies ist daher viel eher ein Bericht über den Haß als über die Liebe, und wenn ich wirklich einmal etwas zugunsten von Henry und Sarah sage, kann man darauf vertrauen, daß es zutrifft. Ich schreibe gegen meine Voreingenommenheit an, denn es ist mein beruflicher Stolz, mich so nahe an die Wahrheit zu halten, daß ich mich nicht einmal scheue, meinem an Haß grenzenden Gefühl Ausdruck zu verleihen.

Es war seltsam, Henry an einem solchen Abend im Freien zu begegnen. Er liebte seine Behaglichkeit, und dann – so glaubte ich wenigstens – hatte er ja Sarah. Für mich ist Behaglichkeit wie eine falsche Erinnerung am falschen Ort oder zur falschen Zeit. Wenn man allein ist, zieht man das Unbehagen vor. Sogar in dem Wohnschlafzimmer, in dem ich auf der falschen – der Südseite – des Gemeindeangers hauste, gab es für mich ein Zuviel an Behaglichkeit, in den Relikten der Möbel anderer Leute. Ich dachte daran, einen Spaziergang im Regen zu machen und im Lokal etwas zu trinken. In der kleinen, übervollen Halle hingen lauter fremde Mäntel und Hüte, und ich erwischte unabsichtlich einen Regenschirm, der mir nicht gehörte – der Mann im zweiten Stock hatte Freunde eingeladen. Dann schloß ich die Haustür mit den Buntglasfenstern hinter mir und tastete mich vorsichtig die Stufen hinunter, die 1944 zerbombt und nie repariert worden waren. Ich hatte meine Gründe, mich an dieses Ereignis zu erinnern und daran, wie das Buntglas, trotzig und häßlich, der Erschütterung standhielt, nicht anders als unsere Großväter es getan hätten.

Als ich mich anschickte, den Gemeindeanger zu überqueren, merkte ich sofort, daß ich den falschen Schirm hatte, denn er war leck, und der Regen lief mir unter den Kragen meines wasserdichten Mantels; und genau in diesem Augenblick entdeckte ich Henry. Ich hätte ihm sehr leicht ausweichen können; er hatte keinen Regenschirm, und im Licht der Straßenlaternen konnte ich sehen, daß seine Augen vom Regen blind waren. Die schwarzen, unbelaubten Bäume boten keinen Schutz: Sie standen herum wie zerbrochene Regenrinnen, und von Henrys steifem dunklem Hut tropfte der Regen und lief in Strömen an dem schwarzen Wintermantel hinunter, dem Kennzeichen eines Staatsbeamten. Wäre ich direkt an ihm vorbeigegangen, hätte er mich nicht gesehen, und wäre ich einen halben Meter ausgewichen, indem ich vom Gehsteig auf die Straße trat, hätte ich auf jeden Fall vermieden, daß er mich sah, aber ich sagte: »Henry, fast hätte ich Sie nicht erkannt« und merkte, daß seine Augen aufleuchteten, als seien wir alte Freunde.

»Bendrix«, sagte er voller Zuneigung, obwohl alle Welt wohl der Meinung gewesen wäre, er habe Grund zu hassen, nicht ich.

»Was haben Sie vor, Henry, bei diesem Regen?« Es gibt Männer, die den unwiderstehlichen Drang in uns wecken, sich über sie lustig zu machen: Männer, die anders sind als wir. Er sagte ausweichend: »Oh, ich wollte nur ein bißchen frische Luft schnappen« und konnte bei der aufkommenden Wind- und Regenbö gerade noch seinen Hut festhalten, bevor er zur Nordseite davongewirbelt wurde.

»Wie geht es Sarah?« fragte ich, denn es wäre ihm vielleicht merkwürdig vorgekommen, hätte ich es nicht getan, obwohl mich nichts mehr gefreut hätte, als zu hören, daß sie krank war und unglücklich, daß sie im Sterben lag. Ich bildete mir damals ein, daß alles Böse, das ihr widerfuhr, mein Leid verringern würde, und wenn sie tot wäre, wäre ich frei: würde mir nicht mehr all die Dinge vorstellen, die einem in einem unwürdigen Zustand wie dem meinen durch den Kopf gehen. Wenn Sarah tot wäre, dachte ich, könnte ich sogar den armen, albernen Henry gern haben.

Er sagte: »Oh, sie ist heute abend ausgegangen, irgendwohin« und erweckte damit den Teufel in meinem Kopf wieder zum Leben, der mich an andere Tage erinnerte, an denen Henry genau dasselbe jedem anderen geantwortet hatte, während ich allein wußte, wo Sarah tatsächlich war. »Trinken wir einen Schluck zusammen?« fragte ich, und zu meiner Überraschung paßte er sich meinem Schritt an. Wir hatten außer bei ihm zu Hause noch nie miteinander getrunken.

»Lange nicht gesehen, Bendrix.«

Aus irgendeinem Grund bin ich ein Mann, den man beim Familiennamen nennt – ich hätte genausogut ungetauft bleiben können, so wenig machten meine Freunde von meinem ein wenig hochgestochenen Vornamen Maurice Gebrauch, den meine versnobten Eltern mir gegeben haben.

»Ja, sehr lange.«

»Muß länger als ein Jahr her sein.«

»Seit Juni 1944«, sagte ich.

»So lange schon – ja, ja.« Dieser Narr, dachte ich, dieser Narr sieht nichts Ungewöhnliches in einem Zeitabstand von anderthalb Jahren. Weniger als fünfhundert Meter flachen Rasens trennten unsere beiden »Seiten«. War ihm nie eingefallen, zu Sarah zu sagen: »Was macht Bendrix eigentlich? Laden wir Bendrix doch wieder mal ein«, und waren ihm ihre Antworten nie – seltsam, ausweichend –, verdächtig vorgekommen? Ich war so vollständig aus ihrem Gesichtsfeld verschwunden wie ein Stein, der in einem Teich versinkt. Vermutlich hatte der leichte Aufruhr des Wassers Sarah eine Woche lang, einen Monat vielleicht, beunruhigt, aber Henrys Scheuklappen waren fest geschlossen. Ich hatte diese Scheuklappen sogar gehaßt, während ich von ihnen profitierte, weil mir klar war, daß auch andere ihren Nutzen daraus ziehen konnten.

»Ist sie im Kino?« fragte ich.

»O nein, da geht sie kaum noch hin.«

»Früher war sie oft dort.«

Das *Pontefract Arms* war noch mit malven- und orangefarbenen Papierschlangen und Papierglöckchen, den Überbleibseln kommerzieller Fröhlichkeit, weihnachtlich geschmückt, und die junge Wirtin stützte mit einer verächtlichen Miene für die Gäste ihre Brüste auf die Bar.

»Hübsch«, sagte Henry, ohne es ernst zu meinen, und sah sich irgendwie verloren um; mit einer gewissen Scheu hielt er Ausschau nach einem Haken, an den er seinen Hut hängen konnte. Ich gewann den Eindruck, daß die einzige öffentliche Bar, die er bisher kannte, die des Steakhauses in der Northumberland Avenue war, in dem er mit seinen Kollegen vom Ministerium den Lunch einnahm.

»Was trinken Sie?«

»Ein Whisky wäre mir recht.«

»Mir auch, aber Sie werden sich mit Rum zufriedengeben müssen.«

Wir setzten uns an einen Tisch und befingerten unsere Gläser; ich hatte Henry noch nie viel zu sagen gehabt und bezweifle, daß ich mir die Mühe gemacht hätte, ihn oder Sarah besser kennenzulernen, hätte ich 1939 nicht begonnen, eine Geschichte zu schreiben, deren Protagonist ein höherer Staatsbeamter war. Henry James hat einmal in einer Diskussion mit Walter Besant gesagt, eine einigermaßen talentierte junge Frau brauche nur einmal an den Messefenstern der Kaserne eines Garderegiments vorbeizugehen und hineinzuschauen, und schon könne sie einen Roman über die Brigade schreiben, ich aber denke, daß sie es in einem bestimmten Stadium ihres Buches für erforderlich gehalten hätte, mit einem Gardesoldaten ins Bett zu gehen, um wenigstens die Details zu überprüfen. Ich ging natürlich nicht mit Henry ins Bett, tat aber das Nächstbeste und beabsichtigte schon am ersten Abend, an dem ich Sarah zum Dinner ausführte, kaltblütig das

Gehirn der Ehefrau eines Staatsbeamten anzuzapfen. Sie ahnte nicht, worauf ich aus war; sie glaubte, dessen bin ich sicher, ich interessierte mich ernsthaft für ihr Familienleben, und vielleicht weckte das anfangs ihre Sympathie für mich. Um wieviel Uhr frühstückt Henry? fragte ich sie. Fuhr er mit der Untergrundbahn, mit dem Bus oder mit dem Taxi ins Büro? Brachte er abends Arbeit nach Hause? Besaß er eine Aktenmappe mit dem königlichen Wappen? Unsere Freundschaft gedieh durch mein Interesse: Sie war so glücklich, daß jemand Henry ernst nahm. Henry war wichtig, aber ungefähr so wichtig wie ein Elefant allein wegen seiner Größe; in Henrys Fall war es jedoch die Größe seiner Dienststelle; es gibt einige Arten von Wichtigkeit, die hoffnungslos dazu verdammt sind, nicht ernst genommen zu werden. Henry war ein wichtiger stellvertretender Staatssekretär im Ministerium für Altersversorgung, das eines Tages zum Ministerium für Innere Sicherheit werden sollte. Innere Sicherheit – später lachte ich darüber; lachte in jenen Momenten, in denen man seinen Gefährten haßt und nach irgendeiner Waffe sucht ... Es kam eine Zeit, in der ich Sarah mit voller Absicht sagte, daß ich Henry nur gewählt hatte, um ihn zu kopieren, um ihn als Vorbild für einen Charakter zu benutzen, der in meinem Buch das lächerliche, das komische Element darstellte. Von da an gefiel ihr mein Roman nicht mehr. Sie war Henry gegenüber unglaublich loyal (das konnte ich nie leugnen), und in jenen umwölkten Stunden, in denen der Dämon von meinem Gehirn Besitz ergriff und ich dem arglosen Henry grollte, mißbrauchte ich den Roman und erfand Episoden, die zu primitiv waren, um geschrieben zu werden ... Nachdem Sarah einmal eine ganze Nacht mit mir verbracht hatte (und ich hatte mich darauf gefreut wie ein Autor auf das letzte Wort seines Buches), verdarb ich alles durch eine zufällige Bemerkung, die zerstörte, was manchmal, für ein paar Stunden, eine vollkommene Liebe zu sein schien. Ich war gegen zwei Uhr eingeschlafen, wachte um drei wieder auf, legte die Hand auf Sarahs Arm und weckte sie. Ich denke, ich wollte alles wiedergutmachen, bis mein Opfer mir das Gesicht zuwandte, verschlafen, schön in seiner Schlafbefangenheit und voller Vertrauen. Sie hatte den Streit vergessen, doch ich fand sogar in dieser Vergeßlichkeit einen neuen Anlaß. Wie verkorkst wir Menschen sind, und doch heißt es, ein Gott habe uns erschaffen; mir fällt es aber schwer, mir irgendeinen Gott vorzustellen, der nicht so einfach ist wie eine perfekte Gleichung, so klar wie Luft. Ich sagte zu ihr: »Ich habe wach gelegen und an das fünfte Kapitel gedacht. Kaut Henry eigentlich Kaffeebohnen, um vor einer wichtigen Konferenz einen reinen Atem zu bekommen?« Sie schüttelte den Kopf und begann leise zu weinen, und ich tat natürlich so, als verstünde ich nicht den Grund – eine simple Frage, ich hatte mir über meinen »Helden« den Kopf zerbrochen, es sei wirklich keine Spitze gegen Henry, die nettesten Menschen kauten ab und zu Kaffeebohnen ... Und so weiter und so fort, ich redete und redete. Sie weinte eine Zeitlang, dann schlief sie ein. Sie war eine gute Schläferin, und ich nahm sogar ihre Fähigkeit zu schlafen als zusätzliche Kränkung.

Henry trank seinen Rum sehr schnell und ließ die Blicke unglücklich über die malven- und orangefarbenen Papierschlangen schweifen. Ich fragte: »Ein schönes Weihnachtsfest gehabt?«

»Sehr schön, sehr schön«, sagte er.

»Zu Hause?« Henry sah zu mir auf, als klängen die Worte aus meinem Mund irgendwie merkwürdig.

»Zu Hause? Ja, natürlich.«

»Und Sarah geht es gut?«

»Ja.«

»Trinken Sie noch ein Glas?«

»Das ist meine Runde.«

Während Henry die Drinks holte, ging ich auf die Toilette. Die Wände waren mit Sätzen vollgekritzelt wie: »Zum Teufel mit dir, Wirt, und deiner Frau mit dem fetten Busen. – Allen Zuhältern und Huren eine fröhliche Syphilis und eine glückliche Gonorrhöe«. Rasch ging ich wieder hinaus zu den vergnüglichen Papierschlangen und dem Klirren der Gläser. Manchmal sehe ich mich unangenehm genau in anderen Männern gespiegelt, und dann habe ich ein ungeheures Verlangen, an die Heiligen und an heldische Tugenden zu glauben.

Ich wiederholte Henry die beiden Zeilen, die ich gesehen hatte. Ich wollte ihn schocken und war überrascht, als er einfach sagte: »Eifersucht ist etwas Furchtbares.«

»Meinen Sie den Satz über die Ehefrau mit dem fetten Busen?«

»Ich meine beide Sätze. Wenn man selbst unglücklich ist, neidet man anderen Menschen ihr Glück.« Ich hatte nicht erwartet, daß er das in seinem Ministerium für Innere Sicherheit lernen konnte. Und hier – in diesem Satz – sickert wieder Bitterkeit aus meiner Feder. Was für eine triste, leblose Eigenschaft diese Bitterkeit ist. Wenn ich könnte, ich würde mit Liebe schreiben, aber wenn ich mit Liebe schreiben könnte, wäre ich ein anderer Mensch: Ich hätte die Liebe nie verloren. Auf einmal jedoch empfand ich etwas über die glänzende, geflieste Platte des Bartischs hinweg, nichts so Überwältigendes wie Liebe, vielleicht nicht mehr als Kameradschaft im Unglück. Ich sagte zu Henry: »Sie sind unglücklich?«

»Ich mache mir Sorgen, Bendrix.«

»Erzählen Sie.«

Ich vermute, es war der Rum, der ihm die Zunge löste – oder war er sich zum Teil klar darüber, wieviel ich von ihm wußte? Sarah war loyal, aber in einer Beziehung wie der unseren schnappt man unwillkürlich dies oder jenes auf. Ich wußte, daß er links neben dem Nabel einen Leberfleck hatte, weil Sarah sich daran erinnerte, als sie ein ähnliches Mal an mir entdeckte; ich wußte auch, daß er kurzsichtig war, aber vor Fremden keine Brille tragen wollte (und ich war ihm noch immer fremd genug, um ihn nie mit Brille gesehen zu haben). Ich kannte seine Vorliebe für eine Tasse Tee um zehn und kannte sogar seine Schlafgewohnheiten. Ahnte er, daß ich schon so viel wußte, daß ein Faktum mehr an unserer Beziehung nichts ändern konnte? Er sagte: »Ich mache mir Sorgen um Sarah, Bendrix.«

Die Tür der Bar ging auf, und ich sah im Licht den Regen herunterpeitschen. Ein kleiner, vergnügter Mann wieselte herein, rief: »Wie geht's 'n so?«, und niemand antwortete.

»Ist sie krank? Ich dachte, Sie hätten gesagt ...«

»Nein, nicht krank. Das glaube ich nicht.« Er schaute sich unglücklich um – das war nicht sein *Milieu*. Ich bemerkte, daß das Weiße in seinen Augen blutunterlaufen war; vielleicht hatte er seine Brille nicht oft genug getragen – es gab immer so viele Fremde, es konnten aber auch die Spuren vergossener Tränen sein. »Ich kann hier nicht reden, Bendrix«, sagte er, als habe er früher die Gewohnheit gehabt, irgendwo zu reden. »Kommen Sie mit zu mir.«

»Kommt Sarah zurück?«

»Das glaub ich nicht.«

Ich bezahlte die Drinks, und auch das war ein Symptom für Henrys seelische Verfassung – er ließ sich nie so ohne weiteres einladen. Er war immer derjenige, der im Taxi schon das Geld in der Hand bereithielt, während die anderen noch in den Taschen fummelten. Die Wege auf dem Gemeindeanger waren noch regennaß, aber zu Henry war es nicht weit. Er steckte den Hausschlüssel in das Schloß unter der Lünette aus der Zeit von Königin Anne, sperrte auf und rief: »Sarah! Sarah!« Ich sehnte eine Antwort herbei und fürchtete mich vor einer Antwort, aber es antwortete niemand. Er sagte: »Sie ist noch nicht da. Gehen wir ins Arbeitszimmer.«

In seinem Arbeitszimmer war ich noch nie gewesen. Ich war immer Sarahs Freund, und wenn ich Henry traf, dann auf Sarahs Territorium, in ihrem zusammengewürfelten Wohnzimmer, in dem nichts zusammenpaßte, nichts von Dauer und nichts geplant war, in dem alles ausschließlich dieser Woche zugehörig schien, denn nichts durfte je als Erinnerung an vergangenen Geschmack oder vergangene Gefühle aufbewahrt werden. Dort wurde alles benutzt; ebenso wie ich in Henrys Arbeitszimmer den Eindruck hatte, daß die Dinge noch fast unbenutzt waren. Ich bezweifelte, daß die mehrbändige Ausgabe von Gibbon auch nur ein einziges Mal aufgeschlagen worden war, und die Bände von Scott standen nur da, weil sie – vermutlich – Henrys Vater gehört hatten, ebenso wie die bronzene Kopie des Diskuswerfers. Und dennoch war Henry in seinem unbenutzten Raum glücklicher, einfach weil es der seine war: sein Besitz. Mit Bitterkeit und Neid dachte ich: Wenn jemand etwas ganz sicher besitzt, braucht er es nicht zu benutzen.

»Einen Whisky?« fragte Henry. Ich erinnerte mich an seine Augen und fragte mich, ob er mehr trank als früher. Die Whiskys, die er einschenkte, waren jedenfalls großzügige Doppelte.

»Was macht Ihnen Sorgen, Henry?« Die Arbeit an dem Roman über den höheren Staatsbeamten hatte ich längst aufgegeben; ich suchte nicht mehr nach einem Vorbild.

»Sarah«, sagte er.

Wäre ich erschrocken, hätte er das, auf die gleiche Art,

vor zwei, drei Jahren gesagt? Nein, ich denke, ich wäre überglücklich gewesen – man wird des Betrugs und der Täuschungen so schnell müde. Ich hätte den offenen Kampf begrüßt, wenn ich eine auch noch so kleine Chance gehabt hätte, durch einen winzigen taktischen Fehler von ihm vielleicht zu gewinnen. Und es hatte vorher noch nie eine Zeit für mich gegeben, in der ich so gern gewinnen wollte. Noch nie hatte ich ein auch nur annähernd so starkes Verlangen, ein gutes Buch zu schreiben.

Er blickte aus rotgeränderten Augen zu mir auf und sagte: »Bendrix, ich habe Angst.« Ich konnte ihn nicht länger herablassend behandeln; er war beim Unglück in die Lehre gegangen, hatte dieselbe Schule durchgemacht wie ich, und zum erstenmal dachte ich an ihn als an meinesgleichen. Ich erinnere mich, daß auf seinem Schreibtisch eine jener frühen bräunlichen Photographien in einem Oxfordrahmen stand, die Photographie seines Vaters, und während ich sie betrachtete, dachte ich, wie ähnlich sie Henry war (sie war ungefähr im gleichen Alter aufgenommen worden, in dem er jetzt war, Mitte der Vierzig) und wie unähnlich. Nicht der Schnurrbart machte den Unterschied aus – es war der Ausdruck viktorianischer Selbstsicherheit im Gesicht des Vaters, dieses »In der Welt zu Hause Seins« und zu wissen, wohin der Weg führt, und plötzlich empfand ich wieder dieses warme Kameradschaftsgefühl. Ich mochte ihn lieber, als ich seinen Vater gemocht hätte (der im Finanzministerium gewesen war). Wir waren fremde Gefährten.

»Wovor haben Sie Angst, Henry?«

Er ließ sich in einen Lehnsessel fallen, als habe ihn jemand gestoßen, und sagte voller Ekel: »Bendrix, ich dachte immer, die schlimmsten Dinge, die absolut schlimmsten, die ein Mann tun kann ...« Ich hätte damals wirklich wie auf glühenden Kohlen sitzen sollen: wie merkwürdig für mich und wie unendlich trist die Gelassenheit der Unschuld.

»Sie wissen, Sie können mir vertrauen, Henry.« Es ist möglich, dachte ich, daß sie einen Brief aufbewahrt hat, obwohl ich so wenige geschrieben habe. Das ist bei einem Autor Berufsrisiko. Frauen neigen dazu, die Bedeutung ihrer Liebhaber zu überschätzen und sehen nie den enttäuschenden Tag vorher, an dem in einem Autographenkatalog ein indiskreter Brief mit dem Vermerk *»interessant«* auftaucht, zum Preis von fünf Shilling zu haben.

»Dann sehen Sie sich das an«, sagte Henry.

Er reichte mir einen Brief; es war nicht meine Handschrift. »Los«, sagte er, »lesen Sie.« Der Brief kam von einem seiner Freunde, der schrieb: »Ich schlage vor, daß der Mann, dem Du helfen willst, sich an einen gewissen Savage, Vigo Street 159 wenden soll. Er ist tüchtig und diskret, und seine Angestellten sind nicht ganz so widerwärtig wie üblich.«

»Ich verstehe nicht, Henry.«

»Ich habe diesem Mann geschrieben, ein Bekannter habe mich gebeten, ihm eine private Detektivagentur zu empfehlen. Es ist furchtbar, Bendrix, doch er muß den Schwindel durchschaut haben.«

»Sie meinen wirklich ...«

»Ich habe noch nichts unternommen, aber der Brief liegt auf meinem Schreibtisch, ein ständiger Mahner... Es kommt mir so albern vor – ich verlasse mich absolut darauf, daß sie ihn nicht liest, obwohl sie jeden Tag ein dutzendmal hier hereinkommt. Ich lege den Brief nicht einmal in eine Schublade. Und dennoch kann ich ihr nicht vertrauen ... Jetzt macht sie einen Spaziergang. Einen *Spaziergang*, Bendrix.« Der Regen war auch durch seinen Mantel gedrungen, und er hielt den Ärmelsaum über das Gasfeuer.

»Es tut mir leid.«

»Sie waren ihr ganz spezieller Freund, Bendrix. Es wird immer behauptet, nicht wahr, daß ein Ehemann der letzte ist, der eine solche Frau durchschaut ... Heute abend, als ich Sie auf dem Gemeindeanger sah, hab ich gedacht, wenn ich mit Ihnen darüber spreche, und Sie lachen mich aus, dann kann ich den Brief vielleicht verbrennen.«

Er saß da, den feuchten Arm ausgestreckt, und schaute mich nicht an. Nie war mir weniger nach Lachen zumute gewesen, und dennoch hätte ich gern gelacht, wenn ich dazu imstande gewesen wäre.

Ich sagte: »Das ist keine Situation über die man lacht, selbst wenn es phantastisch *ist* zu denken ...«

»Es *ist* phantastisch«, sagte er und fragte sehnsüchtig: »Sie denken, ich bin ein Narr, nicht wahr?«

Noch einen Augenblick vorher hätte ich gern gelacht, und doch war jetzt, als ich nur lügen mußte, plötzlich die alte Eifersucht wieder da. Sind Ehemann und Ehefrau so sehr ein Fleisch, daß man, wenn man die Frau haßt, auch den Mann hassen muß? Seine Frage erinnerte mich daran, wie leicht es gewesen war, ihn zu betrügen: So leicht, daß ich beinahe geglaubt hatte, er wisse von der Untreue seiner Frau und nehme sie in Kauf wie der Mann, der lose Geldscheine im Hotel herumliegen läßt, einen Diebstahl in Kauf nimmt, und ich haßte ihn wegen der Eigenschaft, die einst meiner Liebe geholfen hatte.

Der Ärmel seines Jacketts dampfte über dem Gasfeuer, und er wiederholte, wobei er noch immer von mir wegschaute: »Ich sehe natürlich, daß Sie mich für einen Idioten halten.«

Dann sprach der Dämon aus mir: »O nein, ich halte Sie nicht für einen Idioten, Henry.«

»Sie meinen, sie denken wirklich, es sei – möglich?«

»Natürlich ist es möglich. Sarah ist menschlich.«

Er sagte entrüstet: »Und ich habe immer geglaubt, Sie seien ihr Freund«, als hätte ich den Brief an die Detektei geschrieben.

»Selbstverständlich«, sagte ich, »kennen Sie sie sehr viel besser, als ich es je getan habe.«

»In gewisser Hinsicht«, sagte er düster, und ich wußte, daß er überlegte, in welcher Hinsicht ich sie wohl am besten gekannt haben mochte.

»Sie haben mich gefragt, Henry, ob ich denke, daß Sie ein Idiot sind. Ich habe nur gesagt, der Gedanke sei durchaus nicht idiotisch. Ich habe nichts gegen Sarah gesagt.«

»Ich weiß, Bendrix. Es tut mir leid. Ich schlafe in letzter Zeit nicht gut. Ich wache nachts auf und frage mich, was ich mit diesem unglückseligen Brief machen soll.«

»Verbrennen Sie ihn.«

»Ich wünschte, ich könnte es.« Er hielt ihn noch in der Hand, und einen Augenblick dachte ich, er wolle ihn tatsächlich über die Gasflamme halten.

»Oder gehen Sie zu Mr. Savage«, sagte ich.

»Aber *ihm* kann ich nicht vormachen, daß ich nicht ihr Mann bin. Stellen Sie sich doch vor, Bendrix, vor einem Schreibtisch in einem Sessel zu sitzen, in dem all die anderen eifersüchtigen Ehemänner gesessen haben, und die gleiche Geschichte zu erzählen ... Glauben Sie, daß es ein Wartezimmer gibt, so daß man die Gesichter der anderen sieht, wenn man durchgeht?« Merkwürdig, dachte ich, fast könnte man glauben, Henry habe Phantasie. Meine Überlegenheit geriet ins Wanken, und der alte Wunsch, ihn zum besten zu halten, regte sich wieder in mir. Ich sagte: »Warum lassen Sie nicht mich gehen, Henry?«

»Sie?« Ich fragte mich einen Moment, ob ich mich zu weit vorgewagt hatte, ob jetzt vielleicht sogar Henry Verdacht schöpfte.

»Ja«, sagte ich, mit der Gefahr spielend, denn was machte es schon, wenn Henry ein bißchen was über die Vergangenheit erfuhr? Es würde ihm guttun und ihn vielleicht lehren, besser auf seine Frau aufzupassen. »Ich könnte so tun, als sei ich ein eifersüchtiger Liebhaber«, fuhr ich fort. »Eifersüchtige Liebhaber sind respektabler und nicht so lächerlich wie eifersüchtige Ehemänner. Ihnen gibt die Literatur mit ihrer ganzen Gewichtigkeit Rückhalt. Betrogene Liebhaber sind tragische Figuren, nie komische. Denken Sie an Troilus. Ich werde meine *amour propre* nicht verlieren, wenn ich mit Mr. Savage spreche.« Henrys Ärmel war jetzt trocken, doch er hielt ihn noch immer über das Feuer, und der Stoff roch allmählich versengt. Er sagte: »Würden Sie das wirklich für mich tun, Bendrix?« und in seinen Augen standen Tränen, als habe er einen so unglaublichen Freundschaftsbeweis weder erwartet noch verdient.

»Selbstverständlich würde ich es tun. Ihr Ärmel brennt, Henry.«

Er betrachtete ihn, als gehöre er jemand anderem.

»Aber das ist phantastisch«, sagte er. »Ich weiß nicht, was ich gedacht habe. Zuerst mit Ihnen zu reden und Sie dann – darum zu bitten. Man kann seine eigene Frau nicht von einem Freund bespitzeln lassen – kann nicht dulden, daß dieser Freund behauptet, ihr Liebhaber zu sein.«

»Oh, es ist nicht gerade ehrenhaft«, sagte ich. »Aber Ehebruch und Diebstahl oder Feigheit vor dem Feind sind es auch nicht, und doch werden sie täglich praktiziert, Henry. Sie sind ein Teil des modernen Lebens. Ich habe das meiste davon selbst begangen.«

Er sagte: »Sie sind ein feiner Kerl, Bendrix. Alles, was ich gebraucht habe, war ein richtiges Gespräch, um einen klaren Kopf zu bekommen«, und diesmal hielt er den Brief wirklich über die Gasflamme. Als er das letzte

Stückchen Papier in den Aschenbecher gelegt hatte, sagte ich: »Der Name war Savage und die Adresse Vigo Street 159 oder 169.«

»Vergessen Sie's«, sagte Henry. »Vergessen Sie, was ich Ihnen erzählt habe. Es ergibt keinen Sinn. Ich bekomme in letzter Zeit immer wieder starke Kopfschmerzen und werde zum Arzt gehen.«

»Das war die Tür«, sagte ich. »Sarah ist gekommen.«

»Oh«, sagte er, »das war gewiß das Hausmädchen. Sie war im Kino.«

»Nein, es waren Sarahs Schritte.«

Er ging zur Tür, öffnete sie, und automatisch verzog sich sein Gesicht in lächerliche Falten der Sanftheit und Liebe. Diese mechanische Reaktion auf ihre Gegenwart hatte mich seit jeher irritiert, weil sie bedeutungslos war – man kann die Anwesenheit einer Frau nicht immer begrüßen, auch nicht, wenn man verliebt ist, und ich glaubte Sarah, als sie mir sagte, verliebt seien Henry und sie nie gewesen. Ich denke, meine Momente des Hasses und des Mißtrauens enthielten ein aufrichtigeres Willkommen. Für mich war sie zumindest ein eigenständiger Mensch – gehörte nicht zum Haus wie ein Stück Porzellan, das mit Vorsicht behandelt werden mußte.

»Sar-ah!« rief er, die Silben unerträglich falsch betonend. »Sar-ah!«

Wie kann ich einen Fremden dazu bringen, sie zu sehen, wie sie in der Halle am Fuß der Treppe stehenblieb und sich zu uns umdrehte? Ich war nie imstande, meine fiktiven Charaktere zu beschreiben, außer durch ihre Handlungen. Ich hatte immer das Gefühl, man müsse einem Leser erlauben, sich die Figuren eines Romans so vorzustellen, wie er will; ich will ihn nicht mit vorgefertigten Illustrationen versorgen. Jetzt verrät mich meine eigene Technik, denn ich möchte Sarah nicht durch eine andere Frau ersetzt wissen, ich möchte, daß der Leser diese breite Stirn und den unerschrockenen Mund sieht, die Struktur des Schädels, doch alles, was ich herüberbringen kann, ist eine unbestimmte Gestalt im triefend nassen Regenmantel, die sich umdreht und sagt: »Ja, Henry?« und dann: »Sie?« Sie hatte mich am Telefon immer nur mit »Sie« angesprochen. »Sind Sie das? Werden Sie? Haben Sie?«, so daß ich mir einmal ein paar Minuten lang wie ein Narr eingebildet hatte, es gebe nur ein »Sie« in der Welt, und das sei ich.

»Schön, Sie zu sehen«, sagte ich – dies war einer der Augenblicke des Hasses. »Einen Spaziergang gemacht?«

»Ja.«

»Ein scheußlicher Abend«, sagte ich vorwurfsvoll, und Henry fügte offensichtlich ängstlich hinzu: »Du bist ganz durchnäßt, Sarah. Eines Tages erkältest du dich zu Tode.«

Ein *Klischee* mit seiner volkstümlichen Weisheit kann in einer Unterhaltung manchmal wie ein Ton der Verdammnis klingen, doch selbst wenn wir gewußt hätten, daß er die Wahrheit sagte, frage ich mich, ob unsere – und meine – Nerven, unser Mißtrauen und unser Haß von echter Angst um sie erschüttert worden wären.

2

Ich kann nicht sagen, wie viele Tage vergingen. Die alte Unruhe war zurückgekehrt, und in diesem Zustand der Schwärze kann man die Tage ebensowenig unterscheiden wie ein Blinder das wechselnde Licht. War es am siebenten oder am einundzwanzigsten Tag, an dem ich mich für ein bestimmtes Vorgehen entschied? Ich habe jetzt, nachdem drei Jahre vergangen sind, eine unklare Erinnerung an lange Nachtwachen am Rand des Gemeindeangers, während derer ich ihr Haus von weitem beobachtete, am Teich oder im Säulengang der Kirche aus dem 18. Jahrhundert lauerte und darauf wartete – was höchst unwahrscheinlich war –, daß die Tür aufging und Sarah die unzerstörten und sauber geschrubbten Stufen herunterkam. Die richtige Stunde kam nie. Die Regentage waren vorüber, und die Frostnächte waren schön, aber wie aus einem kaputten Wetterhäuschen kamen weder der Mann noch die Frau heraus; nie wieder sah ich Henry nach Einbruch der Dunkelheit den Gemeindeanger überqueren. Vielleicht schämte er sich für das, was er mir erzählt hatte, denn er war ein sehr konventioneller Mann. Ich schreibe das Adjektiv voller Spott und Hohn nieder, und dennoch, wenn ich in mich hineinhorche, entdecke ich nur Bewunderung und Vertrauen in das Konventionelle – wie für die Dörfer, die man von der hoch gelegenen Autostraße sieht, und die mit ihren Häusern aus Stein und Reet so friedlich daliegen, als finde man dort Ruhe.

Ich erinnere mich, in jenen düsteren Tagen oder Wochen oft von Sarah geträumt zu haben. Manchmal erwachte ich mit einem Gefühl des Schmerzes, manchmal voller Freude. Wenn man eine Frau den ganzen Tag im Kopf hat, dürfte man nachts nicht von ihr träumen müssen. Ich versuchte ein Buch zu schreiben, das einfach nicht kommen wollte. Zwar schrieb ich meine fünfhundert Wörter täglich, aber die Charaktere wurden nie lebendig. Beim Schreiben hängt so viel von den äußeren Umständen unserer Tage ab. Man mag durch Einkäufe und Einkommensteuerrückzahlungen und zufällige Gespräche abgelenkt werden, aber der Strom des Unterbewußtseins fließt ungehemmt weiter, löst Probleme, plant voraus: Man setzt sich steril und mutlos an den Schreibtisch, und plötzlich fließen die Worte wie aus der Luft; die

Situationen, die in einer hoffnungslosen Sackgasse festgefahren schienen, drängen vorwärts. Die Arbeit war getan worden, während man schlief oder einkaufte oder mit Freunden redete. Aber dieser Haß, dieses Mißtrauen, diese leidenschaftliche Zerstörungswut gingen tiefer als das Buch – das Unterbewußtsein beschäftigte sich statt dessen mit ihnen, bis ich eines Morgens aufwachte und wußte – als hätte ich es über Nacht geplant –, daß ich an diesem Tag Mr. Savage aufsuchen würde.

Was für eine seltsame Sammlung die Berufe unseres Vertrauens doch sind. Man vertraut seinem Anwalt, seinem Arzt, seinem Pfarrer, nehme ich an, falls man katholisch ist, und jetzt fügte ich der Liste noch den Privatdetektiv hinzu. Henrys Vorstellung, daß die anderen Klienten einen forschend mustern würden, war völlig falsch. Das Büro hatte zwei Wartezimmer, und man führte mich in eines, in dem ich allein war. Es wich kurioserweise ganz von dem ab, was man in der Vigo Street erwartete – hatte etwas von der muffigen Luft des Vorzimmers einer Anwaltskanzlei, kombiniert mit einer Auswahl gehobener Zeitschriften, wie man sie häufig im Wartezimmer eines Zahnarztes fand –, ich entdeckte *Harper's Bazaar* und *Life* und eine Anzahl französischer Mode-Illustrierter, und der Mann, der mich hineinführte, war eine Spur zu aufmerksam und zu gut angezogen. Er stellte mir einen Sessel ans Feuer und schloß die Tür mit großer Sorgfalt. Ich kam mir vor wie ein Patient, und ich nehme an, ich war auch ein Patient, krank genug, um die berühmte Schockbehandlung gegen Eifersucht auszuprobieren.

Das erste, was mir an Mr. Savage auffiel, war seine Krawatte: Ich nehme an, sie war das Kennzeichen irgendeines Altherrenclubs. Als nächstes stellte ich fest, daß er unter einer hauchdünnen Puderschicht hervorragend rasiert war, und dann richtete ich mein besonderes Augenmerk auf seine Stirn, über der das rötliche Haar schon dünn wurde, und die wie ein Leuchtfeuer Verständnis, Mitgefühl und Diensteifer auszustrahlen schien. Ich merkte, daß er, als er mir die Hand schüttelte, meine Finger merkwürdig verdrehte. Ich denke, er muß Freimaurer gewesen sein, und hätte ich den Druck auf gleiche Art zu erwidern gewußt, hätte er mir wahrscheinlich besondere Konditionen eingeräumt.

»Mr. Bendrix?« fragte er. »Nehmen Sie Platz. Ich denke, das ist der bequemste Sessel.« Er klopfte ein Kissen zurecht und blieb fürsorglich neben mir stehen, bis ich mich erfolgreich niedergelassen hatte. Dann zog er sich einen geradlehnigen Stuhl heran, so dicht, als wolle er mir den Puls messen. »Und jetzt erzählen Sie mir alles mit Ihren eigenen Worten«, sagte er. Ich kann mir nicht vorstellen, wessen Worte außer meinen eigenen ich sonst benutzt haben könnte. Ich war verlegen und erbittert, denn ich war nicht gekommen, um mich bemitleiden zu lassen, sondern, falls ich es mir leisten konnte, für praktische Hilfe zu bezahlen.

Ich begann: »Ich weiß nicht, wie hoch Ihre Gebühren sind, wenn Sie jemanden beobachten sollen?«

Mr. Savage strich liebevoll über seine gestreifte Krawatte. »Zerbrechen Sie sich darüber jetzt nicht den Kopf, Mr. Bendrix«, sagte er. »Für dieses vorbereitende Gespräch verlange ich drei Guineen, aber wenn Sie es jetzt abbrechen wollen, erhebe ich keine Gebühren, überhaupt keine. Die beste Empfehlung, wissen Sie« – er führte dieses *Klischee* ein wie ein Thermometer –, »ist ein zufriedener Klient.«

In einer ähnlichen Situation verhalten wir uns alle ungefähr gleich und benutzen die gleichen Worte. Ich sagte: »Das ist ein ganz einfacher Fall«, und stellte verärgert fest, daß Mr. Savage schon alles wußte, bevor ich zu sprechen begann. Nichts, was ich zu sagen hatte, würde ihm fremd sein, nichts, was er ausfindig machen konnte, wäre dieses Jahr nicht schon Dutzende von Malen ans Tageslicht gekommen. So mancher Patient kann sogar noch seinen Arzt verblüffen, aber Mr. Savage war auf eine einzige Krankheit spezialisiert, von der er jedes einzelne Symptom kannte.

Er sagte mit gräßlicher Sanftheit: »Lassen Sie sich Zeit, Mr. Bendrix.«

Ich geriet in Verwirrung wie alle seine Patienten.

»Ich weiß gar nicht, wo anfangen«, erklärte ich.

»Ah, das ist mein Job«, sagte Mr. Savage. »Machen Sie mich mit der Stimmung, der Atmosphäre vertraut. Ich vermute, wir sprechen über Mrs. Bendrix?«

»Nein, eigentlich nicht.«

»Aber man kennt sie unter diesem Namen?«

»Nein, Sie verstehen das falsch. Sie ist die Frau eines Freundes.«

»Und er hat Sie zu mir geschickt?«

»Nein.«

»Vielleicht sind Sie und die Dame – intim?«

»Nein. Ich habe sie seit 1944 nur einmal gesehen.«

»Ich fürchte, ich verstehe nicht ganz. Sie sagten doch, es handle sich um eine Beobachtung.«

Ich hatte bisher nicht gemerkt, daß er mich so verärgert hatte. »Kann man nicht so lange lieben oder hassen?« fuhr ich ihn an. »Machen Sie keinen Fehler. Ich bin nur einer Ihrer üblichen eifersüchtigen Klienten, ich behaupte nicht, anders zu sein als die anderen, nur gibt es in meinem Fall eine Zeitverschiebung.«

Mr. Savage legte mir die Hand auf den Arm, als sei ich ein quengelndes Kind. »An Eifersucht ist nichts Unehrenhaftes, Mr. Bendrix. Ich achte sie immer als einen Beweis wahrer Liebe. Und jetzt zu der Dame, über die wir sprechen: Sie haben Gründe zu vermuten, daß sie jetzt mit jemand anderem intim ist?«

»Ihr Mann glaubt, daß sie ihn betrügt. Sie hat heimliche Rendezvous. Sie belügt ihn, sagt ihm nicht, wo sie wirklich war. Sie hat – Geheimnisse.«

»Ah, Geheimnisse, ja.«

»Es ist natürlich möglich, daß gar nichts dahintersteckt.«

»Meine lange Erfahrung, Mr. Bendrix, hat mich gelehrt, daß fast ausnahmslos etwas dahintersteckt.« Als habe er mich jetzt ausreichend darin bestärkt, mit der Behandlung fortzufahren, kehrte Mr. Savage an seinen Schreibtisch zurück und bereitete sich darauf vor zu schreiben. Namen. Adresse. Beruf des Ehemanns. Den Bleistift über dem Blatt in der Schwebe haltend, fragte er: »Weiß Mr. Miles von unserer Unterredung?«

»Nein.«

»Unser Mann darf also von Mr. Miles nicht entdeckt werden?«

»Ganz bestimmt nicht.«

»Das ist eine zusätzliche Komplikation.«

»Vielleicht zeige ich ihm später Ihre Berichte. Ich weiß es nicht. »

»Können Sie mir ein paar Einzelheiten über den Haushalt sagen? Gibt es dort ein Hausmädchen?«

»Ja.«

»Wie alt?«

»Keine Ahnung. Achtunddreißig?«

»Sie wissen nicht, ob sie Verehrer hat?«

»Nein. Und den Namen ihrer Großmutter kenne ich auch nicht.«

Mr. Savage lächelte geduldig. Ich dachte einen Moment, er wolle hinter seinem Schreibtisch hervorkommen und mich wieder beschwichtigend tätscheln. »Wie ich sehe, Mr. Bendrix, haben Sie mit solchen Ermittlungen keine Erfahrung. Ein Hausmädchen ist sehr relevant. Sie kann uns viel über die Gewohnheiten ihrer Arbeitgeberin erzählen – wenn sie willig ist. Sie wären überrascht, wieviel sogar bei der einfachsten Ermittlung relevant ist.« Das bewies er an diesem Vormittag nur allzu gründlich. Seite um Seite bedeckte er mit seiner kleinen, krakeligen Handschrift. Einmal unterbrach er sich, um mich zu fragen: »Hätten Sie etwas dagegen, daß mein Mann, wenn es sehr dringend wäre, zu Ihnen ins Haus käme?« Ich sagte ihm, ich hätte nichts dagegen und hatte sofort das Gefühl, eine ansteckende Krankheit in mein Zimmer einzuschleppen. »Aber wenn es vermieden werden könnte ...«

»Selbstverständlich. Selbstverständlich. Ich verstehe ...«, und ich glaube ehrlich, daß er tatsächlich verstand. Ich hätte ihm erklären können, daß die Anwesenheit seines Angestellten mir wie Staub auf den Möbeln vorkommen und meine Bücher wie mit Ruß beflecken würde, und er wäre weder überrascht noch verärgert gewesen. Ich schreibe leidenschaftlich gern auf sauberem, liniertem Schreibpapier vom Format 34,2 × 43,1 cm: ein Schmierer oder ein Teefleck machen die Seite für mich unbrauchbar, und ich habe den Tick, das Papier einzuschließen, für den Fall, daß irgend jemand zu mir kommt, der mir unangenehm ist. Ich sagte: »Es wäre einfacher, wenn er sich vorher anmelden würde ...«

»Gewiß, aber das ist nicht immer möglich. Ihre Adresse und Ihre Telefonnummer, Mr. Bendrix?«

»Es ist kein privater Anschluß, meine Hauswirtin hat einen Zweitanschluß.«

»Meine Leute sind äußerst diskret. Wollen Sie die Berichte wöchentlich, oder wäre es Ihnen lieber, nur einen abschließenden Bericht zu bekommen?«

»Wöchentlich. Vielleicht wird der Fall nie abgeschlossen. Wahrscheinlich gibt es nichts herauszufinden.«

»Waren Sie oft bei Ihrem Arzt, ohne daß er etwas festgestellt hat? Wissen Sie, Mr. Bendrix, die Tatsache, daß ein Mann das Gefühl hat, unsere Dienste beanspruchen zu müssen, bedeutet beinahe immer, daß es etwas zu berichten gibt.«

Ich vermute, es war mein Glück, daß ich es mit Mr. Savage zu tun hatte. Er war Henry als weniger unerträglich als andere Angehörige seines Berufsstandes empfohlen worden, dennoch fand ich seine Behauptung abscheulich. Unschuldigen nachzuspionieren ist, wenn man es sich recht überlegt, kein sehr respektabler Beruf, denn sind Liebende nicht fast immer unschuldig? Sie haben kein Verbrechen begangen, sind fest überzeugt, nichts Unrechtes getan zu haben, »solange ich niemandem weh tue außer mir selbst«. Der alte Spruch geht ihnen leicht von den Lippen, und Liebe entschuldigt natürlich alles – so glauben sie; das habe auch ich in jenen Tagen geglaubt, in denen ich liebte.

Als wir auf das Honorar zu sprechen kamen, war Mr. Savage erstaunlich bescheiden: drei Guineen am Tag plus Spesen, »die selbstverständlich belegt werden müssen«. Er erklärte sie mir als »eine Tasse Kaffee hin und wieder, wissen Sie, und manchmal braucht unser Mann auch einen Schluck«. Ich ließ mich zu dem schwachen Scherz hinreißen, daß ich Whisky nicht anerkennen könne, aber Mr. Savage merkte den Humor nicht. »Ich kenne einen Fall«, erzählte er mir, »bei dem die Ermittlungen eines ganzen Monats durch einen Doppelten zur rechten Zeit gerettet wurden – der billigste Whisky, den mein Klient je bezahlt hat.« Er erklärte, daß einige seiner Klienten eine tägliche Abrechnung wünschten, aber ich sagte, ich sei mit einer wöchentlichen zufrieden.

Die ganze Sache war sehr flott über die Bühne gegangen. Als ich wieder auf die Straße trat, hatte er mich fast überzeugt, daß jeder Mann früher oder später mit einer solchen Unterredung rechnen muß.

3

UND WENN SIE MIR noch mehr sagen könnten, das relevant wäre?« Ich erinnere mich, daß Mr. Savage gesagt hatte, ein Detektiv müsse es ebenso wichtig finden wie ein Romanautor, auch unbedeutendes Material zu sammeln, bevor er die richtige Spur entdecke. Aber wie schwierig das Aussondern ist – bis sich das eigentliche Thema herausschält. Der enorme Druck der Außenwelt lastet auf uns wie eine *peine forte et dure* – ein heftiger und dauernder Schmerz. Jetzt, da ich begonnen habe, meine eigene Geschichte zu schreiben, ist das Problem noch dasselbe, nur schlimmer – es gibt viel, viel mehr Fakten, weil ich keine erfinden muß. Wie kann ich den menschlichen Charakter vom Alltäglichen lösen – der Tageszeitung, der täglichen Mahlzeit, dem Verkehr, der sich nach Battersea wälzt, den Möwen, die von der Themse heraufkommen und Brot suchen, und dem Frühsommer 1939, der über dem Park glänzt, wo die Kinder ihre Spielzeugboote segeln lassen – einem jener strahlenden, zum Untergang verurteilten Vorkriegssommer? Ich fragte mich, ob ich, wenn ich lange genug nachdachte, herausfinden könnte, wer von den Männern auf Henrys Party ihr künftiger Liebhaber sein würde. Wir sahen uns zum ersten Mal und tranken wegen des Spanischen Bürgerkriegs schlechten südafrikanischen Sherry. Sarah fiel mir auf, weil sie glücklich war, denke ich: In jenen Jahren war ein Glücksgefühl selten, starb im seit langem nahenden

Gewitter. Man fand es noch bei Betrunkenen und bei Kindern, selten anderswo. Ich mochte sie sofort, weil sie sagte, sie habe meine Bücher gelesen und es dabei beließ – ich wurde gleich wie ein menschliches Wesen behandelt, nicht wie ein Autor. Nicht im entferntesten dachte ich daran, mich in sie zu verlieben. Erstens war sie schön, und schöne Frauen, besonders wenn sie auch intelligent sind, wecken tief in mir ein Gefühl der Unzulänglichkeit. Ich weiß nicht, ob die Psychologen dem »Cophetua-Komplex« schon einen Namen gegeben haben, aber es ist mir immer schwergefallen, ohne ein gewisses Überlegenheitsgefühl, sei es nun geistig oder körperlich, sexuelles Begehren zu empfinden. Alles, was mir bei jenem ersten Mal an ihr auffiel, war ihre Schönheit, waren ihr Glück und ihre Gewohnheit, die Menschen mit den Händen zu berühren, als liebe sie sie. Ich kann mich nur an einen Satz erinnern, den sie außer der einleitenden Bemerkung zu mir sagte: »Sie scheinen eine Menge Menschen nicht zu mögen.« Vielleicht hatte ich abwertend über meine Schriftstellerkollegen gesprochen. Ich weiß es nicht mehr.

Was für ein Sommer das war. Ich will nicht versuchen, den genauen Monat zu nennen – um zu ihm zurückzukehren, müßte ich so viel Schmerz noch einmal erleben, doch ich erinnere mich, das Hotel und den überfüllten Raum verlassen zu haben, nachdem ich zuviel schlechten Sherry getrunken hatte, und mit Henry auf dem Gemeindeanger spazierengegangen zu sein. Die Sonne fiel flach auf das Gras und nahm ihm alle Farbe. Die weit entfernten Häuser glichen den Häusern auf einem viktorianischen Druck, waren klein, mit präzisen Umrissen und still. Nur ein Kind weinte irgendwo weit weg. Die Kirche aus dem 18. Jahrhundert stand wie ein Spielzeug auf einer Insel aus Gras – ein Spielzeug, das man im Dunkeln draußen lassen konnte, bei diesem trockenen, beständigen

Wetter. Es war die Stunde, in der man sich einem Fremden anvertraute.

Henry sagte: »Wie glücklich wir alle sein müßten.«

»Ja.«

Ich empfand ungeheure Sympathie für ihn, als er, nachdem er seine eigene Party im Stich gelassen hatte, mit Tränen in den Augen auf dem Gemeindeanger stand. »Sie haben ein hübsches Haus«, sagte ich.

»Meine Frau hat es gefunden.«

Ich hatte ihn erst eine Woche vorher kennengelernt – auf einer anderen Party: Er war damals im Ministerium für Altersversorgung, und ich hatte ihn ausgefragt, um Material für mein Buch zu sammeln. Zwei Tage später kam die Einladung. Später erfuhr ich, daß Sarah ihn überredet hatte, sie zu schicken. »Sind Sie schon lange verheiratet?« fragte ich ihn.

»Zehn Jahre.«

»Ich finde Ihre Frau sehr charmant.«

»Sie ist mir eine große Hilfe«, sagte er. Armer Henry. Aber warum eigentlich »armer Henry«? Hatte er zum Schluß nicht die besseren Karten? Die Karten der Sanftheit, der Demut und des Vertrauens?

»Ich muß zurück«, sagte er. »Darf sie nicht mit allem allein lassen, Bendrix.« Und er legte mir die Hand auf den Arm, als kennten wir uns schon ein Jahr. Hatte er die Geste von ihr gelernt? Ehepaare werden einander immer ähnlicher. Seite an Seite gingen wir zurück, und als wir die Haustür öffneten, sah ich, von einem Spiegel aus einem Alkoven zurückgeworfen, zwei Menschen, die auseinanderfuhren, wie nach einem Kuß; einer davon war Sarah. Ich sah Henry an. Entweder hatte er nichts gesehen, oder es war ihm gleichgültig – denn sonst, dachte ich, mußte er ein sehr unglücklicher Mann sein.

Hätte Mr. Savage gefunden, diese Szene sei relevant? Es

war, wie ich später erfuhr, kein Liebhaber, der sie da geküßt hatte; es war einer von Henrys Kollegen aus dem Ministerium für Altersversorgung, dem die Frau eine Woche zuvor mit einem wackeren Seemann davongelaufen war. Sie hatte ihn an dem Tag erst kennengelernt, und es schien mir unwahrscheinlich, daß er noch immer zu dem Kreis gehören sollte, aus dem ich so energisch ausgeschlossen worden war. So lange braucht Liebe nicht, um mit sich selbst ins reine zu kommen.

Ich hätte diese vergangene Zeit gern übergangen, denn während ich über 1939 schreibe, kehrt mein ganzer Haß zurück. Haß scheint auf dieselben Drüsen einzuwirken wie Liebe: er führt sogar zu denselben Handlungen. Wenn man uns nicht gelehrt hätte, wie die Leidensgeschichte auszulegen ist, wären wir dann fähig gewesen, aus ihren Handlungen allein zu schließen, ob es der eifersüchtige Judas oder der feige Petrus war, der Christus geliebt hatte?

4

Als ich aus dem Büro von Mr. Savage nach Hause kam und meine Vermieterin mir sagte, Mrs. Miles habe angerufen, empfand ich jenes Hochgefühl, das mich überkommen hatte, wenn ich die Haustür zufallen und ihren Schritt in der Halle hörte. Ich hatte die wilde Hoffnung, daß mein Anblick vor einigen Tagen, natürlich nicht Liebe, sondern eine Gefühlsregung, eine Erinnerung geweckt hatte, die ich nutzen, die ich vertiefen konnte. Damals hatte ich das Gefühl gehabt, daß ich, wenn ich sie nur noch ein einziges Mal haben könnte – wie schnell und grob und unbefriedigend auch immer –, wieder fähig wäre, in Frieden mit mir zu leben. Damit hätte ich mich endgültig von ihr befreit und sie hinterher verlassen, nicht sie mich.

Es war merkwürdig, nach achtzehn Monaten des Schweigens wieder diese Nummer zu wählen: Macaulay 7753, aber noch merkwürdiger war, daß ich in meinem Adreßbuch nachsehen mußte, weil ich die letzte Zahl nicht mehr genau wußte. Ich saß da, hörte es läuten und überlegte, ob Henry schon aus dem Ministerium zurück war und was ich antworten wollte, wenn sie sich meldete. Dann wurde mir klar, daß an der Wahrheit nichts Unrechtes mehr war. Die Lügen hatten mich im Stich gelassen, und ich fühlte mich so allein, als wären sie meine einzigen Freunde gewesen.

Die Stimme eines erstklassig ausgebildeten Hausmädchens wiederholte die Nummer an meinem Ohr. Ich fragte: »Ist Mrs. Miles zu Hause?«

»Mrs. Miles?«

»Ist dort nicht Macaulay 7753?«

»Doch.«

»Dann möchte ich Mrs. Miles sprechen.«

»Sie haben sich verwählt«, sagte sie und legte auf. Mir war nie in den Sinn gekommen, daß sich mit der Zeit auch kleine Dinge veränderten.

Ich sah im Telefonbuch nach, doch da stand noch die alte Nummer; das Verzeichnis war seit über einem Jahr ungültig. Ich wollte eben die Auskunft anrufen, als das Telefon klingelte, und diesmal war Sarah selbst am Apparat. Sie sagte leicht verlegen: »Sind Sie das?« Sie hatte mich nie mit irgendeinem Namen angesprochen und war jetzt unsicher, da ihr die alten Kosenamen fehlten. Ich sagte: »Bendrix am Apparat.«

»Hier ist Sarah. Haben Sie meine Nachricht nicht bekommen?«

»Oh, ich wollte dich anrufen, mußte aber zuerst einen

Artikel fertig schreiben. Übrigens habe ich deine Nummer nicht mehr, glaube ich. Ich nehme an, sie steht im Buch?«

»Nein, noch nicht. Wir haben eine neue. Macaulay 6204. Ich wollte Sie um etwas bitten.«

»Ja?«

»Es ist nichts sehr Schlimmes. Ich möchte mit Ihnen lunchen, das ist alles.«

»Aber natürlich. Ich wäre entzückt. Wann?«

»Morgen geht es wohl nicht?«

»Nein. Nicht morgen. Ich muß ganz einfach diesen Artikel ...«

»Mittwoch?«

»Wäre dir Donnerstag recht?«

»Ja«, sagte sie, und ich konnte mir fast einbilden, aus der einsilbigen Antwort Enttäuschung herauszuhören – so betrügt uns unser Stolz.

»Dann sehe ich dich um eins im Café Royal.«

»Es ist sehr freundlich von Ihnen«, sagte sie, und ich hörte ihrer Stimme an, daß sie es ernst meinte. »Bis Donnerstag.«

»Bis Donnerstag.«

Mit dem Telefonhörer in der Hand saß ich da und sah vor mir den Haß wie einen häßlichen und törichten Mann, den man nicht kennen will. Ich wählte ihre Nummer und muß sie erreicht haben, bevor sie Zeit hatte, sich vom Telefon zu entfernen. Ich sagte: »Sarah. Morgen geht es doch. Ich hatte etwas vergessen. Um die gleiche Zeit am selben Ort.« Die Finger auf dem stillen Apparat saß ich noch immer da und hatte etwas, worauf ich mich freuen konnte. Und ich dachte: Ich erinnere mich. So fühlt sich Hoffnung an.

5

ICH LEGTE die Zeitung flach auf den Tisch und las immer wieder dieselbe Seite, weil ich nicht zur Tür schauen wollte. Ununterbrochen kamen Leute herein, und ich wollte nicht zu denen gehören, die durch ein ständiges Heben und Senken des Kopfes ungeduldige Erwartung verraten. Was erwarten wir denn alle, daß wir der Enttäuschung erlauben, uns völlig zu beherrschen? In der Abendzeitung stand etwas über den üblichen Mord, im Parlament hatte man sich wegen der Zuckerrationierung gekabbelt, und sie hatte sich inzwischen um fünf Minuten verspätet. Mein Pech, daß sie mich ertappte, als ich auf meine Uhr sah. Ich hörte sie sagen: »Tut mir leid. Ich bin mit dem Bus gekommen, und der Verkehr war schlimm.«

»Die U-Bahn ist schneller«, sagte ich.

»Ich weiß, aber ich wollte nicht schnell sein.«

Sie hatte mich oft mit der Wahrheit aus der Fassung gebracht. In den Tagen unserer Liebe versuchte ich sie dazu zu bringen, mehr zu sagen als die Wahrheit – daß unsere Affäre nie enden werde, daß wir eines Tages heiraten würden. Ich hätte ihr nicht geglaubt, aber so gern die Worte von ihr gehört, vielleicht nur, um die Genugtuung zu haben, sie selbst zu verwerfen. Sie jedoch hatte das Spiel der schönen Täuschungen nie gespielt und dann, ganz plötzlich, meine Zurückhaltung mit einer unglaublich zärtlichen und überwältigenden Erklärung durchbrochen ... Als ich einmal kreuzunglücklich war, weil sie gelassen festgestellt hatte, unsere Beziehung werde einmal zu Ende sein, hatte sie mich zugleich unendlich glücklich gemacht, denn sie sagte auch: »Ich habe noch nie, noch niemals einen Mann so geliebt wie dich und werde nie wieder so lieben.« Nun, dachte ich, sie hat es nicht gewußt, aber auch sie hat das Spiel der schönen Täuschungen mitgespielt.

Sie setzte sich neben mich und bat um ein Glas Lagerbier. »Ich habe einen Tisch bei *Rules* bestellt«, sagte ich.

»Können wir nicht hierbleiben?«

»Das ist das Lokal, in dem wir immer waren.«

»Ja.«

Möglicherweise wirkten wir etwas verkrampft in unserem Verhalten, denn wir hatten bereits die Aufmerksamkeit eines kleinen Mannes erregt, der in der Nähe auf einer Polsterbank saß. Ich versuchte ihn mit einem Blick aus der Fassung zu bringen, und das war nicht schwierig. Er hatte einen langen Schnurrbart und Rehaugen und sah hastig weg. Dabei stieß er mit dem Ellenbogen gegen sein Bierglas, es fiel um und rollte auf den Boden, und er wurde schrecklich verlegen. Jetzt tat er mir leid, denn es war möglich, daß er mich nach meinen Photographien erkannt hatte. Vielleicht war er sogar einer meiner wenigen Leser. Bei ihm saß ein kleiner Junge, und es ist grausam, einen Vater in Anwesenheit seines Sohnes zu demütigen. Der Junge wurde feuerrot, als der Kellner angelaufen kam, und sein Vater begann sich übertrieben eifrig zu entschuldigen.

Ich sagte zu Sarah: »Natürlich können wir lunchen, wo du willst.«

»Ich war nie wieder dort, weißt du.«

»Nun ja, es war auch nie dein Restaurant, nicht wahr?«

»Bist du oft da?«

»Es ist sehr praktisch für mich. Zwei-, dreimal die Woche.«

Sie stand abrupt auf, sagte: »Gehen wir« und bekam plötzlich einen heftigen Hustenanfall. Der Husten schien viel zu groß für ihren kleinen Körper. Schweiß trat ihr auf die Stirn vor Anstrengung.

»Wie scheußlich.«

»Oh, das ist nicht der Rede wert.«

»Taxi?«

»Ich möchte lieber zu Fuß gehen.«

Geht man auf der linken Seite die Maiden Lane hinauf, kommt man an einer Einfahrt und an einem in den Gehsteig eingelassenen Gitter vorbei, die wir passierten, ohne ein Wort zueinander zu sagen. Nach dem ersten Abendessen, bei dem ich sie über Henrys Gewohnheiten ausgehorcht und sie sich über mein Interesse gefreut hatte, hatte ich sie hier auf dem Weg zur U-Bahn ziemlich ungeschickt geküßt. Ich weiß nicht, warum ich es tat, es sei denn, daß ich mich an das Bild im Spiegel erinnerte, denn ich hatte nicht die Absicht, mit ihr ins Bett zu gehen. Ich hatte eigentlich auch nicht die Absicht, sie noch einmal zu besuchen. Sie war zu schön, um mich mit der Vorstellung zu erregen, daß sie erreichbar für mich war.

Als wir uns setzten, sagte einer der alten Kellner zu mir: »Sie waren schon lange nicht mehr bei uns, Sir«, und ich wünschte, ich hätte Sarah gegenüber nicht etwas anderes behauptet.

»Ich esse jetzt immer im ersten Stock«, sagte ich.

»Und Sie, Madam, auch bei Ihnen ist es lange her ...«

»Fast zwei Jahre«, sagte sie mit der Genauigkeit, die ich manchmal haßte.

»Aber ich erinnere mich, daß Sie immer ein großes Lager getrunken haben.«

»Sie haben ein gutes Gedächtnis, Alfred«, sagte sie, und er strahlte, weil sie noch seinen Namen wußte. Sie hatte es immer verstanden, mit Kellnern gut auszukommen.

Das Essen unterbrach unsere triste und oberflächliche Unterhaltung, und erst nachdem wir gegessen hatten, deutete sie an, warum sie gekommen war. »Ich wollte, daß du mit mir ißt«, sagte sie, »weil ich mit dir über Henry sprechen möchte.«

»Über Henry?« wiederholte ich und versuchte meiner Stimme die Enttäuschung nicht anmerken zu lassen.

»Ich mache mir Sorgen um ihn. Was für einen Eindruck hat er kürzlich auf dich gemacht? War er irgendwie seltsam?«

»Mir ist nichts Ungewöhnliches aufgefallen«, sagte ich.

»Ich wollte dich fragen – oh, ich weiß, daß du sehr viel zu tun hast –, ob du ihn nicht hin und wieder besuchen könntest. Ich glaube, er ist einsam.«

»Mit dir?«

»Du weißt, daß er nie richtig Notiz von mir genommen hat. Schon seit Jahren nicht.«

»Vielleicht hat er angefangen, von dir Notiz zu nehmen, wenn du nicht da bist.«

»Ich gehe nicht oft weg«, sagte sie, »zur Zeit.« Ihr Husten überfiel sie wie bestellt und hinderte sie daran, weiterzusprechen. Als der Anfall vorüber war, hatte sie sich ihre nächsten Züge überlegt, obwohl es ihr nicht ähnlich sah, der Wahrheit auszuweichen. »Schreibst du ein neues Buch?« fragte sie. Es war, als spreche eine Fremde – eine Fremde, wie man sie auf einer Cocktailparty trifft. Nicht einmal am ersten Abend bei schlechtem südafrikanischem Sherry hatte sie sich zu dieser Bemerkung hinreißen lassen.

»Selbstverständlich.«

»Das letzte hat mir nicht besonders gefallen.«

»Es war damals sehr schwierig für mich, überhaupt zu schreiben – der Frieden stand bevor ...« Und ich hätte genausogut sagen können: Ich hatte den Frieden verloren.

»Ich hatte manchmal Angst, du könntest auf die alte Idee zurückgreifen – die ich haßte. So mancher Mann hätte es getan.«

»Um ein Buch zu schreiben, brauche ich zwei Jahre. Die Arbeit ist zu schwierig, um sie an Rache zu verschwenden.«

»Wenn du wüßtest, wie wenig Grund du hattest, dich zu rächen ...«

»Ich scherze natürlich nur. Wir hatten eine schöne Zeit miteinander. Wir sind erwachsen und wußten, daß es einmal zu Ende sein mußte. Wie du siehst, können wir uns wie Freunde treffen und über Henry sprechen.«

Ich beglich die Rechnung, und wir gingen hinaus; zwanzig Meter weiter waren die Toreinfahrt und das Gitter. Ich blieb auf dem Gehsteig stehen und sagte: »Ich nehme an, du willst zum Strand.«

»Nein, zum Leicester Square.«

»Ich gehe zum Strand.« Sie stand in der Toreinfahrt, und die Straße war leer. »Ich sage dir hier auf Wiedersehen. Es war nett, dich zu sehen.«

»Ja.«

»Ruf mich an, wenn du mal Zeit hast.«

Ich ging auf sie zu, fühlte das Gitter unter den Füßen. »Sarah«, sagte ich. Sie wandte heftig den Kopf ab, als wolle sie nachsehen, ob jemand kam, als wolle sie sehen, ob Zeit genug war ... Aber als sie sich wieder umdrehte, überfiel sie der Husten. Sie krümmte sich in der Toreinfahrt und hustete und hustete. Ihre Augen wurden ganz rot. In dem Pelzmantel sah sie aus wie ein in die Ecke gedrängtes kleines Tier.

»Es tut mir leid.«

Ich sagte voller Bitterkeit, als habe man mir etwas genommen: »Das muß behandelt werden.«

»Es ist nur ein Husten.« Sie streckte die Hand aus und sagte: »Auf Wiedersehen – Maurice.« Der Name klang wie eine Beleidigung. Ich sagte »auf Wiedersehen«, nahm ihre Hand aber nicht. Dann entfernte ich mich schnell, ohne mich umzuschauen, bemüht, so auszusehen, als hätte ich zu tun und sei froh, entkommen zu sein, und als ich sie wieder husten hörte, wünschte ich, ich hätte eine Melodie pfeifen können, etwas Fröhliches, Verwegenes, Glückliches, aber ich bin völlig unmusikalisch.

6

WENN MAN JUNG IST, gewöhnt man sich einen Arbeitsrhythmus an, von dem man glaubt, er werde sich ein Leben lang nie ändern und jede Katastrophe überstehen. Zwanzig Jahre lang habe ich an fünf Tagen pro Woche täglich im Durchschnitt fünfhundert Wörter geschrieben. Ich kann einen Roman im Jahr produzieren und habe noch genug Zeit, das Manuskript zu überarbeiten und zu korrigieren. Ich war immer sehr methodisch, und wenn mein Arbeitspensum erledigt ist, breche ich sogar mitten in einer Szene ab. Am Vormittag zähle ich ab und zu, während ich arbeite, wie viele Wörter ich geschrieben habe, und markiere die Hunderter auf dem Manuskript. Kein Drucker braucht sich mit einer Umfangsberechnung meiner Arbeit aufzuhalten, denn auf der ersten Seite des Manuskripts steht die genaue Zahl der Wörter – 83 764. Als ich jung war konnte nicht einmal eine Liebesaffäre meinen Arbeitsplan durcheinanderbringen. Eine Liebesaffäre hatte nach dem Lunch anzufangen, und egal, wie spät ich ins Bett kam – solange ich in meinem eigenen Bett schlief –, ich las noch einmal, was ich am Vormittag geschrieben hatte und überschlief es. Nicht einmal der Krieg berührte mich sonderlich. Ein lahmes Bein ersparte mir die Armee, und meine Kollegen vom Zivilschutz waren nur allzu froh, daß ich nie während der ruhigen Vormittagsstunden Dienst machen wollte. Die Folge war, daß man mir fälschlicherweise einen besonderen Diensteifer nachsagte, doch mein Eifer beschränkte sich auf meinen Schreibtisch, mein leeres Blatt und die langsam, aber stetig aus meiner Feder fließenden Worte. Sarah blieb es vorbehalten, die mir selbst auferlegte Disziplin zu zerstören. Die Bomben zwischen den ersten Angriffen am hellen Tag und der V 1 von 1944 behielten ihre nächtlichen Gewohnheiten bei, doch nur allzuoft konnte ich Sarah nur am Vormittag sehen, denn am Nachmittag war sie nie vor Freundinnen sicher, die, nachdem sie ihre Einkäufe erledigt hatten, vor den abendlichen Sirenen Gesellschaft suchten und ein bißchen schwatzen wollten. Manchmal kam sie zu mir, bevor sie von einer Einkaufsschlange zur anderen wechselte, und wir liebten uns zwischen dem Gemüsehändler und dem Fleischer.

Doch selbst unter diesen Bedingungen fiel es mir leicht, an die Arbeit zurückzukehren. Solange man glücklich ist, erträgt man jede Disziplin. Es war das Unglück, das sich verheerend auf meine Arbeitsgewohnheiten auswirkte. Als mir allmählich klar wurde, wie oft wir stritten, wie oft ich nervös und gereizt an ihr herumnörgelte, stand für mich fest, daß unsere Liebe zum Sterben verurteilt war. Liebe war zu einer Liebesaffäre mit Anfang und Ende geworden. Ich konnte den Augenblick nennen, in dem sie begonnen hatte, und eines Tages, das wußte ich, würde ich auch die letzte Stunde nennen können. Wenn sie das Haus verließ, fand ich keine Ruhe, konnte nicht arbeiten. Ich rekonstruierte im Geist, was wir zueinander gesagt hatten, stachelte mich zu Zorn und Reue auf. Und die ganze Zeit war mir klar, daß ich das Tempo beschleunigte. Ich stieß das einzige, das ich liebte, aus meinem Leben hinaus. Solange ich mir einbilden konnte, daß die Liebe dauerte, war ich glücklich – ich denke, es war sogar schön, mit dieser Einbildung zu leben, und daher war die Liebe von Dauer.

Doch wenn die Liebe sterben mußte, wollte ich, daß sie schnell starb. Es war, als sei sie eine in einer Falle gefangene kleine Kreatur, die langsam verblutete. Ich mußte die Augen schließen und ihr den Hals umdrehen.

Und in dieser ganzen Zeit konnte ich nicht arbeiten. So viel von der Schreibarbeit eines Romanautors vollzieht sich, wie ich schon sagte, im Unterbewußtsein; in jenen Tiefen ist das letzte Wort schon geschrieben, bevor das erste Wort auf dem Papier erscheint. Wir erinnern uns an die Einzelheiten unserer Geschichte, wir erfinden sie nicht. Der Krieg wühlte diese tiefen Meereshöhlen nicht auf, doch jetzt gab es etwas, das für mich von unendlich größerer Bedeutung war als der Krieg, als mein Roman – das Ende der Liebe. Es wurde jetzt erarbeitet wie eine Geschichte; das spitze Wort, das sie zum Weinen brachte und das mir spontan über die Lippen gekommen zu sein schien, war in jenen Unterwasserhöhlen geschärft worden. Mein Roman stagnierte, aber meine Liebe eilte wie eine Inspiration dem Ende entgegen.

Mich wundert nicht, daß ihr mein letztes Buch nicht gefallen hat. Es war vom Anfang bis zum Ende gegen den Strich geschrieben worden, ohne Hilfe, aus keinem anderen Grund als dem, daß man weiterleben mußte. Die Kritiker sagten, es sei die Arbeit eines Könners: das war alles, was von einer Leidenschaft geblieben war. Ich dachte, daß die Leidenschaft vielleicht mit dem nächsten Buch zurückkehren, die Erregung wieder erwachen werde in Erinnerung dessen, was einem nie bewußt geworden war, aber nachdem ich mit Sarah im *Rules* geluncht hatte, konnte ich eine ganze Woche überhaupt nicht arbeiten. Da ist es schon wieder, dieses Ich, Ich, Ich, als sei dies meine Geschichte und nicht die Sarahs, Henrys und, natürlich, dieses Dritten, den ich haßte, noch ehe ich ihn kannte oder auch nur an ihn glaubte.

Ich hatte versucht vormittags zu arbeiten – es war mir nicht gelungen. Beim Lunch trank ich zuviel, daher war auch der Nachmittag vergeudet. Nach Einbruch der Nacht stand ich im Dunkeln am Fenster und sah jenseits des Gemeindeangers die erleuchteten Fenster der Nordseite. Es war sehr kalt, und mein Gasfeuer wärmte mich nur, wenn ich ganz dicht davor kauerte, und dann versengte es mich. Ein paar Schneeflocken schwebten an den Straßenlaternen der Südseite vorbei und berührten die Fensterscheibe mit dicken, feuchten Fingern. Ich hörte die Klingel nicht. Meine Vermieterin klopfte an meine Tür und sagte: »Ein gewisser Mr. Parkis für Sie«, und betonte durch die Worte »ein gewisser« den gesellschaftlichen Status meines Besuchers. Ich hatte den Namen noch nie gehört, sagte ihr jedoch, sie solle ihn hereinführen.

Ich überlegte, wo ich diese sanften, schüchternen Augen, den seit langem unmodernen, schneefeuchten Schnurrbart schon gesehen hatte? Ich hatte nur meine Leselampe angeknipst, und er ging, kurzsichtig blinzelnd, darauf zu; er konnte mich in den Schatten nicht sehen. Er sagte: »Mr. Bendrix, Sir?«

»Ja.«

Er sagte: »Mein Name ist Parkis«, als wüßte ich etwas damit anzufangen. »Ich bin Mr. Savages Mann«, fügte er hinzu.

»O ja. Setzen Sie sich. Wollen Sie eine Zigarette?«

»Nein, nein, Sir«, sagte er, »nicht im Dienst – es sei denn als Tarnung, natürlich.«

»Aber Sie sind jetzt nicht im Dienst?«

»In gewisser Weise doch, Sir. Ich wurde eben für eine halbe Stunde abgelöst, Sir, damit ich Bericht erstatten kann. Mr. Savage hat gesagt, Sie wollen ihn wöchentlich, zusammen mit der Spesenrechnung.«

»Es gibt also etwas zu berichten?« Ich war mir nicht

klar darüber, ob das, was ich fühlte, Enttäuschung oder Erregung war.

»Das Blatt ist nicht ganz unbeschrieben«, erklärte er selbstzufrieden und nahm, während er den richtigen suchte, auffallend viele Zettel und Umschläge aus der Tasche.

»Setzen Sie sich doch. Es ist so ungemütlich, wenn Sie stehen.«

»Wie Sie wünschen, Sir.« Er setzte sich und konnte mich nun ein bißchen besser sehen. »Sind wir uns nicht schon irgendwo begegnet, Sir?«

Ich hatte das erste Blatt aus dem Umschlag genommen. Es war die Spesenrechnung in einer ordentlichen Schuljungenschrift geschrieben. Ich sagte: »Sie schreiben sehr deutlich.«

»Das macht mein Sohn. Er geht bei mir in die Lehre.« Hastig fügte er hinzu: »Ich berechne nichts für ihn, Sir, außer er vertritt mich, wie jetzt.«

»Er vertritt Sie, ja?«

»Nur während ich meinen Bericht abliefere, Sir.«

»Wie alt ist er?«

»Zwölf vorbei«, sagte er, als sei der Junge eine Uhr. »Ein Junge kann sehr nützlich sein und kostet nichts, außer ein Comic-Heft ab und zu. Und er fällt nicht auf. Jungen sind die geborenen Schnüffelnasen.«

»Eine merkwürdige Arbeit für einen Jungen, scheint mir.«

»Nun, Sir, er weiß ja nicht, worum es wirklich geht. Wenn ich in ein Schlafzimmer einbrechen müßte, würde ich ihn nicht mitnehmen.«

Ich las:

18. Januar	*Zwei Abendzeitungen*	*2d.*
	U-Bahn, Rückfahrtkarte	*1/8d.*
	Kaffee, Gunters	*2/–*

Er beobachtete mich aufmerksam, während ich las. »Das Kaffeehaus war teurer als mir recht war«, sagte er. »Aber Kaffee war das billigste, das ich bestellen konnte, ohne auf mich aufmerksam zu machen.«

19. Januar	*U-Bahn*	*2/4d.*
	Flaschenbier	*3/–*
	Cocktail	*2/6d.*
	1 Glas Bitter	*1/6d.*

Er unterbrach mich wieder beim Lesen. »Wegen des Biers habe ich ein ziemlich schlechtes Gewissen, Sir, weil ich aus Unachtsamkeit ein Glas umgeworfen habe. Aber ich war ein bißchen nervös, weil es etwas zu berichten gab. Wissen Sie, Sir, manchmal erlebt man wochenlang nur Enttäuschungen, aber diesmal, schon am zweiten Tag ...«

Natürlich erinnerte ich mich an ihn und seinen verlegenen Sohn. Ich las unter dem Datum des 19. Januar (ich sah auf den ersten Blick, daß am 18. nichts von Bedeutung vorgefallen war): *Die Zielperson fuhr mit dem Bus zum Piccadilly Circus. Sie schien aufgeregt zu sein. Zu Fuß ging sie über die Air Street ins Café Royal, wo sie von einem Herrn erwartet wurde. Ich und mein Sohn ...*

Er ließ mich nicht in Ruhe. »Sie werden bemerken, Sir, daß das eine andere Schrift ist. Ich lasse meinen Sohn nie die Berichte schreiben, für den Fall, daß sie etwas Intimes enthalten.«

»Sie achten gut auf ihn«, sagte ich.

Ich und mein Sohn nahmen auf einer gepolsterten Bank in der Nähe Platz, las ich. *Die Zielperson und der Herr standen sich offenbar sehr nahe und behandelten sich gegenseitig liebevoll und vertraut, und ich glaube, einmal hielten sie sich sogar unter dem Tisch bei der Hand. Ich war mir dessen nicht sicher, konnte aber weder die linke Hand der Zielperson noch die rechte des Herrn sehen, was im allgemeinen bedeutet, daß man sich sol-*

cherart die Hände drückt. Nach einer kurzen und vertraulichen Unterhaltung gingen die beiden zu Fuß in ein ruhiges und abgelegenes Restaurant, bei seinen Gästen als »Rules« bekannt, suchten sich weniger einen bestimmten Tisch als eine Polsterbank aus, auf der sie nebeneinandersitzen konnten und bestellten zwei Schweinekoteletts.

»Sind die Schweinekoteletts wichtig?«

»Sie könnten zur Identifizierung dienen, Sir, wenn sie häufig gegessen werden.«

»Sie haben den Mann also nicht identifiziert?«

»Das werden Sie sehen, wenn Sie weiterlesen.«

Als die Schweinekoteletts bestellt wurden, trank ich einen Cocktail an der Bar, konnte jedoch weder von einem der Kellner noch von der Dame hinter dem Tresen erfahren, wer der Herr war. Obwohl ich meine Fragen vage und ganz lässig stellte, machten sie die Befragten offensichtlich neugierig, und ich hielt es für besser zu gehen. Dann jedoch freundete ich mich mit dem Bühnenportier des Vaudeville-Theaters an und konnte das Restaurant daher im Auge behalten.

»Wie«, fragte ich, »haben Sie sich mit dem Portier angefreundet?«

»An der Bar des Bedford Head, Sir, als ich sah, daß die observierten Personen mit ihren Schweinekoteletts beschäftigt waren, und anschließend begleitete ich ihn zum Theater zurück, wo der Bühneneingang ...«

»Ich kenne mich dort aus.«

»Ich habe versucht, meinen Bericht auf das Wichtigste zu beschränken, Sir.«

»Sehr gut.«

Ich las weiter: *Nach dem Lunch gingen die observierten Personen die Maiden Lane hinauf und trennten sich vor einem Lebensmittelladen. Ich hatte den Eindruck, daß sie mit starken Gefühlen kämpften, und dachte, es sei vielleicht ein Abschied für immer, ein glückliches Ende dieser Ermittlung, wenn ich das sagen darf.*

Wieder unterbrach er mich besorgt: »Sie verzeihen mir doch die persönliche Bemerkung?«

»Selbstverständlich.«

»Sogar in meinem Beruf, Sir, sind manchmal unsere Gefühle im Spiel, und ich fand die Dame *Sehr sympathisch* – die Zielperson, meine ich.«

Ich zögerte, weil ich nicht wußte, ob ich dem Herrn oder der zu observierenden Dame folgen sollte, kam jedoch zu dem Schluß, daß meine Anweisungen sich nicht auf erstgenannten bezogen, daher folgte ich letzter. Sie ging ein Stück Richtung Charing Cross Road und schien sehr erregt. Dann betrat sie die National Portrait Gallery, blieb aber nur ein paar Minuten ...

»Kommt noch etwas Wichtiges?«

»Nein, Sir. Ich denke, sie suchte eigentlich nur einen Platz, an dem sie sich ausruhen konnte, weil sie als nächstes in eine Kirche ging.«

»In eine Kirche?«

»Eine römisch-katholische Kirche, Sir, in der Maiden Lane. Steht alles drin. Aber nicht, um zu beten. Nur um zu sitzen.«

»Sie wissen sogar das, nicht wahr?«

»Natürlich folgte ich der Zielperson hinein. Ich kniete ein paar Kirchenbänke hinter ihr nieder, um wie ein andächtiger Beter auszusehen, und kann Ihnen versichern, sie hat nicht gebetet. Sie ist nicht katholisch, nicht wahr, Sir?«

»Nein.«

»Sie wollte nur im Dunkeln sitzen, bis sie sich beruhigt hatte.«

»Vielleicht war sie mit jemandem verabredet.«

»Nein, sie ist nur drei Minuten geblieben und hat mit

niemandem gesprochen. Wenn Sie mich fragen, wollte sie sich einfach ausweinen.«

»Möglich. Aber wegen der Hände irren Sie sich, Mr. Parkis.«

»Wegen der Hände, Sir?«

Ich setzte mich so zurecht, daß das Licht mir beinahe voll ins Gesicht fiel.

»Unsere Hände haben sich nicht ein einziges Mal berührt.«

Nachdem ich meinen Spaß mit ihm gehabt hatte, tat er mir leid – es tat mir leid, daß ich einen ohnehin schon schüchternen Menschen noch unsicherer gemacht hatte. Er sah mich mit leicht geöffnetem Mund an, als habe man ihm plötzlich eine Verletzung zugefügt, und er erwarte jetzt wie gelähmt den nächsten Stich. Ich sagte: »Ich nehme an, ein solcher Irrtum kommt oft vor, Mr. Parkis. Mr. Savage hätte uns miteinander bekannt machen müssen.«

»O nein, Sir«, sagte er unglücklich, »ich bin schuld.« Dann senkte er den Kopf, saß da und blickte in seinen Hut, der auf seinen Knien lag. Ich versuchte ihn aufzumuntern. »Es ist nicht schlimm«, sagte ich. »Von außen betrachtet, ist es sogar recht lustig.«

»Aber ich bin innen, Sir«, sagte er. Er drehte den Hut in den Händen und fuhr mit trostloser und weinerlicher Stimme fort: »Es ist nicht Mr. Savage, der mir Kummer macht, Sir. Er ist ein verständnisvoller Mann, einen besseren findet man in unserem Beruf kaum – es ist mein Junge. Er hat mit einer so hochfliegenden Vorstellung von mir angefangen.« Aus der Tiefe seines Jammers holte er ein verächtliches und verängstigtes Lächeln. »Sie wissen doch, was Jungen so lesen, Sir. Nick Carter und ähnliches.«

»Warum sollte er je davon erfahren?«

»Zu einem Kind muß man ehrlich sein, Sir, und er wird

bestimmt Fragen stellen. Er wird wissen wollen, wie ich den Fall weiterverfolgt habe. Denn das lernt er gerade – wie man einen Fall weiterverfolgt.«

»Könnten Sie ihm nicht sagen, ich hätte den Mann identifiziert und sei nicht interessiert?«

»Es ist sehr freundlich von Ihnen, das vorzuschlagen, Sir, aber Sie müssen das von allen Seiten betrachten. Ich will nicht behaupten, ich würde das meinem Jungen nicht antun, aber was wird er denken, wenn er Ihnen im Verlauf der weiteren Ermittlungen begegnet?«

»Das ist nicht nötig.«

»Aber es könnte sehr leicht passieren, Sir.«

»Warum lassen Sie ihn diesmal nicht zu Hause?«

»Dadurch wird es nur schlimmer, Sir. Er hat keine Mutter, und es sind Schulferien. Ich habe ihn während der Ferien immer ausgebildet – natürlich mit Billigung von Mr. Savage. Nein. Ich habe mich diesmal zum Narren gemacht und muß es durchstehen. Wenn er nur nicht ganz so ernst wäre, Sir, aber er nimmt es sich zu Herzen, wenn ich einen Schnitzer mache. Eines Tages sagte mir Mr. Prentice – das ist Mr. Savages Assistent und ein harter Mann, Sir – in Gegenwart des Jungen: ›Wieder mal einer Ihrer Schnitzer, Parkis.‹ Das hat dem Jungen zum erstenmal die Augen geöffnet.«

Er stand auf, als habe er einen ungeheuren Entschluß gefaßt (wer sind wir denn, um den Mut eines anderen beurteilen zu dürfen?) und sagte: »Ich habe Sie aufgehalten, Sir, über *meine* Probleme gesprochen.«

»Es hat mir Freude gemacht, Mr. Parkis«, sagte ich ganz ohne Ironie. »Versuchen Sie, es nicht allzu schwer zu nehmen. Ihr Sohn muß Ihnen nachgeraten.«

»Er hat die Intelligenz seiner Mutter geerbt, Sir«, sagte er traurig. »Ich muß mich beeilen. Es ist kalt draußen, und obwohl ich ihm einen schönen geschützten Platz gesucht habe, bevor ich ging, kann ich mich bei seinem Eifer nicht darauf verlassen, daß er im Trockenen bleibt. Würden Sie bitte die Spesenrechnung unterschreiben, wenn Sie mit ihr einverstanden sind?«

Ich sah ihm vom Fenster aus nach, als er, den Kragen seines dünnen Regenmantels aufgestellt, den alten Hut tief in die Stirn gezogen, über den Gemeindeanger ging. Es schneite stärker, und schon unter der dritten Straßenlaterne sah er aus wie ein kleiner Schneemann, bei dem noch dunkle Erdflecken durchscheinen. Erstaunt stellte ich fest, daß ich zehn Minuten lang nicht an Sarah oder an meine Eifersucht gedacht hatte. Ich war beinahe menschlich genug geworden, um an den Kummer eines anderen zu denken.

7

Eifersucht, das habe ich zumindest immer geglaubt, gibt es nur gemeinsam mit Begehren. Die Schreiber des Alten Testaments benutzten gern die Worte *ein eifersüchtiger Gott*, und vielleicht wollten sie damit auf ihre einfache und ursprüngliche Art ihren Glauben an die Liebe Gottes zu den Menschen ausdrücken. Doch ich nehme an, daß Begehren mehrere Lesarten hat. Mein Begehren war dem Haß jetzt näher als der Liebe, und wie Sarah mir einmal gesagt hatte, war Henrys körperliches Begehren nach ihr seit langem erloschen. Dennoch glaube ich, daß er in jenen Tagen ebenso eifersüchtig war wie ich. Er brauchte ganz einfach eine Gefährtin; zum erstenmal fühlte er sich von Sarahs Vertrauen ausgeschlossen. Er war beunruhigt und verzweifelt – er wußte nicht, was vorging oder was geschehen würde. Er lebte in furchtbarer Ungewißheit. In dieser Beziehung war seine mißliche Lage schlimmer als meine. Ich besaß nichts, und dieses Nichts war mir sicher. Ich konnte nicht mehr haben, als ich verloren hatte, während ihm noch ihre Anwesenheit bei Tisch gehörte, das Geräusch ihrer Füße auf der Treppe, das Öffnen und Schließen der Türen, der Kuß auf die Wange – ich bezweifle, daß es noch mehr gab, doch für einen Verhungernden ist das sehr viel. Und was es vielleicht noch schlimmer machte, er hatte einst ein Gefühl der Sicherheit genossen, wie ich es nie besessen hatte. In dem Augenblick, in dem Mr. Parkis über den Gemeindeanger zurückging, wußte Henry nicht einmal, daß Sarah und ich einmal ein Liebespaar gewesen waren. Und wenn ich dieses Wort schreibe, drängt mich mein Gedächtnis gegen meinen Willen unwiderstehlich zu dem Punkt zurück, an dem der Schmerz begann ...

Nach dem ungeschickten Kuß in der Maiden Lane verging eine ganze Woche, ehe ich Sarah anrief. Sie hatte bei unserem Abendessen erwähnt, daß Henry das Kino nicht mochte und sie daher nur selten eines besuchte. Damals lief im Warner's ein Film, der nach einem meiner Bücher gedreht worden war, und ich lud Sarah ein, mich in die Vorstellung zu begleiten: teils weil ich »angeben« wollte, teils weil ich das Gefühl hatte, ich dürfe aus Gründen der Höflichkeit den Kuß gewissermaßen nicht einfach in der Luft hängen lassen, und teils, weil ich mich noch immer für das Eheleben eines Staatsbeamten interessierte. »Ich vermute, es hat keinen Sinn, Henry zu bitten?«

»Überhaupt keinen«, sagte sie.

»Er könnte uns doch hinterher zum Essen treffen, oder?«

»Er schleppt zur Zeit eine Menge Arbeit nach Hause. Irgend so ein verflixter Liberaler bringt nächste Woche im Parlament eine Anfrage über Witwen ein.« Man könnte also sagen, daß dieser Liberale – ich glaube, es war ein

Waliser namens Lewis – uns an diesem Abend das Bett bereitete.

Der Film war nicht gut, und manchmal tat es richtig weh, die Situationen, die für mich so real gewesen waren, zu banalen Leinwandklischees verkümmert zu sehen. Ich wünschte, ich wäre mit Sarah in ein anderes Kino gegangen. Zuerst hatte ich ihr gesagt: »Das ist nicht das, was ich geschrieben habe«, doch das konnte ich ja nicht ständig wiederholen. Sie berührte mich mitfühlend mit der Hand, und von da an blieben unsere Hände so unschuldsvoll und arglos wie die Hände von Kindern und Liebenden ineinander verschlungen. Plötzlich und unerwartet erwachte der Film – für ein paar Minuten nur – zum Leben. Ich vergaß, daß es meine Geschichte und zur Abwechslung einmal mein Dialog waren: die kleine Szene in einem billigen Restaurant berührte mich tief. Der Liebhaber hatte ein Steak mit Zwiebeln bestellt, die junge Frau zögerte einen Moment, auch Zwiebeln zu nehmen, weil ihr Mann den Geruch nicht mochte; der Liebhaber war verletzt und zornig, weil er wußte, warum sie zögerte und er dabei an die unvermeidliche Umarmung bei ihrer Heimkehr erinnert wurde. Die Szene war ein Erfolg. Ich hatte durch eine ganz einfache, alltägliche Episode ein Gefühl der Leidenschaft vermitteln wollen, ohne Rhetorik in Wort oder Tat, und es funktionierte. Ein paar Sekunden lang war ich glücklich – das war Schreiben. Nichts sonst auf der Welt interessierte mich. Ich wollte nach Hause gehen und die Szene nachlesen; ich wollte an etwas Neuem arbeiten; ich wünschte, oh, wie sehr wünschte ich, Sarah Miles nicht zum Abendessen eingeladen zu haben.

Hinterher – wir saßen im *Rules*, und man hatte eben unsere Steaks serviert – sagte sie: »*Eine* Szene haben Sie aber bestimmt geschrieben.«

»Die mit den Zwiebeln?«

»Ja.« Und im selben Moment stellte man uns einen Teller mit Zwiebeln auf den Tisch. Ich sagte zu ihr – mir war an diesem Abend bisher nicht einmal der Gedanke gekommen, sie zu begehren: »Und – hat Henry etwas gegen Zwiebeln?«

»O ja. Er kann sie nicht ertragen. Mögen Sie welche?«

»Ja.« Sie legte Zwiebeln auf meinen Teller und nahm sich dann selbst.

Ist es möglich, sich vor einem Teller mit Zwiebeln zu verlieben? Es scheint unwahrscheinlich, und doch könnte ich schwören, daß ich mich genau in diesem Augenblick verliebte – es war dieses plötzliche Erkennen einer besonderen Frau, einer Offenheit, die mich später so oft glücklich und unglücklich machen sollte. Ich legte unter dem Tisch die Hand auf ihr Knie, und ihre Hand kam und hielt die meine fest. Ich sagte: »Das Steak ist gut« und hörte ihre Antwort wie ein Gedicht. »Es ist das beste, das ich je gegessen habe.«

Es gab keine Werbung und keine Verführung. Wir ließen das halbe Steak auf dem Teller liegen und die noch fast halbvolle Flasche Claret stehen und traten beide mit derselben Absicht auf die Maiden Lane. An genau derselben Stelle wie vorher, bei der Toreinfahrt und dem Gitter, küßten wir uns. Ich sagte: »Ich bin verliebt.«

»Ich auch.«

»Wir können nicht nach Hause gehen.«

»Nein.«

Bei der Charing Cross Station erwischten wir ein Taxi, und ich wies den Fahrer an, uns in die Arbuckle Avenue zu bringen – das war der Name, den die Leute der Eastbourne Terrace gegeben hatten, der Reihe von Hotels, die früher an der Paddington Station standen und so luxuriöse Namen trugen wie Ritz, Carlton und so ähnlich. Die Türen dieser Hotels standen immer offen, und man konnte zu jeder Tageszeit für ein, zwei Stunden ein Zimmer bekommen. Vor einer Woche habe ich Carlton Terrace wieder besucht. Die Hälfte war nicht mehr da – die Hälfte, auf der die Hotels gestanden haben, ist total zerbombt, und von dem Haus, in dem wir uns damals liebten, ist überhaupt nichts mehr übrig. Es war das *Bristol* gewesen; in der Halle hatte ein eingetopfter Farn gestanden, und die Hoteldirektorin, eine Frau mit blauen Haaren, hatte uns in das beste Zimmer geführt: ein stilechtes Zimmer aus der Zeit König Eduards mit einem großen vergoldeten Doppelbett, roten Samtvorhängen und einem mannshohen Spiegel. (Leute, die in die Arbuckle Avenue kamen, verlangten nie ein Zimmer mit zwei Einzelbetten.) Ich erinnere mich sehr gut an die trivialen Details: daran, daß die Direktorin mich fragte, ob wir über Nacht bleiben wollten; daß das Zimmer fünfzehn Shilling koste, wenn wir es nur kurz behalten wollten; daß der elektrische Zähler nur Shillinge schluckte und wir beide keinen einzigen hatten, aber ich erinnere mich an nichts sonst – nicht daran, wie Sarah das erstemal aussah oder was wir getan haben, nur daß wir beide nervös waren und uns sehr ungeschickt liebten. Es war nicht wichtig. Wir hatten einen Anfang gemacht – allein darum ging es. Damals hatten wir noch das ganze Leben vor uns, auf das wir uns freuen konnten. Oh, etwas gibt es noch, an das ich mich immer erinnern werde. Als ich sie an der Tür unseres Zimmers (nach einer halben Stunde schon war es »unser Zimmer« geworden) wieder küßte und ihr sagte, wie sehr mir der Gedanke verhaßt war, daß sie zu Henry nach Hause ging, antwortete sie: »Mach dir keine Sorgen. Er hat viel zuviel mit den Witwen zu tun.«

»Ich hasse sogar die Vorstellung, daß er dich küßt.«

»Das wird er nicht. Es gibt nichts, was er mehr verabscheut als Zwiebeln.«

Ich begleitete sie nach Hause auf ihre Seite des Gemeindeangers. Henrys Licht schien unter der Tür seines Arbeitszimmers hervor, und wir gingen hinauf. Im Wohnzimmer legten wir uns gegenseitig die Hände auf den Körper, nicht fähig, loszulassen. »Er wird jeden Augenblick heraufkommen«, sagte ich.

»Wir können ihn hören«, sagte sie und fügte mit furchtbarer Sachlichkeit hinzu: »Eine bestimmte Stufe knarrt immer.«

Ich hatte keine Zeit, den Mantel auszuziehen. Wir küßten uns und hörten die Stufe knarren, und ich beobachtete betroffen, wie ruhig ihr Gesicht blieb, als Henry hereinkam. Sie sagte: »Wir haben gehofft, daß du heraufkommst und uns etwas zu trinken anbietest.«

Er sagte: »Aber natürlich, gern. Was trinken Sie, Bendrix?« Ich sagte, ich wolle nichts trinken, ich hätte noch zu arbeiten.

»Haben Sie nicht gesagt, daß Sie spät abends nie arbeiten?«

»Oh, das zählt nicht. Es ist eine Kritik.«

»Ein interessantes Buch?«

»Nicht besonders.«

»Ich wünschte, ich hätte Ihr Talent – Dinge niederzuschreiben.«

Sarah brachte mich zur Tür, und wir küßten uns wieder. In diesem Moment war es Henry, den ich mochte, nicht Sarah. Es war, als würfen alle Männer aus der Vergangenheit und alle künftigen Männer ihren Schatten über die Gegenwart. »Was ist denn?« fragte sie. Sie erfaßte immer sehr schnell, was sich hinter einem Kuß verbarg, hörte das Flüstern im Kopf.

»Nichts«, sagte ich. »Ich ruf dich morgen früh an.«

»Es ist besser, wenn ich dich anrufe«, sagte sie, und ich dachte: Paß auf, paß auf, wie gut sie es versteht, eine solche Affäre zu steuern, und mußte wieder an die Stufe denken, die immer – »immer« war das Wort, das sie benutzt hatte – knarrte.

ZWEITES BUCH

I

Unglück lässt sich so viel leichter vermitteln als Glück. Im Elend scheinen wir uns unserer eigenen Existenz bewußt zu sein, und sei es auch in Form eines monströsen Egoismus: Dieser Schmerz ist mein Schmerz allein, dieser zuckende Nerv gehört zu mir und zu keinem anderen. Glück indessen vernichtet uns; wir verlieren unsere Identität. Die Worte menschlicher Liebe wurden von den Heiligen benutzt, um ihr Gottesbild zu beschreiben, und daher, nehme ich an, dürfen wir die Ausdrücke von Gebeten, Meditation und Kontemplation benutzen, um die Intensität der Liebe zu erklären, die wir für eine Frau empfinden. Wir geben auch die Erinnerung, den Intellekt, die Intelligenz hin, erleben den Verlust, die *noche oscura* – die dunkle Nacht, und werden manchmal mit einer Art Frieden belohnt. Der Liebesakt selbst wurde als der kleine Tod beschrieben, und manchmal erleben Liebende auch den kleinen Frieden. Es ist merkwürdig, daß ich diese Sätze schreibe, als liebte ich, was ich in Wahrheit hasse. Manchmal erkenne ich meine eigenen Gedanken nicht mehr. Was weiß ich über Phrasen wie »die dunkle Nacht« oder über Beter, die nur ein Gebet haben? Ich habe sie ererbt, das ist alles, wie ein Ehemann, den der Tod mit Frauenkleidern, Parfums, Cremetiegeln zurückläßt, die für ihn unnütz sind ... Und dennoch, da *war* dieser Friede ...

So denke ich an die ersten Kriegsmonate – war es ein

fauler Friede, so faul wie der »Sitzkrieg« (an der Westfront 1939–40)? Es kommt mir jetzt so vor, als habe er in diesen Monaten der Ungewißheit und des Wartens tröstend und beschwichtigend die Arme ausgestreckt, doch er muß auch damals, vermute ich, von Mißverständnissen und Mißtrauen durchsetzt gewesen sein. Ebenso wie ich an jenem ersten Abend nicht in Hochstimmung, sondern nur mit einem Gefühl der Trauer und Resignation nach Hause gegangen war, kehrte ich an anderen Tagen immer wieder mit der Gewißheit zurück, daß ich nur einer von vielen Männern war – im Augenblick der Favorit unter ihren Liebhabern. Diese Frau, die ich mit solcher Besessenheit liebte, daß ihr, wenn ich nachts wach wurde, mein erster Gedanke galt und mir den Schlaf nahm, schien mir ihre ganze Zeit zu widmen. Und dennoch hatte ich kein Vertrauen. Beim Liebesakt konnte ich anmaßend sein, doch wenn ich allein war, brauchte ich nur in den Spiegel zu schauen, und Zweifel blickten mir entgegen – in Form eines faltigen Gesichts und eines gelähmten Beines – warum ich? Es gab immer wieder Gründe, warum wir uns nicht treffen konnten – einen Zahnarzt- oder einen Friseurtermin oder Henry hatte Gäste, Gelegenheiten, bei denen sie allein zusammen waren. Es nützte mir nichts, wenn ich mir sagte, daß sie, wenn sie zu Hause war, keine Möglichkeit hatte, mich zu betrügen (mit dem Egoismus des Liebhabers benutzte ich schon das Wort, das eine nicht vorhandene Verpflichtung unterstellte), während Henry an den Witwenpensionen arbeitete oder – diese Aufgabe wurde ihm bald entzogen – mit der Verteilung von Gasmasken und den Entwürfen für Pappkartons beschäftigt war, denn wußte ich nicht, daß man sich unter den gefährlichsten Umständen lieben konnte, wenn das Verlangen übermächtig wurde? Das Mißtrauen wächst mit dem Erfolg eines Liebhabers. Und als wir uns das nächstemal sahen, geschah es genau auf die Art, die ich für unmöglich gehalten hätte.

Ich erwachte mit der Traurigkeit, die mich seit ihrem letzten vorsichtigen Rat begleitete, und kaum drei Minuten später vertrieb ihre Stimme am Telefon diese Trauer. Ich habe weder vorher noch nachher eine Frau gekannt, die so befähigt gewesen wäre, allein durch ein paar Worte am Telefon eine Stimmung völlig zu verändern, und wenn sie einen Raum betrat oder mit der Hand meine Seite berührte, schuf sie sofort wieder das absolute Vertrauen, das mir bei jeder Trennung verlorenging.

»Hallo«, sagte sie, »schlafen Sie noch?«

»Nein. Wann kann ich dich sehen? Heute vormittag?«

»Henry ist erkältet. Er bleibt zu Hause.«

»Wenn du nur herkommen könntest ...«

»Ich muß zu Hause bleiben, um ans Telefon zu gehen.«

»Nur weil er erkältet ist?«

Am Abend vorher hatte ich Freundschaft und Mitgefühl für Henry empfunden, aber schon war er zum Feind geworden, den man verspottete, dem man grollte und den man heimlich vernichtete.

»Er hat total die Stimme verloren.«

Ich fühlte boshafte Freude, weil seine Krankheit so lächerlich war: ein Staatsbeamter ohne Stimme, der sich heiser flüsternd und wirkungslos über Witwenpensionen ausließ. Ich sagte: »Gibt es keine Möglichkeit, dich zu sehen?«

»Aber selbstverständlich.«

Einen Moment blieb es still in der Leitung, und ich dachte, wir seien unterbrochen worden. Ich sagte: »Hallo! Hallo!« Aber sie hatte nachgedacht, das war alles, sorgfältig, konzentriert, so daß sie mir sofort die richtige Antwort geben konnte. »Um eins bringe ich Henry ein Tablett ans Bett. Wir könnten im Wohnzimmer Sandwichs essen. Ich werde ihm sagen, daß Sie über den Film sprechen wollen – oder über Ihre Story«, und sofort nachdem sie aufgelegt hatte, war auch das Vertrauen dahin; ich dachte: Wie oft hat sie es früher schon so geplant? Als ich vor ihrem Haus stand und klingelte, fühlte ich mich wie ein Feind – oder ein Detektiv, der ihren Worten nachspürte, wie Parkis und Sohn ein paar Jahre später ihr nachspüren sollten, was sie tat und wohin sie ging. Dann wurde die Tür geöffnet, und das Vertrauen war wieder da.

In jenen Tagen ging es nie um die Frage, wer wen wollte – wir begehrten *einander*. Henry bekam sein Tablett, saß in seinem grünwollenen Morgenmantel von zwei Kissen gestützt da, und im Zimmer unter ihm liebten wir uns bei angelehnter Tür auf dem Hartholzfußboden mit einem einzigen Kissen, das es uns bequemer machte. Als der Augenblick kam, mußte ich ihr sanft die Hand auf den Mund legen, um ihren merkwürdig traurigen, zornigen Schrei des Verlassenwerdens zu unterdrücken, weil ich fürchtete, Henry könnte ihn hören.

Zu denken, daß ich eigentlich nur ihr Gehirn »anzapfen« wollte! Ich kauerte neben ihr auf dem Boden und ließ sie nicht aus den Augen, als würde ich sie vielleicht nie wiedersehen – das Haar von unbestimmbarem Braun wie eine Alkoholpfütze auf dem Parkett, der Schweiß auf ihrer Stirn, der schwere Atem, als habe sie einen Wettlauf hinter sich und liege jetzt wie eine von ihrem Sieg erschöpfte junge Sportlerin da.

Und dann knarrte die Stufe. Einen Moment bewegten wir uns beide nicht. Die Sandwichs stapelten sich ungegessen auf dem Tisch, die Gläser waren nicht gefüllt. Sie flüsterte: »Er ist heruntergekommen.« Sie setzte sich in einen Sessel, stellte einen Teller auf ihren Schoß und ein Glas neben sich.

»Und wenn er etwas gehört hat, als er vorbeiging?« sagte ich.

»Er hätte nicht gewußt, was es war.«

Ich muß sie ungläubig angesehen haben, denn sie erklärte mir mit trübseliger Zärtlichkeit: »Armer Henry. Es ist nie passiert – in den zehn Jahren nicht ein einziges Mal.« Aber dennoch fühlten wir uns nicht sicher; wir saßen da und lauschten schweigend, daß die Stufe wieder knarrte. Meine Stimme klang auch für mich selbst wie geborsten und falsch, als ich viel zu laut sagte: »Ich freue mich, daß Ihnen die Szene mit den Zwiebeln gefallen hat«, und Henry stieß die Tür auf und schaute herein. Er hatte eine Wärmflasche mit grauer Flanellhülle in der Hand. »Hallo, Bendrix«, flüsterte er.

»Du hättest sie dir nicht selbst holen sollen«, sagte sie.

»Wollte euch nicht stören.«

»Wir haben uns nur über den Film von gestern abend unterhalten.«

»Ich hoffe, Sie haben alles, was Sie wollen«, flüsterte er für mich bestimmt. Er warf einen Blick auf den Claret, den Sarah mir eingeschenkt hatte. »Hättest ihm den 29er geben sollen«, hauchte er mit seiner tonlosen Stimme, tappte, die Wärmflasche in ihrer grauen Flanellhülle an sich drückend, hinaus, und wir waren wieder allein.

»Macht es dir etwas aus?« fragte ich, und sie schüttelte den Kopf. Ich wußte nicht so recht, was ich meinte – glaube aber, ich hatte das Gefühl, sie könnte bei Henrys Anblick ein schlechtes Gewissen bekommen haben, doch sie hatte eine wunderbare Art, Reue und Schuldbewußtsein zu verdrängen. Anders als wir anderen wurde sie nie von einem schlechten Gewissen geplagt. Ihrer Ansicht nach war etwas vorbei, wenn es vorbei war: Schuldbewußtsein und Reue starben mit der Handlung. Wenn Henry uns ertappt hätte, wäre es in ihren Augen unvernünftig gewesen, wenn er sich länger als einen Moment geärgert hätte. Von den Katholiken heißt es immer, sie würden bei der Beichte von der Last der Vergangenheit befreit – in dieser Beziehung hätte man sie gewiß eine geborene Katholikin nennen können, obwohl sie sowenig an Gott glaubte wie ich. Das dachte ich damals und frage ich mich jetzt.

Wenn dieses Buch immer wieder vom geraden Kurs abweicht, dann deshalb, weil ich mich in ein fremdes Gebiet verirrt habe. Ich habe keine Karte. Manchmal frage ich mich, ob von dem, was ich hier niederschreibe, überhaupt etwas wahr ist. Ich fühlte an jenem Nachmittag ein so absolutes Vertrauen, als sie plötzlich ungefragt zu mir sagte: »Ich habe nichts und niemanden je so geliebt wie dich.« Es war, als gebe sie sich, in dem Sessel sitzend, ein halb gegessenes Sandwich in der Hand, so völlig hin wie vor fünf Minuten auf dem Parkettfußboden. Die meisten von uns zögern, ein so rückhaltloses Bekenntnis abzulegen – wir erinnern uns und schauen voraus und zweifeln. Sie hatte keine Zweifel. Nur der Augenblick zählte. Die Ewigkeit, so sagt man, ist keine Ausdehnung, sondern ein Nichtvorhandensein von Zeit, und manchmal kam es mir so vor, als berühre ihre Preisgabe jenen seltsamen mathematischen Punkt der Unendlichkeit, einen Punkt ohne Weite, der keinen Platz beansprucht. Was zählte Zeit – was zählten die ganze Vergangenheit und die anderen Männer, die sie von Zeit zu Zeit (da ist das Wort schon wieder) gekannt haben mochte, oder die ganze Zukunft, in der sie vielleicht dasselbe Bekenntnis mit derselben Wahrhaftigkeit ablegen würde? Als ich erwiderte, daß ich sie auf die gleiche Weise liebe, war ich der Lügner, nicht sie, denn ich bleibe mir der Zeit immer bewußt: Für mich ist die Gegenwart nie vorhanden; bei mir heißt es immer vergangenes Jahr oder nächste Woche.

Sie log nicht einmal, als sie sagte: »Niemand sonst. Nie wieder.« Es gibt Widersprüche in der Zeit, die an jenem mathematischen Punkt nicht existieren, das ist alles. Sie hatte für die Liebe viel größere Fähigkeiten als ich – ich konnte den Vorhang über diesen Augenblick nicht herunterlassen; ich konnte nicht vergessen, und ich brachte es nicht fertig, mich *nicht* zu ängstigen. Sogar im Augenblick der Ekstase war ich wie ein Polizeibeamter, der Beweise für ein Verbrechen sucht, das noch nicht begangen wurde, und als ich mehr als sieben Jahre später Parkis' Brief öffnete, lebte der Beweis in meinem Gedächtnis, um meine Bitterkeit zu vertiefen.

2

SEHR GEEHRTER HERR, lautete der Brief, *ich freue mich, Ihnen mitteilen zu können, daß mein Junge und ich mit der Hausangestellten von Nr. 17 auf freundschaftlichste Weise Kontakt aufgenommen haben. Dadurch konnten wir die Ermittlungen schneller vorantreiben, weil ich ab und zu einen Blick in den Terminkalender der Zielperson werfen und mich darüber informieren kann, wohin sie geht und mit wem sie sich trifft; auch kann ich von einem Tag zum anderen den Papierkorb der Zielperson inspizieren, aus dem ich hier ein interessantes Fundstück beilege, das Sie bitte mit Ihren Anmerkungen retournieren wollen. Die Zielperson führt auch ein Tagebuch und zwar schon seit mehreren Jahren, doch bisher hat es die Hausangestellte, die ich in Zukunft aus Gründen der Sicherheit als meine Freundin bezeichnen werde, noch nicht in die Hand bekommen, da die Zielperson es unter Verschluß hält, was genauso verdächtig wie unverdächtig sein kann. Abgesehen von dem wichtigen Fundstück, das hier beigefügt ist, scheint die Zielperson viel Zeit damit zu verbringen, die Verabredungen, die sie in ihren Terminkalender eingetragen hat, nicht einzuhalten, und daher muß man sie als reine Tarnung betrachten, so sehr niedriges Mißtrauen mir persönlich widerstrebt und ich eine Ermittlung, bei der zum Wohle aller Beteiligten absolute Wahrheit erforderlich ist, nicht mit einem Vorurteil belasten möchte.*

Wir werden nicht nur von Tragödien verletzt; auch das Groteske trägt Waffen, würdelose, lächerliche Waffen. Es gab Zeiten, in denen ich Mr. Parkis seine geschwätzigen, aalglatten, unbrauchbaren Berichte am liebsten in den Hals gerammt hätte – und das in Anwesenheit »seines Jungen«. Es war, als ob ich durch meinen Versuch, Sarah eine Falle zu stellen (Aber zu welchem Zweck? Um Henry zu verletzen? Um mich zu verletzen?) einem Clown gestattet hätte, in unsere Intimität hineinzutrampeln. Intimität. Sogar dieses Wort schmeckt nach Mr. Parkis' Berichten. Schrieb er nicht einmal: »Obwohl ich keinen Beweis dafür habe, daß es in der Cedar Road 16 zu Intimitäten gekommen ist, ließ die Zielperson deutlich erkennen, daß sie die Absicht hatte zu betrügen«? Aber das war später. In diesem Bericht erfuhr ich nur, daß Sarah, nachdem sie je einen Termin mit ihrem Zahnarzt und ihrer Schneiderin eingetragen hatte, bei beiden nicht erschienen war, falls es diese Termine überhaupt jemals gegeben hatte. Sie hatte sich der Verfolgung entzogen. Als ich dann Mr. Parkis' primitive Epistel umdrehte, die in seiner krakeligen Schrift mit malvenfarbener Tinte auf billigem Briefpapier geschrieben war, sah ich die ausgeprägte Schrift von Sarah selbst. Ich hatte nicht gewußt, daß ich sie nach fast zwei Jahren noch erkennen würde.

Es war nur ein Stück Papier, an die Rückseite des Berichts geheftet und mit einem großen roten A gekennzeichnet. Unter das A hatte Mr. Parkis geschrieben: *Wichtig ist im Hinblick auf ein mögliches Verfahren, daß alle dokumentarischen Beweise für unsere Akten zurückerstattet werden.* Das Papier war aus dem Papierkorb herausgeholt und wie von der Hand eines Liebhabers sorgfältig glattgestrichen worden. Und für einen Liebhaber mußte es tatsächlich bestimmt gewesen sein: *Ich brauche Dir weder zu schreiben noch mit Dir zu reden, Du weißt alles, bevor ich etwas sagen kann, aber wenn man liebt, hat man das Verlangen zu tun, was man immer getan hat. Ich weiß, daß ich erst zu lieben beginne, aber schon möchte ich alle und alles hingeben, nur nicht Dich: Allein Furcht und Gewohnheit hindern mich daran. Lieber...* Das war alles. Keck sah der Text mich an, und ich dachte unwillkürlich daran, daß ich mich an keine einzige Zeile erinnern konnte, die sie mir je geschrieben hatte. Hätte ich ihre Briefe denn vernichtet, wenn sie sich darin jemals so rückhaltlos zu ihrer Liebe bekannt hätte, und hatte sie damals nicht aus Angst, ich könnte sie aufbewahren, sorgfältig darauf geachtet, mir – wie sie es nannte – »alles zwischen den Zeilen zu schreiben«? Doch diese letzte Liebe hatte den Käfig der Zeilen gesprengt; hatte sich geweigert, sich zwischen ihnen zu verstecken. Wir hatten ein Codewort, an das ich mich erinnerte – Zwiebeln. Dem Wort war in unserer Korrespondenz erlaubt worden, diskret unsere Leidenschaft anzudeuten. *Schon möchte ich alle und alles hingeben, nur Dich nicht* und die Zwiebeln, dachte ich voller Haß. Zwiebeln – sie gehörten zu meiner Zeit.

Ich schrieb »Kein Kommentar« auf den unteren Rand des Papiers, steckte es in einen Umschlag und adressierte ihn an Mr. Parkis, aber als ich nachts aufwachte, konnte ich das ganze Ding auswendig hersagen, und das Wort »hingeben« nahm viele Formen von Körperlichkeit an.

Ich lag da, unfähig zu schlafen, und eine Erinnerung nach der anderen peinigte mich mit Haß und Begehren: ihr Haar, das auf dem Parkettboden ausgebreitet war, die knarrende Stufe; ein Tag auf dem Land, als wir in einem Graben lagen, der von der Straße nicht eingesehen werden konnte, zwischen ihren Haarsträhnen vom hartgefrorenen Boden Frostkristalle funkelten und im Augenblick höchster Ekstase ein Traktor vorbeituckerte und der Mann nicht einmal den Kopf wandte. Warum tötet der Haß nicht das Begehren? Ich hätte alles dafür gegeben, schlafen zu können. Ich hätte mich wie ein Schuljunge benommen, wenn ich geglaubt hätte, daß ein Ersatz möglich war. Doch es hatte eine Zeit gegeben, in der ich versucht hatte, einen Ersatz zu finden, und es hatte nicht funktioniert.

Ich bin ein eifersüchtiger Mann – es scheint töricht, diese Worte in einem, vermute ich, langen Bericht über die Eifersucht niederzuschreiben, Eifersucht auf Henry, Eifersucht auf Sarah und Eifersucht auf jenen anderen, den Mr. Parkis so ungeschickt verfolgte. Nun, all das gehört der Vergangenheit an, ich fühle meine Eifersucht auf Henry nur, wenn die Erinnerungen besonders lebendig werden (denn ich schwöre, wenn wir, bei ihrer Loyalität und meinem Begehren, verheiratet gewesen wären, hätten wir ein Leben lang glücklich sein können; was bleibt, ist die Eifersucht auf meinen Rivalen – ein melodramatisches Wort und dennoch schmerzlich unzulänglich, um seine unerträgliche Selbstgefälligkeit, sein Selbstvertrauen und seinen Erfolg auszudrücken. Manchmal denke ich, er würde mich nicht einmal als einen Teil des Bildes erkennen, und ich spüre ein ungeheures Verlangen, auf mich aufmerksam zu machen, ihm ins Ohr zu schreien: »Du darfst mich nicht ignorieren! Hier bin ich. Was auch geschehen sein mag, damals hat Sarah mich geliebt.«).

Sarah und ich hatten lange Auseinandersetzungen über Eifersucht. Ich war sogar auf ihre Vergangenheit eifersüchtig, über die sie ganz offen mit mir redete, als sie zur Sprache kam – die Affären, die nichts, überhaupt nichts bedeuteten (außer vielleicht den unbewußten Wunsch, den absoluten Höhepunkt zu erreichen, zu dem Henry sie kläglicherweise nie gebracht hatte). Sie war gegen ihre Liebhaber so loyal wie gegen Henry, doch was mir eigentlich ein Trost sein sollte (denn zweifellos würde sie auch gegen mich loyal sein), machte mich wütend. Es gab eine Zeit, in der sie über meinen Zorn lachte und sich weigerte zu glauben, daß er echt war, ebenso wie sie sich weigerte, an ihre Schönheit zu glauben; ich sei, sagte sie, nur verärgert, weil sie es ablehne, auf meine Vergangenheit oder meine mögliche Zukunft eifersüchtig zu sein. Ich hielt es für ausgeschlossen, daß es eine andere Form der Liebe geben könnte als die meine: Ich maß die Liebe am Grad meiner Eifersucht, und nach diesem Kriterium konnte sie mich natürlich überhaupt nicht lieben.

Die Auseinandersetzungen verliefen immer gleich, und ich schildere nur eine besondere Gelegenheit, weil der Streit damals in einer Handlung endete – einer dummen Handlung, die nirgendwohin führte, außer zu diesem Zweifel, der mich immer überkommt, wenn ich zu schreiben anfange –, dem Gefühl, daß möglicherweise doch sie recht und ich unrecht gehabt hatte.

Ich erinnere mich, daß ich zornig sagte: »Das ist nur der Katzenjammer, der von deiner alten Frigidität herrührt. Eine frigide Frau ist nie eifersüchtig, du bist ganz einfach mit den ganz normalen menschlichen Gefühlen noch nicht auf dem laufenden.«

Es ärgerte mich, daß sie nicht widersprach. »Da magst du recht haben. Ich sage nur, daß ich dich glücklich wissen möchte. Ich hasse es, wenn du unglücklich bist. Ich bin mit allem einverstanden, was du tust, wenn es dich glücklich macht.«

»Du suchst nur einen Vorwand. Wenn ich mit jemand anderem schlafe, hast du das Gefühl, daß du es auch tun darfst – jederzeit.«

»Darum geht es nicht –, um keines von beiden. Ich möchte, daß du glücklich bist, mehr nicht.«

»Du würdest mir das Bett vorbereiten?«

»Vielleicht.«

Unsicherheit ist für Liebende das Schlimmste. Manchmal scheint einem sogar eine ganz alltägliche Ehe ohne Leidenschaft und Begehren besser. Unsicherheit verdreht Sinn und Bedeutung und vergiftet das Vertrauen. In einer belagerten Stadt ist jeder Wachposten ein potentieller Verräter. Schon in den Tagen vor Mr. Parkis habe ich versucht, sie zu kontrollieren. Ich ertappte sie bei kleinen Lügen, Ausreden, die nichts zu bedeuten hatten, außer daß sie sich vor mir fürchte. Denn jede Lüge bauschte ich zu einem Betrug auf, und selbst in einer rückhaltlos offenen Erklärung vermutete ich versteckte Anspielungen. Weil ich den Gedanken nicht ertrug, daß sie einen anderen Mann auch nur berührte, fürchtete ich mich ständig davor und sah schon in einer völlig harmlosen Handbewegung eine Intimität.

»Würdest du mich denn nicht lieber glücklich als unglücklich sehen?« fragte sie mich mit unerträglicher Logik.

»Ich wäre lieber tot oder sähe dich lieber tot als mit einem anderen«, sagte ich. »Ich bin nicht exzentrisch. Das ist ganz normale menschliche Liebe. Frag, wen du willst. Sie werden alle dasselbe sagen – wenn sie überhaupt je geliebt haben«, höhnte ich. »Wer liebt, ist eifersüchtig.«

Wir hielten uns in meinem Zimmer auf. Waren an einem späten Frühlingsnachmittag zu einer sicheren Zeit hergekommen, um uns zu lieben; endlich einmal hatten wir ein paar Stunden für uns, doch ich vergeudete sie mit einem Streit, und aus der Liebe wurde nichts. Sie setzte sich aufs Bett und sagte: »Tut mir leid, ich wollte dich nicht verärgern. Wahrscheinlich hast du recht.« Aber ich ließ sie nicht in Ruhe. Ich haßte sie, weil ich denken wollte, daß sie mich nicht liebte; ich wollte sie aus meinem Innern vertreiben. Was für einen Grund hatte ich denn, mich über sie zu beklagen, ob sie mich nun liebte oder nicht? Sie war fast ein Jahr lang loyal gegen mich gewesen, sie hatte mir sehr viel Freude geschenkt, sie hatte meine Launen ertragen, und was hatte ich ihr gegeben – außer flüchtiger Lust? Ich war in diese Affäre mit offenen Augen hineingegangen und hatte gewußt, daß sie eines Tages enden mußte, und doch, als das Gefühl der Unsicherheit, der logische Glaube an die hoffnungslose Zukunft sich wie Schwermut auf mich senkten, setzte ich ihr zu und setzte ihr zu, als wollte ich die Zukunft hereinholen, die jetzt vor der Tür stand, ein unerwünschter und vorzeitig eingetroffener Gast. Meine Liebe und meine Furcht benahmen sich wie ein Gewissen. Hätten wir an die Sünde geglaubt, hätten wir uns kaum anders verhalten.

»Du wärst auf Henry eifersüchtig«, sagte ich.

»Nein. Das wäre ich nicht. Das ist lächerlich.«

»Wenn du deine Ehe bedroht glaubtest ...«

»Das wird nie der Fall sein«, sagte sie trübselig, und ich nahm ihre Worte als Beleidigung und marschierte schnurstracks hinaus, die Treppe hinunter auf die Straße. Ist dies das Ende? fragte ich mich und spielte mir selbst etwas vor. Es gibt keinen Grund für mich, je zurückzukehren. Könnte ich denn nicht, wenn ich sie mir aus dem Herzen reißen kann, irgendwo eine ruhige, freundliche Ehe finden, die von Dauer ist? Dann wäre ich vielleicht nicht mehr eifersüchtig, weil ich nicht genug lieben würde. Ich wäre einfach nur sicher, und mein Selbstmitleid und mein Haß spazierten Hand in Hand über den dämmrigen Gemeindeanger, wie Narren ohne Wärter.

Als ich zu schreiben anfing, habe ich gesagt, die Geschichte handle von Haß, doch bin ich davon nicht mehr überzeugt. Vielleicht ist mein Haß so unvollkommen wie meine Liebe. Eben habe ich vom Schreiben aufgeblickt, mein Gesicht in einem Spiegel bei meinem Schreibtisch gesehen und habe gedacht: Sieht Haß wirklich so aus? Denn ich wurde an jenes Gesicht erinnert, das wir alle aus der Kindheit kennen, das uns aus dem Schaufenster eines Ladens anschaute, die Züge vom Hauch unseres Atems verwischt, wenn wir sehnsüchtig die glänzenden und für uns unerreichbaren Dinge hinter der Glasscheibe betrachteten.

Dieser Streit muß irgendwann im Mai 1940 ausgebrochen sein. Der Krieg hatte uns auf mancherlei Weise geholfen, und daher schien er mir bei meiner Affäre ein ziemlich übler und unzuverlässiger Komplize zu sein. (Absichtlich ließ ich gewissermaßen die ätzende Säure des Wortes »Affäre«, das seinem Sinn nach Anfang und Ende beinhaltete, auf meiner Zunge zergehen.) Ich glaube, Deutschland hatte damals schon die Niederlande besetzt. Wie ein Leichnam roch der Frühling süß nach Tod und Verwesung, doch für mich zählten nur zwei praktische Tatsachen – Henry war ins Ministerium für Innere Sicherheit versetzt worden und arbeitete bis in den späten Abend hinein, und meine Vermieterin war aus Angst vor den Luftangriffen ins Kellergeschoß gezogen und lauerte nicht mehr im oberen Stockwerk, über das Treppengeländer schielend, auf unerwünschte Besucher. Da ich hinke (ein Bein ist ein bißchen kürzer als das andere, die Folge eines Unfalls in meiner Kindheit), hatte sich mein Leben überhaupt nicht verändert. Erst als die

Luftangriffe begannen, hielt ich es für erforderlich, Luftschutzwart zu werden; es war, als sei ich vorläufig aus dem Krieg ausgetreten.

An diesem Abend war ich noch voller Haß und Mißtrauen, als ich zum Piccadilly kam. Mehr als alles andere auf der Welt wünschte ich mir, Sarah weh zu tun. Ich wollte eine Frau mit mir nach Hause nehmen und auf demselben Bett mit ihr liegen, auf dem ich Sarah geliebt hatte. Es war, als wüßte ich, daß die einzige Möglichkeit, ihr weh zu tun, die war, mich selbst zu verletzen. Um diese Zeit waren die Straßen dunkel und still, obwohl hoch im mondlosen Himmel die Strahlen der Suchscheinwerfer hin und her huschten. Man konnte da, wo die Frauen in den Haustüren und den Eingängen unbenutzter Luftschutzkeller standen, keine Gesichter erkennen. Sie mußten sich mit ihren Taschenlampen wie Glühwürmchen bemerkbar machen. Auf dem ganzen Weg durch die Sackville Street gingen die kleinen Lichter an und aus. Ich ertappte mich dabei, daß ich mich fragte, was Sarah jetzt machte. War sie nach Hause gegangen oder wartete sie darauf, daß ich vielleicht doch zurückkam?

Eine Frau knipste ihr Licht an und sagte: »Lust, mit mir nach Hause zu kommen, mein Lieber?« Ich schüttelte den Kopf und ging weiter. Ein Stück weiter redete ein Mädchen mit einem Mann. Als sie sich ins Gesicht leuchtete, damit er sie sah, erhaschte ich einen Blick auf etwas Junges, Dunkles, Glückliches und noch nicht Verderbtes: ein Tier, das nicht begriff, daß es gefangen war. Ich ging vorbei, kehrte dann um und ging auf die beiden zu; als ich näher kam, ließ der Mann das Mädchen stehen, und ich fragte: »Willst du einen Drink?«

»Kommst du nachher mit mir?«

»Ja.«

»Ich würde gern schnell was trinken.«

Wir gingen in das Pub am Ende der Straße, und ich bestellte zwei Whisky, aber als sie trank, konnte ich ihr Gesicht nicht mehr für Sarahs Gesicht nehmen. Sie war jünger als Sarah, konnte nicht älter als neunzehn sein, war schöner, und man hätte sogar sagen können weniger verderbt, doch nur, weil viel weniger zu verderben war. Ich stellte fest, daß ich sie ebensowenig wollte wie die Gesellschaft eines Hundes oder einer Katze. Sie erzählte mir, sie habe im obersten Stock eines Hauses ganz in der Nähe eine hübsche Wohnung. Sie sagte mir, wie teuer die Miete, wie alt sie selbst und wo sie geboren war und daß sie ein Jahr lang in einem Café gearbeitet hatte. Sie sagte mir auch, sie nehme nicht jeden nach Hause mit, der sie anspreche, aber sie habe sofort gesehen, daß ich ein Gentleman sei. Sie erzählte, sie habe einen Kanarienvogel namens Jonas, nach dem Gentleman genannt, der ihn ihr geschenkt hatte. Und sie sagte auch, wie schwierig es sei, in London Vogelkreuzkraut zu bekommen. Ich dachte: Wenn Sarah noch bei mir ist, kann ich anrufen. Das Mädchen fragte mich, ob ich, wenn ich einen Garten hätte, manchmal an den Kanarienvogel denken würde. Sie sagte: »Du nimmst mir doch nicht übel, daß ich das frage, oder?«

Ich musterte sie über meinen Whisky hinweg und dachte: Wie merkwürdig, daß ich überhaupt kein Verlangen nach ihr spüre. Es war, als sei ich nach so vielen promiskuitiven Jahren plötzlich erwachsen geworden. Meine Leidenschaft für Sarah hatte die simple Lust in mir für immer abgetötet. Nie wieder würde ich ohne Liebe eine Frau genießen können.

Und doch war es gewiß nicht Liebe gewesen, die mich in dieses Pub geführt hatte; den ganzen Weg vom Gemeindeanger hierher hatte ich mir gesagt, es sei Haß, und auch jetzt versuche ich, sie mir dadurch, daß ich über sie schreibe, für immer aus dem Herzen zu reißen, denn ich habe mir stets gesagt, wenn sie stürbe, könnte ich sie vergessen.

Ich verließ das Pub, ließ das Mädchen bei seinem Whisky zurück und schob ihm als Trostpflaster für seinen Stolz eine Pfundnote zu. Dann ging ich die Burlington Street entlang zu einer Telefonzelle. Ich hatte keine Taschenlampe und mußte ein Streichholz nach dem anderen abbrennen, bevor ich es schaffte, meine Nummer zu wählen. Dann hörte ich das Läuten, sah das Telefon vor mir, das auf meinem Schreibtisch stand, und wußte genau, wie viele Schritte Sarah machen mußte, wenn sie in einem Sessel saß oder auf dem Bett lag. Und dennoch ließ ich es eine halbe Minute lang in dem leeren Zimmer läuten. Dann rief ich bei ihr zu Hause an; das Hausmädchen sagte mir, sie sei noch nicht da. Ich stellte mir vor, daß sie in der Verdunkelung auf dem Gemeindeanger spazierenging – er war in jenen Tagen nicht besonders sicher, und auf meine Uhr blickend, stellte ich fest, daß wir noch drei gemeinsame Stunden gehabt hätten, wenn ich kein solcher Narr gewesen wäre. Ich ging allein nach Hause, versuchte zu lesen, lauschte aber die ganze Zeit über aufs Telefon, das nie klingelte. Mein Stolz hinderte mich daran, noch einmal bei ihr anzurufen. Schließlich ging ich ins Bett und nahm eine doppelte Dosis Schlafpulver, so daß ich erst wach wurde, als Sarah mich morgens anrief und mit mir redete, als sei nichts geschehen. Es herrschte wieder absoluter Friede – bis ich den Hörer auflegte, und der Teufel in meinem Kopf mir sofort einflüsterte, daß die vergeudeten drei Stunden ihr überhaupt nichts bedeuteten.

Ich habe nie verstanden, wieso Leute, die die ungeheure Unwahrscheinlichkeit eines persönlichen Gottes schlucken können, vor einem persönlichen Teufel zurückschrecken. Wie der Dämon in meiner Phantasie arbeitet, habe ich nur zu genau zu spüren bekommen. Nichts, was

Sarah je sagte, war ein Beweis gegen seine hinterhältigen Zweifel, obwohl er sie gewöhnlich erst äußerte, wenn sie gegangen war. Lange bevor sie ausbrachen, arbeitete er schon fleißig an unseren Streitigkeiten. Er war nicht so sehr Sarahs Feind, als ein Feind der Liebe, und ist der Teufel nicht eben dazu da? Ich kann mir vorstellen, daß der Teufel, wenn es einen liebenden Gott gäbe, dazu getrieben würde, auch die schwächste, die unvollkommenste Nachahmung von Liebe zu vernichten. Müßte er nicht befürchten, daß die Gewohnheit der Liebe wachsen würde, und würde er nicht versuchen uns in die Falle zu locken und zu Verrätern zu machen, die ihm helfen würden, die Liebe auszumerzen? Wenn es einen Gott gibt, der uns benutzt und seine Heiligen aus einem Material erschafft wie wir es sind, hat vielleicht auch der Teufel seinen Ehrgeiz; vielleicht träumt er davon, sogar jemanden wie mich und sogar den armen Parkis zu seinen Heiligen zu machen, die bereit sind, mit geliehenem Fanatismus die Liebe zu vernichten, wo wir sie finden.

3

Denn ich glaubte in Parkis' nächstem Bericht aufrichtige Begeisterung für das Spiel des Teufels zu entdecken. Endlich hatte er wirklich Liebe aufgestöbert, und jetzt blieb er auf ihrer Spur, seinen Jungen auf den Fersen wie einen Apportierhund. Er hatte entdeckt, wo Sarah so viel Zeit verbrachte; mehr noch, er wußte, daß es heimliche Besuche waren. Ich mußte zugeben, daß Mr. Parkis sich als ein gerissener Detektiv entpuppt hatte. Er hatte es mit Hilfe seines Jungen fertiggebracht, das Hausmädchen der Miles' genau in dem Moment aus dem Haus zu locken, in dem die »Zielperson« die Cedar Road entlang auf Nr. 16 zuging. Sarah blieb stehen und sprach mit dem Hausmädchen, das seinen freien Tag hatte, und das Mädchen stellte ihr den kleinen Parkis vor. Dann ging Sarah weiter und bog um die nächste Ecke, wo Parkis selbst wartete. Sie ging noch ein Stückchen weiter und kehrte um. Als sie feststellte, daß das Hausmädchen und der kleine Parkis außer Sicht waren, klingelte sie bei Nr. 16. Mr. Parkis machte sich dann daran, die Bewohner zu überprüfen, was nicht so leicht war, denn in dem Haus waren drei Wohnungen, und er wußte natürlich nicht, auf welche Klingel Sarah gedrückt hatte. Er versprach, in ein paar Tagen den Abschlußbericht zu schicken. Wenn Sarah das nächstemal diese Richtung einschlug, brauchte er nur vor ihr dazusein und die drei Klingelknöpfe mit Pulver zu bestäuben. *Abgesehen von Beweisstück A gibt es natürlich keinen Anhaltspunkt für ein sittenwidriges Verhalten der Zielperson. Falls auf Grund dieser Berichte im Hinblick auf ein Gerichtsverfahren derartige Beweise beigebracht werden müßten, wäre es vielleicht erforderlich, der Zielperson nach einer angemessenen Zeit in die Wohnung zu folgen. Ein zweiter Zeuge, der die Zielperson identifizieren kann, wäre ebenfalls vonnöten. Es ist nicht nötig, die Zielperson in flagranti zu ertappen; ungeordnete Kleidung und eine gewisse Erregung könnten vom Gericht für ausreichend angesehen werden.*

Haß ist der körperlichen Liebe sehr ähnlich. Er hat seinen Höhepunkt und dann seine Ruhezyklen. Arme Sarah, konnte ich denken, als ich Mr. Parkis' Bericht las, denn dieser Moment war der Orgasmus meines Hasses gewesen, und jetzt war ich befriedigt. Ich konnte sie bedauern, da sie von allen Seiten eingeschlossen war. Liebe war ihr einziges Verbrechen, und hier waren Parkis und sein Sohn, beobachteten jeden Schritt, intrigierten mit ihrem Hausmädchen gegen sie, bestäubten Klingelknöpfe mit Pulver und planten, mit Gewalt den vielleicht einzigen Frieden zu stören, der ihr noch zuteil wurde. Am liebsten hätte ich den Bericht zerrissen und die Spione zurückgepfiffen. Vielleicht hätte ich es getan, hätte ich nicht in dem schäbigen Club, dem ich angehörte, einen *Tatler* aufgeschlagen und Henrys Photographie gesehen. Henry war jetzt erfolgreich. Bei den letzten Geburtstagsfeierlichkeiten war er für seine Verdienste im Ministerium zum *Commander of the Order of the British Empire* und zum Vorsitzenden einer Königlichen Kommission ernannt worden; und hier war er bei der Galapremiere eines britischen Films mit dem Titel *Die letzte Sirene*, blaß, mit im Blitzlicht starr und vorquellend wirkenden Augen, und mit Sarah am Arm. Sie hatte den Blick gesenkt, um dem Blitzlicht auszuweichen, aber ich hätte das krause Haar überall erkannt, das die Finger entweder festhielt, wenn sie sich darin vergruben, oder sich widerspenstig gegen sie wehrte. Plötzlich hatte ich Lust, die Hand auszustrecken und sie zu berühren, ihr Kopfhaar und das Haar über ihrer Scham, ich wollte, daß sie neben mir lag, wollte den Kopf auf dem Kissen zur Seite drehen und mit ihr sprechen können. Ich wollte den kaum wahrnehmbaren Duft ihrer Haut riechen, wollte sie schmecken, und da war Henry und blickte mit der Selbstgefälligkeit und Selbstsicherheit des hohen Beamten in die Kamera.

Ich setzte mich unter einen Hirschkopf, den Sir Walter Besant 1898 gestiftet hatte, und schrieb an Henry. Schrieb, daß ich etwas Wichtiges mit ihm zu besprechen hätte, und fragte ihn, ob er mit mir lunchen würde – mir sei in der nächsten Woche jeder Tag recht. Es war typisch für ihn, daß er prompt anrief und sogleich vorschlug, ich solle doch mit ihm den Lunch einnehmen – nie bin ich einem Mann begegnet, der ein unwilligerer Gast gewesen wäre. Ich weiß nicht mehr genau, welchen Vorwand er benutzte, aber ich ärgerte mich darüber. Ich denke, er sagte, in seinem Club gebe es einen ganz besonders guten Port, doch der eigentliche Grund war, daß ihm das Gefühl, jemandem verpflichtet zu sein, gegen den Strich ging – sogar wenn es sich um eine so geringe Verpflichtung wie eine freie Mahlzeit handelte. Er ahnte nicht, wie gering diese Verpflichtung tatsächlich sein würde. Er hatte einen Samstag gewählt, und an diesem Tag ist mein Club beinahe leer. Die Journalisten der Tageszeitungen haben keine Ausgabe vorzubereiten, die Schulinspektoren sind nach Hause nach Bromley und Streatham gefahren, und was an diesem Tag mit der Geistlichkeit passiert, ahne ich nicht einmal – vielleicht bleibt sie zu Hause und bereitet ihre Predigten vor. Die Autoren (für die der Club übrigens gegründet wurde) hängen fast alle an der Wand – Conan Doyle, Charles Garvice, Stanley Weyman, Nat Gould – und dazwischen ab und zu ein berühmteres und bekannteres Gesicht; die Lebenden kann man an den Fingern einer Hand abzählen. Ich habe mich im Club immer zu Hause gefühlt, weil es höchst unwahrscheinlich war, daß man einem anderen Autor begegnete.

Ich erinnere mich, daß Henry ein Wiener Steak aß – ein Beweis seiner Arglosigkeit. Ich glaube wirklich, er wußte nicht, was er da bestellte, und erwartete etwas wie ein Wiener Schnitzel. Da er nicht auf eigenem Feld spielte, fühlte er sich zu befangen, um eine Bemerkung über das zu machen, was man ihm servierte, und schaffte es irgendwie, die rosige, glitschige Mixtur hinunterzuwürgen. Ich dachte an sein großtuerisches Auftreten vor den Blitzlichtern und versuchte nicht, ihn zu warnen, als er Cabinet Pudding bestellte. Während der grauenhaften Mahlzeit (der Club übertraf sich an diesem Tag selbst) unterhielten wir uns ausführlich über nichts. Henry tat sein Bestes, um die Tätigkeit einer Königlichen Kommission, über die tagtäglich in der Presse berichtet wurde, zu einer Geheimsache hochzustilisieren. Den Kaffee nahmen wir in der Lounge und fanden uns ganz allein neben dem Kamin in einer Wüstenei schwarzer Roßhaarsofas. Wie angemessen sind die Geweihe an den Wänden der Situation, dachte ich, stellte die Füße auf den altmodischen Kaminvorsetzer und hielt so Henry in seiner Ecke fest. Im Kaffee rührend, fragte ich: »Wie geht es Sarah?«

»Recht gut«, sagte Henry ausweichend. Vorsichtig und mißtrauisch kostete er seinen Port. Ich nehme an, er hatte sein Wiener Steak noch nicht vergessen.

»Sind Sie ihretwegen noch besorgt?« fragte ich.

Unglücklich wich er meinem Blick aus. »Besorgt?«

»Sie *waren* besorgt. Das haben Sie mir selbst gesagt.«

»Ich erinnere mich nicht, es geht ihr recht gut«, erklärte er lahm, als hätte ich nach ihrer Gesundheit gefragt.

»Haben Sie je diesen Detektiv aufgesucht?«

»Ich habe gehofft, Sie hätten es vergessen. Es ging mir damals nicht gut, wissen Sie, diese Königliche Kommission lag gewissermaßen in der Luft. Ich war überarbeitet.«

»Wissen Sie noch, daß ich mich erboten hatte, an Ihrer Statt zu ihm zu gehen?«

»Wir müssen beide ein bißchen überdreht gewesen sein.« Er starrte zu den alten Geweihen hinauf und kniff die Augen zu, um den Namen des Spenders zu entziffern. Es sagte dümmlich: »Sie scheinen eine Menge Köpfe zu haben.« So leicht sollte er mir nicht entkommen. »Ich war ein paar Tage später bei ihm«, sagte ich.

Er stellte sein Glas ab und sagte: »Bendrix, Sie hatten absolut kein Recht ...«

»Ich übernehme die Kosten.«

»Es ist eine infernalische Frechheit.« Er stand auf, doch

ich hatte ihn so festgenagelt, daß er nicht an mir vorbei konnte, ohne gewalttätig zu werden, und Gewalttätigkeit gehörte nicht zu Henrys Charakter.

»Sie sähen sie doch bestimmt gern entlastet?« fragte ich.

»Da war nichts zu entlasten. Ich möchte bitte gehen.«

»Ich denke, Sie sollten die Berichte lesen.«

»Ich habe nicht die Absicht ...«

»Dann muß ich Ihnen den Teil über die heimlichen Besuche wohl vorlesen. Ihren Liebesbrief habe ich dem Detektiv für die Akten zurückgegeben. Mein lieber Henry, Sie sind ganz schön hinters Licht geführt worden.«

Ich dachte wirklich, er werde mich schlagen. Hätte er es getan, ich hätte mit Vergnügen zurückgeschlagen, hätte diesen Dummkopf mit Wonne zusammengeschlagen, gegen den Sarah auf ihre Weise so viele Jahre lang so dämlich loyal gewesen war, doch in diesem Moment kam der Club-Sekretär herein. Er war ein Mann mit einem langen grauen Bart und einer mit Suppe bekleckerten Weste, der wie ein viktorianischer Poet aussah, tatsächlich aber kleine, traurige Nachrufe auf Hunde schrieb, die er einmal gekannt hatte. (*Auf immer und ewig Fido* war 1912 ein großer Erfolg gewesen.) »Ah, Bendrix«, sagte er, »ich habe Sie lange nicht mehr hier gesehen.« Ich machte ihn mit Henry bekannt, und er sagte flink und beflissen wie ein Friseur: »Ich habe die Berichte jeden Tag verfolgt.«

»Welche Berichte?« Ausnahmsweise drehten sich Henrys Gedanken einmal nicht um seine Arbeit.

»Über die Königliche Kommission.«

Als er endlich gegangen war, sagte Henry: »Geben Sie mir jetzt bitte die Berichte, und lassen Sie mich vorbei.«

Ich dachte, er habe über alles nachgedacht, während der Sekretär bei uns war, also gab ich ihm den letzten Bericht. Er warf ihn sofort ins Feuer und stieß den Schürhaken nach. Die Geste hatte Würde und Stil, das konnte man nicht leugnen. »Was werden Sie tun?« fragte ich.

»Nichts.«

»Die Tatsachen haben Sie damit nicht aus der Welt geschafft.«

»Zur Hölle mit den Tatsachen«, sagte er. Ich hatte ihn noch nie fluchen gehört.

»Ich kann Ihnen eine Kopie zuschicken lassen.«

»Lassen Sie mich jetzt endlich gehen?« fragte Henry. Der Dämon hatte sein Werk getan, meine Gehässigkeit hatte sich erschöpft. Ich nahm die Füße vom Kaminvorsatz und ließ Henry vorbei. Er stürmte auf kürzestem Weg aus dem Club und vergaß seinen Hut, diesen schwarzen, vornehmen Hut, den ich triefend über den Gemeindeanger wandern sah – es schien Ewigkeiten und nicht erst ein paar Wochen her.

4

Ich hatte erwartet, ihn noch in Whitehall zu über- oder wenigstens so weit einzuholen, daß ich ihn vor mir sah, also hatte ich seinen Hut mitgenommen, aber er war weit und breit nicht zu entdecken. Ich machte kehrt und wußte nicht, wohin ich sollte. Das ist heutzutage das allerschlimmste – und es geschieht so oft. Ich schaute in den kleinen Buchladen in der Nähe der U-Bahnstation Charing Cross und fragte mich, ob Sarah vielleicht in diesem Moment den Finger auf den eingestäubten Klingelknopf in der Cedar Road legte und Mr. Parkis hinter der nächsten Ecke lauerte. Hätte ich die Zeit zurückdrehen können, ich glaube, ich hätte es getan: ich hätte den regenblinden Henry vorbeigehen lassen. Doch ich beginne daran zu zweifeln, ob irgend etwas, das ich tue, den Verlauf der

Ereignisse ändern kann. Henry und ich sind jetzt Verbündete, auf unsere Art, aber sind wir nicht Verbündete gegen eine unendliche Flut?

Ich überquerte die Straße und ging an den Obstständen vorbei in die Victoria Gardens. Auf den Bänken saßen in der grauen, windigen Luft nur wenige Leute, und ich erblickte Henry sofort, es dauerte aber einen Moment, ehe ich ihn erkannte. Im Freien und ohne Hut schien er zu den Anonymen und Besitzlosen zu gehören, den Leuten, die aus den ärmlicheren Vorstädten kommen und die keiner kennt – wie der alte Mann, der die Spatzen füttert, und die Frau mit einem in braunes Papier eingeschlagenen Paket mit dem Aufdruck »Swan & Edgar's«. Er saß da, ließ den Kopf hängen und betrachtete seine Schuhe. Ich hatte mir so lange und so ausschließlich selbst leid getan, daß es mir merkwürdig vorkam, meinen Feind zu bedauern. Still legte ich den Hut auf den Platz neben ihm und wäre weitergegangen, aber er blickte auf, und ich sah, daß er geweint hatte. Er mußte einen sehr weiten Weg gegangen sein. Tränen gehören in eine Welt, die ganz anders ist als die der Königlichen Kommission.

»Es tut mir leid, Henry«, sagte ich. Wie schnell wir glauben, daß wir uns unserer Schuld entledigen können, wenn wir Reue und Zerknirschung zeigen.

»Setzen Sie sich«, befahl er mit der Autorität seiner Tränen, und ich gehorchte. »Ich habe nachgedacht«, sagte er. »Waren Sie ihr Liebhaber, Bendrix?«

»Wie kommen Sie denn darauf ...«

»Es ist die einzige Erklärung.«

»Ich weiß nicht, wovon Sie reden.«

»Es wäre auch die einzige Entschuldigung, Bendrix. Sehen Sie denn nicht, daß einfach ungeheuerlich ist, was Sie getan haben?« Während er sprach, drehte er den Hut um und kontrollierte das Etikett des Hutmachers.

»Wahrscheinlich halten Sie mich für einen schrecklichen Idioten, weil ich es nicht vermutet habe. Warum hat sie mich nicht verlassen?«

Sollte ich ihn etwa über den Charakter seiner eigenen Frau aufklären? Das Gift begann wieder in mir zu arbeiten. Ich sagte: »Sie haben ein gutes, sicheres Einkommen. Sie sind für sie zur Gewohnheit geworden. Sie bedeuten Sicherheit.« Er hörte mir ernst und so aufmerksam zu, als wäre ich ein Zeuge und sagte vor der Kommission unter Eid aus. Mürrisch fuhr ich fort: »Sie waren für uns keine größere Schwierigkeit als für die anderen.«

»Es hat auch andere gegeben?«

»Manchmal dachte ich, Sie wüßten alles, und es sei Ihnen egal. Manchmal sehnte ich mich danach, ganz offen mit Ihnen zu reden – so wie jetzt, obwohl es zu spät ist. Ich wollte Ihnen sagen, was ich von Ihnen dachte.«

»Was haben Sie gedacht?«

»Daß Sie ihr Kuppler sind. Sie haben für mich gekuppelt, Sie haben für die anderen gekuppelt, und jetzt kuppeln Sie für den Neuen. Der ewige Kuppler. Warum werden Sie nicht wütend, Henry?«

»Ich hatte keine Ahnung.«

»Ihr Ahnungslosigkeit war die Kupplerin. Sie haben sie verkuppelt, weil Sie nie gelernt haben, wie sie geliebt werden will, also mußte sie sich anderweitig umsehen. Sie haben sie verkuppelt, indem sie ihr die Gelegenheit dazu gaben ... Sie haben sie verkuppelt, weil Sie ein Langweiler und ein Narr sind, daher spielt jetzt jemand in der Cedar Road mit ihr herum, der weder ein Langweiler noch ein Narr ist.«

»Warum hat sie Sie verlassen?«

»Weil auch ich ein Langweiler und ein Narr wurde. Aber ich bin nicht so geboren. Sie haben mich dazu gemacht, Henry. Sie wollte Sie nicht verlassen, also wurde ich zum Langweiler und langweilte sie mit Vorwürfen und Eifersucht.«

Er sagte: »Die Leute haben eine hohe Meinung von Ihren Büchern.«

»Und man sagt, Sie seien ein erstklassiger Vorsitzender. Was, zum Teufel, hat unsere Arbeit damit zu tun?«

Er sagte bekümmert: »Ich wüßte nichts sonst, was zählt« und schaute hinauf zu den grauen Kumuluswolken, die über das südliche Ufer hinwegzogen. Die Möwen über den Flußschiffen flogen tiefer, und der Pulverturm stand schwarz im winterlichen Licht zwischen den verfallenen Lagerhäusern. Der Mann, der die Spatzen gefüttert hatte und die Frau mit dem braunen Paket waren gegangen, und vor der U-Bahnstation schrien die Obstverkäufer wie Tiere in der Abenddämmerung. Es war, als gingen vor der ganzen Welt die Rolläden herunter; bald würden wir alle uns selbst überlassen sein. »Ich habe mich schon gefragt, warum Sie uns so lange nicht besucht haben«, sagte Henry.

»Ich nehme an, daß wir – in gewisser Weise – am Ende der Liebe angelangt waren. Es gab nichts mehr, was wir noch miteinander tun konnten. Sie konnte einkaufen und kochen und mit Ihnen *ein*schlafen, mit mir konnte sie nur *schlafen*.«

»Sie hat Sie sehr gern«, sagte er, als sei es seine Aufgabe, mich zu trösten, als seien es meine Augen, in denen die Tränen brannten.

»Gernhaben ist nicht genug, damit ist man nicht zufrieden.«

»Ich war es.«

»Ich wollte, daß die Liebe immer dauert und nie kleiner wird ...« So hatte ich noch mit niemandem gesprochen, außer mit Sarah, doch Henrys Antwort war nicht Sarahs Antwort. Er sagte: »So ist die menschliche Natur nicht eingerichtet. Man muß zufrieden sein ...«, aber Sarah hatte etwas anderes gesagt, und neben Henry in den Victoria Gardens sitzend, erinnerte ich mich, während ich dem Tag beim Sterben zusah, an das Ende der ganzen »Affäre«.

5

Sie hatte zu mir gesagt – und es waren beinahe die letzten Worte, die ich von ihr hörte, bevor sie von ihrem heimlichen Treffen tropfnaß in die Halle kam: »Du brauchst keine solche Angst zu haben. Liebe hört nie auf. Nur weil wir uns nicht sehen ...« Sie hatte bereits ihren Entschluß gefaßt, obwohl ich es bis zum nächsten Tag nicht wußte, an dem das Telefon nichts anderes war als der schweigende offene Mund eines Menschen, den man tot aufgefunden hat. Sie sagte: »Mein Lieber, mein Lieber. Die Menschen lieben Gott ein Leben lang, obwohl sie Ihn nie sehen, oder?«

»Das ist nicht unsere Art von Liebe.«

»Manchmal glaube ich, daß es keine andere gibt.« Vermutlich hätte ich erkennen müssen, daß sie schon unter dem Einfluß eines Fremden stand – in unserer ersten Zeit hatte sie nie so etwas gesagt. Wir waren uns frohen Mutes einig gewesen, Gott aus unserer Welt zu verbannen. Als ich ihr vorsichtig mit der Taschenlampe durch die verwüstete Halle leuchtete, sagte sie noch einmal: »Alles muß gut werden. Wenn wir nur genug lieben.«

»Du hast schon alle Liebe, die in mir ist«, sagte ich. »Mehr bringe ich einfach nicht auf.«

»Das weißt du nicht«, sagte sie. »Das weißt du nicht.«

Das Glas aus den Fenstern knirschte unter unseren Füßen. Nur das alte viktorianische Buntglas über der Tür war heil geblieben. Pulverisiert wurde das Glas weiß wie Eis, das Kinder auf nassen Feldern oder entlang der Straßenränder abgebrochen haben. Sie sagte wieder: »Hab keine Angst.« Ich wußte, daß sie nicht die seltsamen neuen Waffen meinte, die auch jetzt noch, nach fünf Stunden, eintönig summend wie Bienen aus dem Süden kamen.

Es war im Juni 1944 und die erste Nacht mit Geschossen, die wir später V 1 nennen sollten. Wir waren an Luftangriffe nicht mehr gewöhnt. Abgesehen von einem kurzen Zeitraum im Februar 1944 hatte es keine mehr gegeben, seit der Blitz mit den letzten großen Angriffen im Februar 1941 zu Ende gegangen war. Als die Sirenen heulten und die ersten V-Geschosse herüberkamen, dachten wir, ein paar Flugzeuge hätten unseren nächtlichen Sperrgürtel durchbrochen. Man war verärgert, als nach einer Stunde noch keine Entwarnung kam. Ich erinnere mich, daß ich zu Sarah sagte: »Sie müssen nachlässig geworden sein. Zuwenig zu tun«, und in diesem Augenblick sahen wir, im Dunkeln auf meinem Bett liegend, unsere erste Rakete. Sie flog niedrig über den Gemeindeanger, und wir hielten sie für ein brennendes Flugzeug und ihr merkwürdiges tiefes Summen für einen außer Kontrolle geratenen Motor. Eine zweite kam und dann eine dritte. Wir änderten unsere Meinung über unsere Abwehr. »Sie schießen sie ab wie die Tauben«, sagte ich, »sie müssen verrückt sein, weiterzumachen.« Aber sie machten weiter, Stunde um Stunde, sogar noch als schon der Morgen dämmerte und bis sogar wir begriffen, daß dies etwas Neues war.

Wir hatten uns eben erst aufs Bett gelegt, als der Alarm losging. Es machte keinen Unterschied. Der Tod zählte damals nicht – anfangs betete ich sogar darum; betete um totale Vernichtung, die mir für immer ersparen würde, aufzustehen, mich anzuziehen und ihre Taschenlampe zu beobachten, die über den Gemeindeanger auf die gegenüberliegende Seite wanderte wie das Schlußlicht eines sich langsam entfernenden Wagens. Ich hatte mich oft gefragt, ob die Ewigkeit nicht vielleicht doch die endlose Verlängerung des Augenblicks des Todes war, und dies war der Augenblick, den ich gewählt hätte, den ich auch jetzt wählen würde, wenn sie noch lebte, der Augenblick absoluten Vertrauens, absoluter Freude, der Augenblick, in dem es nicht möglich war zu streiten, weil es nicht möglich war zu denken. Ich habe ihre Vorsicht beklagt und erbittert unseren Gebrauch des Wortes »Zwiebeln« mit dem von ihr geschriebenen Papierfetzen verglichen, den Mr. Parkis aus dem Papierkorb gerettet hatte, doch ihre Nachricht an meinen mir unbekannten Nachfolger zu lesen hätte mich nicht so verletzt, hätte ich nicht gewußt, zu welcher Hingabe sie fähig war. Nein, die V 1 störten uns nicht, bis der Liebesakt vorbei war. Ich hatte mich völlig verausgabt, lag auf dem Rücken, den Kopf auf ihrem Bauch und ihren Geschmack – so leicht und flüchtig wie Wasser – im Mund, als eine Rakete auf den Gemeindeanger herunterkrachte und wir weiter unten auf der Südseite das Glas splittern hörten.

»Ich denke, wir sollten in den Keller gehen«, sagte ich.

»Deine Vermieterin wird da sein. Ich kann jetzt keine Menschen sehen.«

Dem Besitz folgt die Zärtlichkeit der Verantwortung und man vergißt, daß man nur ein Liebhaber und für nichts verantwortlich ist. Ich sagte: »Vielleicht ist sie nicht zu Hause. Ich geh hinunter und schau nach.«

»Geh nicht. Bitte geh nicht.«

»Es dauert nur einen Moment.« Es war ein Satz, den man noch immer benutzte, obwohl man wußte, daß ein Moment in diesen Tagen sehr gut eine Ewigkeit dauern konnte. Ich zog den Morgenmantel an und griff nach meiner Taschenlampe. Ich brauchte sie kaum. Der Himmel war jetzt grau, und ich konnte im dunklen Zimmer die Umrisse ihres Gesichts sehen.

Sie sagte: »Beeil dich.«

Als ich die Treppe hinunterlief, hörte ich die nächste Rakete herankommen und dann die plötzliche abwartende Stille, wenn das Triebwerk sich abstellte. Wir hatten noch keine Zeit gehabt zu lernen, daß dies der Augenblick der Gefahr war, daß man sich nicht in der Nähe von Glas aufhalten und sich flach auf den Boden werfen sollte. Ich hörte die Explosion nicht und erwachte nach fünf Sekunden oder fünf Minuten in einer veränderten Welt. Ich glaubte noch immer auf den Beinen zu stehen und war über die Dunkelheit verblüfft. Jemand schien mir eine kalte Hand in die Wange zu pressen und mein Mund war salzig von Blut. Ein paar Augenblicke lang war mein Gehirn leer, ich spürte nur Müdigkeit, als hätte ich eine weite Reise hinter mir. Ich erinnerte mich nicht an Sarah und war völlig frei von Angst, Eifersucht, Unsicherheit, Haß. Mein Verstand war ein leeres Blatt, auf das jemand gerade eine Botschaft des Glücks hatte schreiben wollen. Ich war sicher, daß er damit fortfahren würde, sobald meine Erinnerung wiederkam, und dann würde ich glücklich sein.

Aber als die Erinnerung zurückkehrte, geschah es auf ganz andere Weise. Zuerst merkte ich, daß ich auf dem Rücken lag und daß, was über mir schwebte und das Licht aussperrte, die Haustür war. Schutt und andere Trümmer hatten sie ein paar Zoll über meinem Körper aufgefangen und festgehalten. Später stellte ich seltsamerweise fest, daß ich von den Schultern bis zu den Knien ganz blau war, als habe ihr Schatten mich verletzt. Die Faust, die sich mir in die Wange gebohrt hatte, war die Porzellanklinke der Tür, und sie hatte mir ein paar Zähne ausgeschlagen. Danach erinnerte ich mich natürlich an Sarah und Henry und an meine Angst, die Liebe könnte zu Ende gehen.

Ich schlängelte mich unter der Treppe hervor und klopfte mir den Staub ab. Ich rief in den Keller hinunter, aber es war niemand da. Durch die Türöffnung sah ich das graue Morgenlicht und hatte das Gefühl einer großen Leere, die sich aus der zerstörten Halle nach draußen erstreckte. Ich merkte, daß ein Baum, der bisher das Licht ausgesperrt hatte, einfach aufgehört hatte zu existieren – man sah nicht einmal einen umgestürzten Stamm. Irgendwo weit weg pfiffen Luftschutzwarte auf ihren Trillerpfeifen. Ich ging hinauf. Bis zum ersten Stock war kein Treppengeländer mehr vorhanden, und man watete bis über die Knöchel in Verputz, aber nach den Maßstäben jener Tage hatte das Haus nicht schwer gelitten. Es waren unsere Nachbarn, die den Volltreffer abbekommen hatten. Die Tür meines Zimmers stand offen, und als ich den Flur entlangkam, sah ich Sarah. Sie war aus dem Bett gestiegen und kauerte auf dem Fußboden – vor Angst, nehme ich an. Sie sah lächerlich jung aus, wie ein nacktes Kind. »Das war schon sehr nah«, sagte ich.

Sie drehte sich rasch um und sah mich erschrocken an. Ich hatte nicht gemerkt, daß mein Morgenmantel zerrissen und voller Mörtelstaub war. Mein Haar war auch weiß bestäubt, und Mund und Wangen waren blutig. »O Gott«, sagte sie, »du lebst.«

»Das klingt, als seist du enttäuscht.«

Sie stand auf und griff nach ihren Kleidern. »Es hat keinen Sinn, wenn du jetzt gehst«, sagte ich. »Warte die Entwarnung ab, sie muß bald kommen.«

»Ich muß gehen«, sagte sie.

»Ein Haus wird nicht zweimal hintereinander von Bomben getroffen«, sagte ich, aber rein automatisch, denn das war eine landläufige Behauptung, die sich schon oft als falsch erwiesen hatte.

»Du bist verletzt.«

»Ich habe zwei Zähne verloren, mehr ist mir nicht passiert.«

»Komm zu mir, laß dir von mir das Gesicht waschen.« Sie hatte sich angezogen, bevor ich Zeit hatte, ein zweitesmal zu protestieren – keine Frau, die ich gekannt habe, konnte sich so schnell anziehen. Langsam und sehr vorsichtig badete sie mir das Gesicht.

»Was hast du auf dem Fußboden gemacht?« fragte ich.

»Gebetet.«

»Zu wem?«

»Zu allem, das vielleicht existiert.«

»Es wäre praktischer gewesen, hinunterzukommen.« Ihr Ernst machte mir Angst. Ich wollte sie ablenken.

»Ich war unten«, sagte sie.

»Ich hab dich nicht gehört.«

»Es war niemand da. Dich konnte ich nicht entdecken, bis ich deinen Arm sah, der unter der Tür hervorragte. Ich habe gedacht, du seist tot.«

»Du hättest kommen und nachsehen können.«

»Ich hab's versucht. Ich konnte die Tür nicht heben.«

»Es war Platz genug, mich herauszuziehen. Die Tür hat nicht auf mir gelegen. Ich wäre zu mir gekommen.«

»Ich verstehe das nicht. Ich wußte ganz sicher, daß du tot warst.«

»Dann war da nicht mehr viel, um das du beten konntest, oder?« neckte ich sie. »Außer um ein Wunder.«

»Wenn man hoffnungslos genug ist, kann man um Wunder beten«, sagte sie. »Sie widerfahren den Armen, nicht wahr, und ich war arm.«

»Bleib bis zur Entwarnung.« Sie schüttelte den Kopf und ging. Ich folgte ihr die Treppe hinunter und begann, sie gegen meinen Willen zu quälen. »Seh ich dich heut nachmittag?«

»Nein. Ich kann nicht.«

»Dann morgen – irgendwann?«

»Henry kommt zurück.«

Henry. Henry. Henry – der Name hallte durch unsere Beziehung, legte sich wie Mehltau auf jede glückliche Stimmung, auf jedes Vergnügen, jede Heiterkeit, ein ständiger Mahner, daß Liebe stirbt, von Zuneigung und Gewohnheit verdrängt wird. »Du brauchst dich nicht so zu ängstigen«, sagte sie, »Liebe geht nicht zu Ende ...« Und fast zwei Jahre verstrichen bis zu diesem Wiedersehen in der Halle ihres Hauses und dem: »Du?«

6

DANACH HOFFTE ICH NATÜRLICH, tagelang. Es ist nur Zufall, dachte ich, daß niemand ans Telefon geht. Und als ich nach einer Woche das Hausmädchen traf, mich nach den Miles' erkundigte und erfuhr, daß sie auf dem Land war, sagte ich mir, daß Briefe in Kriegszeiten verlorengehen. Morgen für Morgen hörte ich den Briefkasten klappern und blieb absichtlich oben, bis meine Vermieterin meine Post holte. Ich blätterte den Stapel nicht durch – Enttäuschung mußte aufgeschoben, Hoffnung so lange wie möglich am Leben erhalten werden. Ich las die Briefe der Reihe nach, und erst wenn ich beim letzten anlangte, konnte ich sicher sein, daß von Sarah nichts dabei war. Dann verkümmerte das Leben bis zur Vier-Uhr-Post, und danach mußte ich wieder irgendwie eine Nacht überstehen.

Ich rührte mich fast eine ganze Woche nicht. Der Stolz verbot es mir, bis ich ihn eines Morgens ablegte und ihr einen ängstlichen und bitteren Brief schrieb. Den Umschlag, den ich an die Nordseite adressierte, versah ich mit dem Vermerk »Dringend. Bitte nachsenden«. Ich bekam keine Antwort und gab dann die Hoffnung auf, wobei ich mir sehr genau in Erinnerung rief, was sie zu mir gesagt hatte: »Die Menschen lieben Gott ihr Leben lang, obwohl sie Ihn nie sehen, nicht wahr?« Sie muß sich wohl in ihrem Spiegel immer in die Augen sehen können, dachte ich voller Haß. Sie vermischt Religion mit Desertion, damit es in ihren eigenen Ohren edel klingt. Sie wird nie zugeben, daß sie jetzt lieber mit X ins Bett geht.

Das war die schlimmste Zeit von allen: Es ist mein Beruf, mir Dinge vorzustellen, in Bildern zu denken. Fünfzigmal im Lauf des Tages und sofort, wenn ich nachts aufwachte, hob sich ein Vorhang, und das Spiel begann; immer dasselbe: Sarah beim Liebesspiel, Sarah, die mit X dieselben Dinge tat, die wir zusammen getan hatten, Sarah, die auf ihre ganz besondere Art küßte, beim Geschlechtsakt ihren Körper spannte wie einen Bogen und diesen Schrei ausstieß, der wie ein Schmerzensschrei klang, Sarah völlig hingegeben. Abends nahm ich Tabletten, damit ich schnell einschlief, doch ich fand keine, die mich bis zum Morgen durchschlafen ließen. Nur die Raketengeschosse lenkten mich untertags ab: ein paar Sekunden lang, zwischen Stille und Explosion, dachte ich nicht an Sarah. Drei Wochen vergingen, und die Bilder waren so deutlich und kamen so häufig wie am Anfang, und es schien keinen Grund dafür zu geben, warum sie je verblassen sollten; ich begann ernsthaft an Selbstmord zu denken. Ich setzte sogar ein Datum fest und sammelte meine Schlaftabletten mit einem Gefühl, das beinahe Hoffnung war. Ich brauche doch nicht ewig so weiterzumachen, sagte ich mir. Dann war der Tag da, und das Spiel ging immer weiter, und ich brachte mich nicht um. Es war nicht Feigheit, es war eine Erinnerung, die mich davon abhielt – die Erinnerung an den Ausdruck von Enttäuschung in Sarahs Gesicht, als ich nach dem V 1-Angriff ins Zimmer gekommen war. Hatte sie im Innersten ihres Herzens meinen Tod nicht erhofft, damit ihre neue Affäre mit X ihr Gewissen nicht belastete? Sie hatte nämlich so etwas wie ein elementares Gewissen. Wenn ich mich jetzt umbrachte, müßte sie sich meinetwegen keine Gedanken mehr machen, denn gewiß sorgte sie sich nach vier gemeinsamen Jahren – trotz X – manchmal um mich. Diese Befriedigung wollte ich ihr nicht geben. Hätte ich eine Möglichkeit gesehen, hätte ich ihre Sorge um mich so gesteigert, daß sie daran zerbrach, und ich ärgerte mich über meine Ohnmacht. O wie sehr ich sie haßte!

Natürlich hat der Haß ebenso ein Ende wie die Liebe. Nach sechs Monaten fiel mir auf, daß ich einen ganzen Tag nicht an Sarah gedacht hatte und glücklich gewesen war. Das endgültige Ende des Hasses kann es jedoch nicht gewesen sein, denn sofort ging ich in ein Papiergeschäft, um eine Ansichtskarte zu kaufen und ihr eine Jubelbotschaft zu schicken, die ihr – wer weiß? – einen kurzen Schmerz verursachen würde, doch kaum hatte ich die Adresse geschrieben, hatte ich schon keine Lust mehr zu verletzen und ließ die Karte auf die Straße fallen. Es war seltsam, daß der Haß durch das Treffen mit Henry wiedererweckt worden sein sollte. Ich weiß noch, daß ich, als ich Mr. Parkis' nächsten Bericht bekam, dachte: Wenn man nur die Liebe auch so wiedererwecken könnte.

Mr. Parkis hatte gute Arbeit geleistet. Die Sache mit dem Pulver hatte funktioniert und die Wohnung war ermittelt worden – es war die oberste Wohnung im Haus Cedar Road 16, und sie wurde von einer Miss Smythe und ihrem Bruder Richard bewohnt. Ich fragte mich, ob Miss Smythe als Schwester genauso unkompliziert war wie Henry als Ehemann, und der Name brachte meinen ganzen latenten Snobismus zum Vorschein – das Y, das E am Ende. Ein Smythe aus der Cedar Road, dachte ich. Ist sie so tief gefallen? War dies das Ende einer langen Reihe von Liebhabern der letzten zwei Jahre, oder würde ich, wenn ich ihn sah (und ich war entschlossen, ihn weniger obskur zu finden als Mr. Parkis' Berichte ihn schilderten), den Mann vor mir haben, dessentwegen sie mich im Juni 1944 verlassen hatte?

»Soll ich klingeln und schnurstracks hineingehen, soll ich ihn stellen wie ein tiefgekränkter Ehemann?« fragte ich Mr. Parkis (mit dem ich mich in einem A.B.C.-Geschäft verabredet hatte – es war sein Vorschlag gewesen, da er den Jungen bei sich hatte und mit ihm nicht in eine Bar gehen konnte).

»Ich bin dagegen, Sir«, sagte Mr. Parkis und rührte einen dritten Löffel Zucker in seinen Tee. Sein Sohn saß mit einem Glas Orangeade und einem Brötchen an einem Tisch außer Hörweite. Er beobachtete jeden, der hereinkam, während die Leute sich den dünnen, wäßrigen Schnee von Hüten und Mänteln schüttelten, beobachtete sie mit seinen wachen, runden braunen Augen, als müsse er später einen Bericht über sie verfassen; und vielleicht mußte er es sogar, gehörte es zu Mr. Parkis' »Ausbildung«. »Sehen Sie«, sagte Mr. Parkis, »wenn Sie nämlich nicht bereit sind, als Zeuge aufzutreten, kompliziert es die Sache vor Gericht.«

»Es wird nie einen Prozeß geben.«

»Eine gütliche Übereinkunft, Sir?«

»Mangel an Interesse«, sagte ich. »Man kann sich doch wegen eines Mannes, der Smythe heißt, nicht ernstlich echauffieren? Ich möchte ihn nur sehen, das ist alles.«

»Das Sicherste wäre ein Stromableser.«

»Ich kann mich nicht mit einer Schirmmütze verkleiden.«

»Ganz Ihrer Meinung, Sir. Auch ich versuche das zu vermeiden. Und ich möchte, daß auch der Junge es nicht tun muß, wenn seine Zeit gekommen ist.« Seine Blicke folgten jeder Bewegung des Jungen. »Er wollte ein Eis, Sir, aber ich habe nein gesagt, nicht bei diesem Wetter.« Und er schüttelte sich leicht, als müsse er schon bei dem Gedanken an Eis frösteln. Im ersten Moment verstand ich nicht, was er meinte, als er sagte: »Jeder Beruf hat seine Würde, Sir.«

»Würden Sie mir Ihren Jungen leihen?« fragte ich.

»Wenn Sie mir versichern, daß es keine häßliche Szene geben wird, Sir«, antwortete er zweifelnd.

»Ich will nicht hingehen, wenn Mrs. Miles da ist. Es soll eine ganz unverfängliche Szene werden.«

»Wozu brauchen Sie dann den Jungen?«

»Ich werde sagen, daß er sich nicht wohl fühlt. Wir seien vor einer falschen Tür gelandet. Dann können sie nicht anders, sie müssen ihm anbieten, sich eine Weile auszuruhen.«

»Das liegt im Bereich der Fähigkeiten des Jungen«, sagte Mr. Parkis stolz. »Und Lance kann ohnehin niemand widerstehen.«

»Er heißt Lance, ja?«

»Nach Sir Lancelot, Sir. Einem Ritter der Tafelrunde.«

»Ich bin überrascht. Das war doch eher eine ziemlich unangenehme Episode?«

»Er hat den Heiligen Gral gefunden«, sagte Mr. Parkis.

»Das war Galahad. Lancelot wurde im Bett mit Guinevere überrascht.« Warum haben wir nur dieses Verlangen, die Arglosen aufzuziehen? Ist es Neid? Zu seinem Sohn hinüberblickend, als habe er ihn betrogen, sagte Mr. Parkis traurig: »Das hatte ich nicht gehört.«

7

Am nächsten Tag spendierte ich dem Jungen – um seinen Vater zu ärgern –, bevor wir in die Cedar Road gingen, in der High Street ein Eis. Wir hatten freie Bahn, denn Henry Miles gab eine Cocktailparty, wie Mr. Parkis mir gemeldet hatte. Bevor er mir den Jungen übergab, zupfte er seine Kleidung zurecht. Der Junge trug seine besten Sachen zu Ehren seines ersten öffentlichen Auftretens mit einem Klienten; ich hingegen hatte meine ältesten angezogen. Ein bißchen Erdbeereis rutschte ihm vom Löffel und machte einen Fleck auf seinen Anzug. Ich saß schweigend dabei, bis er den letzten Tropfen aufgeschleckt hatte. Dann sagte ich: »Noch eins?« Er nickte. »Wieder Erdbeere?«

Er sagte: »Vanille« und fügte nach einer langen Pause hinzu: »Bitte.«

Er verspeiste das zweite Eis sehr bedächtig und schleckte den Löffel so gründlich ab, als ob er Fingerabdrücke entfernen wollte. Dann gingen wir Hand in Hand wie ein Vater mit seinem Sohn über den Gemeindeanger in die Cedar Road. Sarah und ich sind beide kinderlos, dachte ich. Wäre es nicht sinnvoller gewesen, zu heiraten, Kinder zu haben und ruhig miteinander in einem süßen, langweiligen Frieden vor uns hin zu leben anstatt in dieser heimlichen Affäre aus Lust und Eifersucht und mit den Berichten von Parkis?

Ich klingelte im obersten Stockwerk von Cedar Road 16. Zu dem Jungen sagte ich: »Vergiß nicht, du fühlst dich krank.«

»Wenn sie mir ein Eis geben wollen ...« begann er. Parkis hatte ihn auf alles vorbereitet.

»Das werden sie nicht.«

Ich nahm an, es war Miss Smythe, die uns die Tür öffnete – eine Frau mittleren Alters mit schlaffem grauem Haar, wie man sie oft auf Wohltätigkeitsbasaren sieht. Ich sagte: »Wohnt hier Mr. Wilson?«

»Nein. Ich fürchte ...«

»Sie wissen nicht zufällig, ob er in der Wohnung unter Ihnen wohnt?«

»In unserem Haus gibt es keinen Wilson.«

»Ach, du meine Güte«, sagte ich. »Ich bin mit dem Jungen so weit gelaufen, um ihn herzubringen, und jetzt ist ihm schlecht ...«

Ich wagte nicht, den Jungen anzusehen, aber aus der Art, wie Miss Smythe ihn anschaute, schloß ich, daß er seine Rolle still und geschickt spielte; Mr. Savage wäre stolz gewesen, ihn als Mitglied seines Teams anzuerkennen.

»Dann soll er doch hereinkommen und sich setzen«, sagte Miss Smythe.

»Das ist sehr freundlich von Ihnen.«

Ich fragte mich, wie oft Sarah durch diese Tür den kleinen, vollgestopften Flur betreten hatte. Hier war ich, im Heim von X. Der weiche braune Hut, der am Haken hing, gehörte wahrscheinlich ihm. Die Finger meines Nachfolgers – die Finger, die Sarah berührten –, drückten jeden Tag diese Klinke herunter; die Tür ging auf und führte uns vor ein Gasfeuer, das mit gelber Flamme brannte, zu Lampen mit rosa Schirmen, die den schneegrauen Nachmittag erhellten, zu einem locker und verschwenderisch über ein Sofa gebreiteten Cretonneüberwurf. »Soll ich Ihrem kleinen Jungen ein Glas Wasser holen?«

»Das ist sehr freundlich von Ihnen.« Mir fiel ein, daß ich das schon einmal gesagt hatte.

»Oder Orangensaft?«

»Machen Sie sich keine Mühe.«

»Orangensaft«, sagte der Junge fest; wieder die lange

Pause und dann das »Bitte«, als sie zur Tür hinausging. Jetzt waren wir allein, und ich musterte ihn: Er sah wirklich krank aus, saß zusammengekauert auf dem Cretonne. Hätte er mir nicht zugeblinzelt, hätte ich mich gefragt, ob er vielleicht ... Miss Smythe kam mit einem Glas Orangensaft zurück, und ich sagte: »Sag danke, Arthur.«

»Er heißt Arthur?«

»Arthur James«, sagte ich.

»Ein ziemlich altmodischer Name.«

»Wir sind eine altmodische Familie. Seine Mutter hat Tennyson geliebt.«

»Ist sie ...«

»Ja«, sagte ich, und sie sah das Kind voller Mitleid an.

»Er muß ein Trost für Sie sein.«

»Und eine Sorge«, sagte ich. Ich schämte mich allmählich; sie war so arglos, und was hatte es für einen Sinn, daß ich hier war? Ich war X keinen Schritt näher gekommen, und würde ich glücklicher sein, wenn ich dem Mann auf dem Bett ein Gesicht geben konnte? Ich änderte meine Taktik. »Ich sollte mich wohl allmählich vorstellen«, sagte ich. »Mein Name ist Bridges.«

»Und ich heiße Smythe.«

»Ich weiß nicht, aber ich habe das Gefühl, Ihnen schon früher einmal begegnet zu sein.«

»Das glaube ich nicht. Ich habe ein sehr gutes Gedächtnis für Gesichter.«

»Vielleicht habe ich Sie auf dem Gemeindeanger gesehen?«

»Da gehe ich manchmal mit meinem Bruder hin.«

»Ist das etwa ein gewisser John Smythe?«

»Nein«, sagte sie. »Richard. Wie geht es Ihrem kleinen Jungen?«

»Schlechter«, sagte Parkis' Sohn.

»Glauben Sie, wir sollten seine Temperatur messen?«

»Kann ich noch ein bißchen Orangensaft haben?«

»Der kann ihm nicht schaden, oder?« überlegte Miss Smythe. »Armes Kind. Vielleicht hat er Fieber.«

»Wir haben Ihnen schon genug Ungelegenheiten bereitet.«

»Mein Bruder würde mir nie verzeihen, wenn ich Sie nicht überreden würde zu bleiben. Er hat Kinder sehr gern.«

»Ist Ihr Bruder zu Hause?«

»Ich erwarte ihn jeden Moment.«

»Kommt wohl von der Arbeit?«

»Nein, sein Arbeitstag ist eigentlich der Sonntag.«

»Ein Geistlicher?« fragte ich mit versteckter Bosheit und bekam die verblüffende Antwort: »Nicht direkt.« Ein bekümmerter Blick ging wie ein Vorhang zwischen uns herunter, und sie zog sich mit ihren persönlichen Sorgen dahinter zurück. Als sie aufstand, wurde die Tür zum Flur geöffnet, und das war X. Im Dämmerlicht hatte ich den Eindruck eines Mannes mit dem gutaussehenden Gesicht eines Schauspielers – einem Gesicht, das sich zu oft in Spiegeln betrachtete, einem Gesicht mit einem leicht gewöhnlichen Zug, und ich dachte traurig und ohne Befriedigung: Ich wünschte, sie hätte einen besseren Geschmack. Dann trat er ins Lampenlicht. Die häßlichen blauroten Flecke, die seine linke Wange bedeckten, sahen beinahe aus wie die Male eines Gezeichneten – ich war gehässig gewesen, es konnte für ihn nicht befriedigend sein, in irgendeinen Spiegel zu schauen.

Miss Smythe sagte: »Mein Bruder Richard. Mr. Bridges. Mr. Bridges' kleinem Jungen geht es nicht gut. Ich habe die beiden deshalb hereingebeten.«

Er schüttelte mir die Hand und sah dabei den Jungen an. Mir fiel auf, wie heiß und trocken seine Hand war. »Ihren Jungen habe ich schon gesehen.«

»Auf dem Gemeindeanger?«

»Vielleicht.«

Er war zu mächtig für den Raum, paßte nicht zu dem Cretonne. Saß seine Schwester hier, während sie in einem anderen Zimmer ... Oder schickten sie sie zum Einkaufen, während sie sich liebten?

Nun, ich hatte den Mann gesehen; es gab keinen Grund mehr für mich zu bleiben – außer den anderen Fragen, die mich jetzt bedrängten, nachdem ich ihn gesehen hatte. Wo hatten sie sich kennengelernt? War sie auf ihn zugegangen? Was hatte sie in ihm gesehen? Seit wann und wie oft hatten sie sich geliebt? Es gab Worte, die sie geschrieben hatte und die ich auswendig wußte: *Ich brauche Dir nicht zu schreiben und nicht mir Dir zu sprechen ... Ich weiß, daß ich erst zu lieben beginne, aber schon möchte ich alle und alles hingeben außer Dir...* Und ich schaute zu den Hautmalen an seiner Wange hinauf und dachte: Es gibt keine Sicherheit. Ein Buckliger, ein Krüppel – sie alle haben etwas, das Liebe auslösen kann.

»Warum sind Sie wirklich hier?« brach er plötzlich in meine Gedanken ein.

»Das habe ich Miss Smythe schon gesagt – ein gewisser Wilson ...«

»An Ihr Gesicht erinnere ich mich nicht, aber an das Ihres Sohnes.« Er machte eine kurze, sinnlose Handbewegung, als wolle er die Hand des Jungen berühren. Seine Augen hatten einen vagen Ausdruck abstrakter Zärtlichkeit. Er sagte: »Sie müssen sich nicht vor mir fürchten. Ich bin es gewohnt, daß Leute herkommen und versichere Ihnen, ich will mich nur nützlich machen.«

Miss Smythe erklärte: »Die Leute sind oft so schüchtern.« Ich hätte nicht sagen können, was sie meinten, und wenn es um mein Leben gegangen wäre.

»Ich habe nur einen Mann namens Wilson gesucht.«

»Es gibt keinen solchen Mann, und Sie wissen, daß *ich* das weiß.«

»Wenn Sie mir ein Telefonbuch leihen würden, könnte ich seine Adresse nachprüfen ...«

»Setzen Sie sich wieder«, sagte er und sah den Jungen düster brütend an.

»Ich muß gehen. Arthur fühlt sich besser, und Wilson ...« Seine doppeldeutigen Bemerkungen flößten mir Unbehagen ein.

»Sie können natürlich gehen, wenn Sie wollen, aber können Sie den Jungen nicht hierlassen – nur für eine halbe Stunde?« Mir kam der Gedanke, daß er Parkis' Assistenten erkannt hatte und ihn ins Kreuzverhör nehmen wollte. Ich sagte: »Alles, was Sie von ihm wissen wollen, können Sie auch mich fragen.« Mein Zorn wuchs jedesmal, wenn er mir seine unversehrte Wange zuwandte, und immer wenn ich die häßliche, entstellte Seite sah, verging er wieder, und ich konnte einfach nicht glauben ... Ebensowenig wie ich zu glauben vermochte, daß jemand hier, zwischen dem geblümten Cretonne, der Fleischeslust frönen konnte, während Miss Smythe Tee holte. Aber Verzweiflung hat immer eine Rechtfertigung bereit, und die Verzweiflung fragte mich jetzt: Wärst du denn zufriedener, wenn es Liebe wäre und nicht Lust?

»Sie und ich sind zu alt«, sagte er. »Aber die Schulmeister und die Priester – haben eben erst angefangen, *ihn* mit ihren Lügen zu vergiften.«

»Zum Teufel, ich verstehe nicht, was Sie meinen«, sagte ich und fügte, für Miss Smythe bestimmt, hastig »tut mir leid« hinzu.

»Da haben wir's schon, sehen Sie«, sagte er. »Zum Teufel, und wenn Sie sich über mich ärgern würden, würden Sie wahrscheinlich genauso ›mein Gott‹ sagen.«

Ich schien ihn schockiert zu haben. Vielleicht war er Geistlicher einer protestantischen Freikirche. Miss Smythe hatte gesagt, er arbeite am Sonntag, aber wie entsetzlich bizarr, daß ein solcher Mann Sarahs Liebhaber sein sollte. Es machte sie plötzlich sehr klein. Ihre Liebesaffäre wurde lächerlich; sie selbst möglicherweise zu einer witzigen Anekdote bei meiner nächsten Dinnerparty. Einen Augenblick lang war ich frei von ihr. Der Junge sagte: »Mir ist so schlecht. Kann ich noch ein bißchen Orangensaft haben?«

Miss Smythe sagte: »Lieber nicht, mein Kleiner.«

»Wir müssen jetzt wirklich gehen. Sie waren sehr freundlich zu uns.« Ich versuchte, die Male im Auge zu behalten, und sagte: »Tut mir leid, wenn ich Sie irgendwie gekränkt habe. Es war wirklich unbeabsichtigt. Ich teile Ihre religiösen Überzeugungen nicht.«

Er sah mich überrascht an. »Aber ich habe keine. Ich glaube an nichts.«

»Ich habe gedacht, Ihr Einwand ...«

»Ich hasse die Floskeln, die noch übrig sind. Verzeihen Sie. Ich gehe zu weit, Mr. Bridges, das weiß ich, doch manchmal befürchte ich, die Leute könnten sogar durch konventionelle Ausdrücke erinnert werden – ›lebe wohl‹, zum Beispiel. Wenn ich nur glauben könnte, daß mein Enkel nicht einmal wüßte, was ein Wort wie Gott uns bedeutet hat, es ebensowenig verstünde wie ein Wort in Suaheli.«

»Haben Sie einen Enkel?«

Er sagte bekümmert: »Ich habe keine Kinder. Ich beneide Sie um Ihren Jungen. Kinder sind eine große Verpflichtung und eine große Verantwortung.«

»Was wollten Sie ihn fragen?«

»Ich wollte, daß er sich hier wohl fühlt, weil er dann vielleicht wiederkommt. Es gibt so vieles, das man einem

Kind sagen möchte. Wie die Welt zu existieren anfing. Ich wollte mit ihm über den Tod sprechen. Wollte, daß er alle Lügen vergißt, die man ihm in der Schule einimpft.«

»Eine Menge Arbeit für eine halbe Stunde.«

»Man kann eine Samenkorn säen.«

Ich sagte boshaft: »Das stammt aus den Evangelien.«

»Oh, auch mich hatte man korrumpiert. Das brauchen Sie mir nicht zu sagen.«

»Kommen wirklich Leute zu ihnen – heimlich?«

»Sie wären überrascht«, sagte Miss Smythe. »Die Menschen sehnen sich nach einer Botschaft der Hoffnung.«

»Hoffnung?«

»Ja, Hoffnung«, sagte Smythe. »Begreifen Sie nicht, wieviel Hoffnung man daraus schöpfen könnte, wenn die ganze Welt wüßte, daß es nichts gibt als das, was wir hier haben? Keine künftige Entschädigung, keine Belohnungen, keine Strafen.« Sein Gesicht sah auf eine verrückte Weise edel aus, wenn die entstellte Wange abgewandt war. »Dann könnten wir anfangen, diese Welt zu einem Paradies zu machen.«

»Vorher müßte aber furchtbar viel erklärt werden«, sagte ich.

»Darf ich Ihnen meine Bibliothek zeigen?«

»Es ist die umfassendste rationalistische Bibliothek in Südlondon«, sagte Miss Smythe.

»Ich brauche nicht bekehrt zu werden, Mr. Smythe. Ich glaube nämlich an gar nichts. Nur hin und wieder.«

»Es sind die Hin und Wieder, mit denen wir fertig werden müssen.«

»Das Merkwürdige ist, daß sie die Augenblicke der Hoffnung als einzige Erkenntnisquelle ansieht.«

»Das Merkwürdige ist, daß dies die Augenblicke der Hoffnung sind.«

»Stolz kann sich als Hoffnung maskieren. Oder Selbstsucht.«

»Ich glaube nicht, daß das überhaupt etwas damit zu tun hat. Es geschieht plötzlich, völlig grundlos, ist wie ein Duft ...«

»Ah«, sagte Smythe, »der Aufbau einer Blüte, der Streit um die Schöpfung, der ganze Unsinn darüber, daß eine Uhr einen Uhrmacher braucht. Das ist altmodisch. Das hat Schwenigen schon vor fünfundzwanzig Jahren beantwortet. Ich möchte Ihnen ...«

»Nicht heute. Ich muß den Jungen wirklich nach Hause bringen.«

Wieder machte er jene Geste zärtlicher Enttäuschung, wie ein Liebhaber, der zurückgewiesen wurde. Ich fragte mich plötzlich, von wie vielen Totenbetten man ihn ausgeschlossen hatte. Und ich stellte fest, daß ich ihm auch eine Botschaft der Hoffnung geben wollte, aber dann drehte er sich um, und ich sah nur das arrogante Schauspielergesicht. Mir war er bemitleidenswert, unvollkommen, unmodern lieber. Ayer, Bertrand Russell – sie waren heute modern, doch ich bezweifelte, daß es in seiner Bibliothek viele logische Positivisten gab. Er hatte nur die Kämpfer, nicht die, die über den Dingen standen.

Bei der Tür – mir fiel auf, daß er den gefährlichen Ausdruck »leben Sie wohl« nicht benutzte – schoß ich direkt auf seine gutaussehende Wange den Satz ab: »Sie sollten eine Freundin von mir kennenlernen, Mrs. Miles. Sie interessiert sich ...« Dann unterbrach ich mich. Der Schuß war ins Schwarze gegangen. Die Male auf seiner Wange schienen noch röter zu werden, und ich hörte Miss Smythe sagen: »Ach, du meine Güte!«, während er sich abrupt abwandte. Kein Zweifel, ich hatte ihm weh getan, aber der Schmerz hatte mich genauso getroffen wie ihn. Wie sehr wünschte ich mir, ich hätte weniger gut gezielt.

Draußen übergab sich Parkis' Sohn in den Rinnstein. Ich ließ ihn sich erbrechen, stand da und fragte mich: Hat auch er sie verloren? Ist es denn nie zu Ende? Muß ich jetzt Y aufspüren?

8

PARKIS SAGTE: »Es war wirklich ganz einfach, Sir. Das Gewimmel war so groß, und Mrs. Miles dachte, ich sei einer seiner Freunde aus dem Ministerium, und Mr. Miles hielt mich für einen *ihrer* Freunde.«

»War es eine gute Cocktailparty?« fragte ich und erinnerte mich wieder an die erste Begegnung und an den Anblick Sarahs mit dem Fremden.

»Sehr erfolgreich kann ich nur sagen. Sir, aber Mrs. Miles schien mir nicht ganz in Ordnung zu sein. Sie hat einen sehr häßlichen Husten.« Das hörte ich mit Vergnügen. Vielleicht hatte es auf dieser Party keine Küsse und keine zärtlichen Berührungen im Alkoven gegeben. Parkis legte ein in braunes Papier eingeschlagenes Paket auf meinen Schreibtisch und sagte stolz: »Von ihrem Mädchen wußte ich den Weg in ihr Zimmer. Hätte mich jemand bemerkt, hätte ich gesagt, daß ich eine Toilette suche, aber niemand kümmerte sich um mich. Und da lag es, auf ihrem Schreibtisch; sie muß an dem Tag etwas hineingeschrieben haben. Natürlich mag sie sehr vorsichtig sein, aber meine Erfahrung mit Tagebüchern ist die, daß sie immer etwas verraten. Die Leute erfinden ihre kleinen Codes, doch die durchschaut man bald, Sir. Oder sie lassen einiges aus, aber man erfährt sehr bald, was sie auslassen.« Während er sprach, packte er das Buch aus und schlug es auf. »So ist die menschliche Natur nun einmal, wenn man ein Tagebuch führt, will man sich an die Dinge erinnern. Warum sollte man es sonst tun?«

»Haben Sie einen Blick hineingeworfen?« fragte ich.

»Ich habe mich vergewissert, daß es das richtige ist und an einer Eintragung festgestellt, daß sie nicht zu den Vorsichtigen gehört.«

»Es ist nicht das Buch aus diesem Jahr«, sagte ich. »Es ist zwei Jahre alt.«

Einen Moment lang war er niedergeschmettert.

»Für meine Zwecke genügt es«, sagte ich.

»Es würde auch vor Gericht ausreichen, Sir – wenn der Fehltritt nicht verziehen wurde.«

Das Tagebuch war eine große Geschäftskladde, und rote und blaue Linien kreuzten Sarahs energische Handschrift. Sie hatte nicht jeden Tag etwas eingetragen, und ich konnte Parkis trösten. »Es umfaßt mehrere Jahre.«

»Ich nehme an, sie hat es aus einem bestimmten Grund herausgeholt, um etwas darin nachzulesen.« Ist es möglich, dachte ich, daß ihr ausgerechnet an diesem Tag irgendeine Erinnerung an mich, an unsere Affäre, durch den Kopf schoß, irgend etwas ihren Frieden gestört hat? Ich sagte zu Parkis: »Ich bin froh, daß ich es habe, sehr froh. Und ich denke, wir können unsere Rechnung jetzt endgültig abschließen.«

»Hoffentlich sind Sie zufrieden, Sir.«

»Recht zufrieden.«

»Und das schreiben Sie bitte auch Mr. Savage, Sir. Er bekommt von Klienten immer nur die negativen Berichte, die positiven werden nie geschrieben. Je zufriedener ein Klient ist, um so mehr will er vergessen. Uns aus dem Gedächtnis verdrängen. Man kann es ihnen kaum übelnehmen.«

»Ich schreibe ihm.«

»Und danke, Sir, daß Sie so nett zu meinem Jungen waren. Er war ein bißchen durcheinander, aber ich weiß, wie es ist – es ist schwierig bei einem Jungen wie Lance die Grenze zu ziehen, wenn es um Eis geht. Er sagt kaum ein Wort, schmeichelt es einem aber trotzdem ab.« Ich wollte lesen, doch Parkis blieb. Vielleicht traute er meinem Gedächtnis nicht und wollte, daß sich mir seine durchtriebenen Armesünderaugen und sein dünner Schnurrbart unvergeßlich einprägten. »Ich habe unsere Verbindung als sehr angenehm empfunden, Sir – wenn man unter so traurigen Umständen von Annehmlichkeit sprechen darf. Wir arbeiten nicht immer für echte Gentlemen, nicht einmal wenn sie Titel haben. Einmal hatte ich einen königlichen Peer, Sir, der ausfallend wurde, als ich ihm den Bericht gab, und so heftig tobte, als sei ich selbst der schuldige Teil. Es ist sehr entmutigend, Sir. Je erfolgreicher man ist, um so froher sind sie, einen nicht mehr zu sehen.«

Auch ich wollte Parkis nicht mehr sehen, das wußte ich ganz sicher, und seine Worte weckten mein Schuldbewußtsein. Ich konnte den Mann nicht überstürzt wegschicken. Er sagte: »Ich habe mir überlegt, Sir, Ihnen zur Erinnerung eine Kleinigkeit zu schenken – aber genau das wollen Sie bestimmt nicht.« Wie seltsam es ist, von jemandem gemocht zu werden. Es zwingt einen zu einer gewissen Loyalität. Also schwindelte ich Parkis etwas vor. »Unsere Gespräche haben mir immer Freude gemacht.«

»Die anfangs unter einem so unglücklichen Stern gestanden haben, Sir. Durch diesen albernen Irrtum.«

»Haben Sie Ihrem Jungen davon erzählt?«

»Ja, Sir, aber erst nach ein paar Tagen, nach dem Erfolg mit dem Papierkorb. Er hat mich entlastet.«

Ich schaute auf das Buch hinunter und las: »So glücklich. M. kommt morgen zurück.« Ich fragte mich einen Moment, wer M. war. Wie seltsam und auch ungewohnt zu denken, daß man geliebt worden war und durch seine Gegenwart einmal die Macht gehabt hatte, den Tag eines anderen Menschen seiner Trostlosigkeit zu entreißen und ihm ein glücklicheres Gesicht zu geben.

»Aber wenn Sie mir wirklich nicht böse wären über ein Andenken, Sir ...«

»Natürlich wäre ich nicht böse, Parkis.«

»Ich habe etwas mitgebracht, Sir, das für Sie vielleicht interessant und auch nützlich ist.« Er holte einen in Seidenpapier verpackten Gegenstand aus der Tasche und schob ihn mir schüchtern über den Schreibtisch zu. Ich packte ihn aus. Es war ein billiger Aschenbecher mit dem Aufdruck *»Hotel Metropole*, Brightlingsea«. »Er hat eine ziemlich aufregende Geschichte, Sir. Erinnern Sie sich an den Fall Bolton?«

»Könnte ich nicht behaupten.«

»Hat damals mächtig Aufsehen erregt, Sir. Lady Bolton, die Zofe und der Mann, Sir. Alle zusammen ertappt worden. Dieser Aschenbecher hat neben dem Bett gestanden. Auf der Seite der Lady.«

»Sie müssen schon ein kleines Museum zusammengetragen haben.«

»Ich hätte den Aschenbecher Mr. Savage geben sollen – er hatte ein besonderes Interesse an dem Fall –, doch jetzt bin ich froh, Sir, daß ich's nicht getan habe. Ich denke, Sie werden feststellen, daß Ihre Freunde entsprechende Bemerkungen machen werden, wenn sie ihre Zigaretten ausdrücken und den Aufdruck des Hotels sehen. Dann brauchen Sie nur klipp und klar zu antworten: ›Der Fall Bolton‹. Und sie werden alle mehr darüber erfahren wollen.«

»Das klingt sensationell.«

»So sind sie nun einmal, Sir, die menschliche Natur und die Liebe, nicht wahr? Obwohl ich *überrascht* war. Einen

Dritten hätte ich nicht erwartet. Und das Zimmer nicht groß und gar nicht elegant. Damals hat Mrs. Parkis noch gelebt, aber ihr wollte ich die Einzelheiten nicht erzählen. Diese Dinge haben sie aufgeregt.«

»Ich werde das Andenken in Ehren halten«, sagte ich.

»Wenn Aschenbecher reden könnten, Sir.«

»O ja, in der Tat.«

Doch mit diesem tiefschürfenden Gedanken hatte sogar Parkis alles gesagt, was zu sagen war. Ein letzter Händedruck, ein bißchen klebrig (vielleicht war er mit der Hand von Lance in Kontakt gekommen), und fort war er. Er gehörte nicht zu den Leuten, die man wiederzusehen erwartet. Dann schlug ich Sarahs Tagebuch auf. Ich hatte mir überlegt, daß ich mir zuerst den Tag im Juni 1944 heraussuchen wollte, an dem alles zu Ende gewesen war, und nachdem ich den Grund dafür erfahren hatte, gab es noch eine Menge anderer Daten, die mir viel zu sagen hatten; ich konnte die Eintragungen mit meinem eigenen Tagebuch vergleichen und endlich feststellen, wieso ihre Liebe allmählich gestorben war. Ich wollte das Buch behandeln, wie ein Dokument in einem Fall – einem von Parkis' Fällen – behandelt werden sollte, doch ein solches Maß an innerer Ruhe war mir nicht vergönnt, denn als ich das Buch aufschlug, fand ich nicht, was ich erwartet hatte. Haß und Mißtrauen und Neid hatten mich so weit von ihr entfernt, daß ich ihre Worte wie die Liebeserklärung einer Fremden las. Ich hatte eine Menge Beweise gegen sie erwartet – hatte ich sie denn nicht oft beim Lügen ertappt? –, und hier fand ich schwarz auf weiß in ihrer Handschrift, der ich glauben konnte, wie ich ihrer Stimme nie geglaubt hatte, die vollständige Antwort. Denn es waren die beiden letzten Seiten, die ich zuerst las und am Ende noch einmal las, um ganz sicher zu sein. Es ist schon seltsam, wenn man entdeckt, daß man geliebt wird, obwohl man weiß, daß der, der man ist, von niemandem außer von Vater und Mutter oder von einem Gott geliebt werden kann.

DRITTES BUCH

I

... ALS DAS ENDE KAM, war nichts mehr übrig – für keinen von uns – nur Du. Es hätte vielleicht für ein ganzes Leben gereicht, wenn man ein bißchen Liebe hier und ein bißchen Liebe dort verteilt hätte, an diesen Mann und an jenen. Aber schon beim erstenmal, in dem Hotel an der Paddington Station, haben wir alles hingegeben, was wir hatten. Du warst da, hast uns gelehrt, verschwenderisch zu sein, wie Du es auch den Reichen lehrtest, damit wir eines Tages nichts mehr hätten außer dieser Liebe zu Dir. Aber Du bist zu gut zu mir. Wenn ich Dich um Schmerzen bitte, schenkst Du mir Frieden. Gib ihn auch ihm. Gib ihm meinen Frieden – er braucht ihn mehr als ich.

12. Februar 1946

Vor zwei Tagen überkam mich ein starkes Gefühl des Friedens, der Ruhe und der Liebe. Das Leben würde wieder glücklich sein, aber letzte Nacht träumte ich, daß ich eine lange Treppe hinaufstieg, um mich oben mit Maurice zu treffen. Ich war noch immer glücklich, denn sobald ich oben ankam, würden wir uns lieben. Ich rief ihm zu, ich sei schon unterwegs, doch es war nicht Maurice, der mir antwortete. Es war die Stimme eines Fremden, die wie ein Nebelhorn dröhnte, das verirrte Schiffe warnt, und sie machte mir angst. Ich dachte: Er hat seine Wohnung aufgegeben und ist fortgegangen, und ich weiß nicht, wo er ist. Als ich die Treppe wieder hinunterging, stieg mir das

Wasser bis über die Taille, und in der Halle hing dichter Nebel. Dann bin ich aufgewacht. Ich finde keinen Frieden mehr. Ich will nur ihn, ganz wie früher. Ich möchte Sandwichs mit ihm essen. Möchte mit ihm in einer Bar etwas trinken. Ich bin müde und will nicht mehr leiden. Ich will Maurice. Ich wünsche mir ganz gewöhnliche, irdische, menschliche Liebe. Lieber Gott, Du weißt, ich will – ich will Deine Leiden, aber nicht jetzt. Nimm sie mir noch eine Weile ab, und gib sie mir zu einer anderen Zeit.

Danach begann ich das Buch von Anfang an zu lesen. Sie hatte nicht jeden Tag etwas eingetragen, und ich hatte nicht den Wunsch, jeden Eintrag zu lesen. Die Theater, die sie mit Henry besucht hatte, die Restaurants, die Partys – dieses ganze Leben, das ich nicht kannte, hatte noch immer die Macht, mich zu verletzen.

2

12. Juni 1944

MANCHMAL BIN ICH es so müde, ihn überzeugen zu wollen, daß ich ihn liebe und immer lieben werde. Er stürzt sich auf meine Worte wie ein Staatsanwalt und verdreht sie spitzfindig. Ich weiß, daß er sich vor der Wüste fürchtet, die ihn umgeben würde, wenn unsere Liebe je enden sollte, aber er kann nicht begreifen, daß ich genauso empfinde. Was er laut ausspricht, sage ich leise zu mir und schreibe es hier nieder. Was kann man in der Wüste bauen? An manchen Tagen, an denen wir uns oft geliebt haben, frage ich mich manchmal, ob es nicht möglich ist, daß es mit dem Sex einmal vorbei sein könnte, und ich weiß, auch er fragt sich das und hat Angst vor dem Punkt, an dem die Wüste beginnt. Was fangen wir in der Wüste an, wenn wir einander verlieren? Wie kann man weiterleben, nachdem das geschehen ist?

Er ist eifersüchtig auf die Vergangenheit, auf die Gegenwart und auf die Zukunft. Seine Liebe ist wie ein mittelalterlicher Keuschheitsgürtel: Nur wenn er da ist, bei mir, in mir, fühlt er sich sicher. Wenn ich ihm ein Gefühl der Sicherheit geben könnte, könnten wir uns friedlich und glücklich lieben, nicht beinahe gewalttätig und zügellos, wie wir es tun, und die Wüste würde zurückweichen, bis wir sie nicht mehr sehen. Ein ganzes Leben lang vielleicht.

Wenn man an Gott glauben könnte, würde Er die Wüste beleben?

Ich wollte immer geliebt oder bewundert werden. Ich fühle mich schrecklich unsicher, wenn ein Mann sich von mir abwendet, wenn ich einen Freund verliere. Ich möchte nicht einmal einen Ehemann verlieren. Ich will alles, immer und überall. Ich fürchte mich vor der Wüste. Gott liebt dich, sagt man uns in den Kirchen, Gott ist alles. Menschen, die daran glauben, brauchen keine Bewunderung, sie brauchen nicht mit einem Mann zu schlafen, sie fühlen sich sicher. Aber ich kann keinen Glauben erfinden.

Heute war Maurice den ganzen Tag lieb zu mir. Er sagt mir oft, er habe noch nie eine andere Frau so geliebt wie mich. Er denkt, wenn er es oft genug sagt, wird er mich dazu bringen, ihm zu glauben. Aber ich glaube ihm ganz einfach deshalb, weil ich ihn genauso liebe. Wenn ich aufhörte, ihn zu lieben, würde ich aufhören, an seine Liebe zu glauben. Wenn ich Gott liebte, würde ich an Seine Liebe zu mir glauben. Es genügt nicht, sie zu brauchen. Wir müssen zuerst lieben, und ich weiß nicht, wie. Aber ich brauche es, oh, wie sehr ich es brauche.

Den ganzen Tag war er lieb. Nur einmal, als der Name

eines Mannes erwähnt wurde, irrten seine Augen ab. Er denkt, ich schlafe noch immer mit anderen Männern, und würde es so viel ausmachen, wenn ich es täte? Beklage ich mich, wenn er manchmal eine Frau hat? Ich würde ihn in der Wüste nie irgendeiner kleinen Freundschaft berauben, wenn wir einander dort nicht haben können. Manchmal denke ich, er würde mir, wenn die Zeit je käme, sogar ein Glas Wasser verweigern. Er würde mich in eine so vollständige Isolation treiben, daß ich allein wäre, nichts und niemanden hätte – wie ein Einsiedler, aber die waren nie allein, heißt es wenigstens. Ich bin so durcheinander. Was tun wir einander an? Denn ich weiß, daß ich ihm genau das gleiche tue, das er mir tut. Wir sind manchmal so glücklich und waren in unserem ganzen Leben noch nie unglücklicher. Es ist, als arbeiteten wir beide an derselben Statue, als meißelte einer sie aus dem Unglück des anderen heraus. Doch ich kenne nicht einmal die Vorlage.

17. Juni 1944

Gestern waren wir in seiner Wohnung und haben das Übliche getan. Ich habe nicht den Mut, darüber zu schreiben, würde es aber gern tun, denn jetzt, während ich dies schreibe, ist es schon morgen, und ich fürchte mich, zum Ende von gestern zu kommen. Solange ich schreibe, ist gestern heute, und wir sind noch zusammen.

Während ich gestern auf ihn wartete, waren auf dem Gemeindeanger mehrere Redner: von der I.L.P. (Independent Labour Party) und der kommunistischen Partei und der Mann, der nur Witze erzählt und außerdem ein Mann, der das Christentum angriff. Gehörte zur Rationalen Vereinigung von Südlondon oder so ähnlich. Er hätte gut ausgesehen, hätte er nicht auf einer Wange diese

Male gehabt. Er hatte nur wenig Publikum, und es gab keine Zwischenrufe. Er griff etwas an, das längst tot ist, und ich habe mich gefragt, warum er sich die Mühe macht. Ich blieb ein paar Minuten stehen und hörte ihm zu: Er wetterte gegen die Gottesbeweise. Ich hatte wirklich nicht gewußt, daß es welche gab – außer diesem feigen Verlangen, nicht allein zu sein, das ich fühle.

Plötzlich bekam ich Angst, Henry könnte es sich überlegt und telegrafiert haben, daß er nach Hause kam. Ich weiß nie, was ich mehr fürchte – meine Enttäuschung oder die von Maurice. Sie hat bei uns beiden die gleiche Wirkung. Wir brechen einen Streit vom Zaun. Ich ärgere mich über mich, und er ärgert sich über mich. Ich ging nach Hause, doch da war kein Telegramm, und ich kam zehn Minuten zu spät zum Rendezvous mit Maurice und wurde ärgerlich, um mich gegen seinen Zorn zu wehren, und dann wurde er unerwartet ganz lieb zu mir.

Nie zuvor hatten wir einen so langen Tag gemeinsam gehabt, und die Nacht lag auch noch vor uns. Wir kauften Salat und Brötchen und die Butterration – wir wollten nicht viel essen, und es war sehr warm. Es ist auch jetzt warm. Alle werden sagen, was für ein schöner Sommer, und ich sitze in einem Zug, der aufs Land fährt, wo ich mich mit Henry treffe, und alles ist für immer zu Ende. Ich habe Angst: Dies *ist* die Wüste, und es ist keiner da, nichts ist da, meilenweit im Umkreis alles leer. Wäre ich in London, würde ich vielleicht schnell getötet werden, aber wäre ich in London, würde ich zum Telefon gehen und die einzige Nummer anrufen, die ich auswendig kenne. Meine eigene vergesse ich oft. Freud würde vermutlich sagen, daß ich sie vergesse, weil sie auch Henrys Nummer ist. Aber ich liebe Henry. Ich will, daß er glücklich ist. Nur heute hasse ich ihn, weil *er* glücklich ist, ich es nicht bin und Maurice auch nicht, und weil er ahnungslos bleiben wird. Er wird nur sagen, ich sähe müde aus und denken, ich hätte meine Tage – er macht sich nicht mehr die Mühe, darüber auf dem laufenden zu bleiben.

Am Abend heulten die Sirenen – ich meine natürlich gestern abend, aber was macht das schon aus? In der Wüste gibt es keine Zeit. Doch ich kann aus der Wüste hinausfinden, wenn ich will. Ich kann morgen einen Zug nach Hause nehmen und Maurice anrufen. Henry bleibt vielleicht noch auf dem Land, und wir können die Nacht miteinander verbringen. Ein Schwur ist nicht so wichtig – wenn er jemandem geleistet wurde, den ich nie gekannt habe, jemandem, an den ich eigentlich nicht glaube. Niemand wird wissen, daß ich einen Eid gebrochen habe, niemand außer mir und Ihm – und Ihn gibt es nicht, oder? Es kann Ihn nicht geben. Man kann sich in dieser Hoffnungslosigkeit und Verzweiflung keinen gnädigen Gott vorstellen.

Wo würden wir stehen, wenn ich zurückginge? Wo wir gestern gestanden haben, bevor die Sirenen heulten, und im Jahr davor. Zornig aufeinander, weil wir Angst vor dem Ende hätten, und wir würden uns fragen, was wir mit dem Leben anfangen sollten, wenn nichts mehr da wäre. Ich brauche mich nichts mehr zu fragen – habe nichts mehr zu fürchten. Das ist das Ende. Aber, lieber Gott, was soll ich mit diesem Verlangen zu lieben tun?

Warum schreibe ich »lieber Gott«? Er ist nicht lieb – nicht zu mir. Wenn es ihn gibt, dann hat er mir den Gedanken an diesen Schwur eingegeben, und ich hasse ihn dafür. Ich hasse. Alle paar Minuten fliegen eine Kirche aus grauem Stein und ein Wirtshaus in entgegengesetzter Richtung an mir vorüber: die Wüste ist voller Kirchen und Wirtshäuser. Und voll von Geschäften und Männern auf Fahrrädern und Gras und Kühen und Fabrikschornsteinen. Man sieht sie durch den Sand wie Fische durch das Wasser eines Behälters. In diesem Behälter wartet auch Henry auf mich und reicht mir seine Lippen zum Kuß.

Wir achteten nicht auf die Sirenen. Sie waren nicht wichtig. Wir hatten keine Angst davor, auf diese Weise zu sterben. Aber der Alarm dauerte und dauerte. Es war kein Angriff wie üblich. Die Zeitungen dürfen es noch nicht schreiben, aber jeder weiß es. Das war das neue Ding, vor dem man uns gewarnt hatte. Maurice ging hinunter, um nachzusehen, ob sich jemand im Keller aufhielt – er hatte Angst um mich und ich um ihn. Ich wußte, es würde etwas geschehen.

Er war noch nicht einmal zwei Minuten weg, als es auf der Straße eine Explosion gab. Sein Zimmer geht nach hinten hinaus, und es geschah nichts, nur die Tür wurde durch den Luftdruck aufgerissen, und ein bißchen Putz fiel herunter, aber ich wußte, daß er, als die Bombe fiel, an der Haustür gewesen war. Ich lief die Treppe hinunter. Sie war voller Mauerbrocken, und Teile des zerbrochenen Geländers lagen herum. In der Halle sah es furchtbar aus. Ich sah Maurice zuerst nicht, und dann entdeckte ich seinen Arm, der unter der Tür herausragte. Ich berührte seine Hand und hätte schwören können, daß es die Hand eines Toten war. Wenn zwei Menschen sich geliebt haben, können sie einander über einen Mangel an Zärtlichkeit in einem Kuß nicht hinwegtäuschen, und hätte ich es nicht spüren müssen, daß noch Leben in ihm war, als ich seine Hand berührte? Ich wußte, wenn ich seine Hand nahm und daran zog, würde sie unter der Tür hervorkommen, sie ganz allein, losgetrennt von ihm. Jetzt weiß ich natürlich, daß das Hysterie war. Ich wurde getäuscht. Er war nicht tot. Ist man für das verantwortlich, was man im Zustand totaler Hysterie verspricht? Oder welche Versprechen man bricht? Ich bin auch jetzt hysterisch, während ich das niederschreibe. Doch es gibt nirgendwo auch nur einen einzigen Menschen, dem ich sagen kann, daß ich unglücklich bin, denn sie würden wissen wollen, warum, und ich würde unter der Last der Fragen zusammenbrechen. Doch zusammenbrechen darf ich nicht, weil ich Henry schützen muß. Oh, zum Teufel mit Henry, zum Teufel mit Henry. Ich brauche jemanden, der die Wahrheit über mich akzeptiert und keinen Schutz nötig hat. Wenn ich ein Miststück und eine Schwindlerin bin, gibt es denn keinen, der ein Miststück und eine Schwindlerin lieben kann?

Ich kniete auf dem Fußboden nieder. Es war verrückt, so etwas zu tun. Ich hatte es nie tun müssen, nicht einmal als Kind – meine Eltern haben ebensowenig an Gebete geglaubt wie ich. Ich hatte keine Ahnung, was ich sagen sollte. Maurice war tot. Ausgelöscht. So etwas wie eine Seele existierte nicht. Sogar das halbe Glück, das ich ihm geben konnte, war aus ihm herausgesickert wie Blut. Er würde nie wieder die Chance haben, mit jemandem glücklich zu sein. Mit irgend jemandem, dachte ich. Eine andere hätte ihn lieben und glücklicher machen können als ich, aber jetzt hat er die Chance nicht mehr. Da kniete ich nun, legte den Kopf auf das Bett und wünschte mir, ich könnte glauben. Lieber Gott, sagte ich – warum lieb, warum lieb? –, mach, daß ich glaube. Ich kann nicht glauben. Bring es mir bei. Ich sagte: Ich bin ein Miststück und eine Schwindlerin, und ich hasse mich. Ich kann nichts mit mir anfangen. *Lehr* mich zu glauben. Ich schloß fest die Augen und preßte mir die Fingernägel in die Handteller, bis ich nur noch den Schmerz fühlte, und ich sagte: Ich werde glauben. Laß ihn leben, und ich *werde* glauben. Gib ihm eine Chance. Laß ihn glücklich sein. Wenn du das tust, will ich glauben. Doch das war nicht genug. Der Glaube tut nicht weh. Also sagte ich: Ich liebe ihn und will alles tun, wenn du ihn lebendig machst. Und ich sagte sehr langsam: Ich will ihn auch für immer aufgeben, nur laß ihn leben, damit er eine Chance hat, und ich preßte so lange, bis mir die Haut an den Handflächen aufplatzte, und sagte: Menschen können sich lieben, ohne einander zu sehen, nicht wahr? Sie lieben *Dich* ihr Leben lang, ohne *Dich* zu sehen, und dann kam er zur Tür herein, und er lebte, und ich dachte, jetzt fängt die Qual an, von nun an muß ich ohne ihn sein, und ich wünschte mir, er läge wieder tot unter der Tür.

9. Juli 1944

Henry und ich haben den Zug um halb neun erreicht. Leeres Erster-Klasse-Abteil. Henry las laut die Sitzungsberichte der Königlichen Kommission. Nahmen bei der Paddington Station ein Taxi, und Henry stieg beim Ministerium aus. Er mußte mir versprechen, am Abend nach Hause zu kommen. Der Taxifahrer fuhr mich irrtümlich auf die Südseite, an der Tür von Nr. 14 vorüber. Die Tür war repariert, die Fenster mit Brettern verschlagen. Sich tot zu fühlen ist schrecklich. Man möchte wieder lebendig sein, egal wie. Als ich nach Hause kam, warteten ein paar alte Briefe auf mich, denn ich hatte Anweisung gegeben, nichts nachzuschicken. Alte Bücherkataloge, alte Rechnungen, ein Brief mit der Aufschrift: »Dringend. Bitte nachsenden.« Ich hätte ihn gern aufgemacht, um zu sehen, ob ich noch lebte, doch ich zerriß ihn mit den Katalogen.

3

10. Juli 1944

ICH DACHTE, ich breche mein Versprechen nicht, wenn ich Maurice zufällig auf dem Gemeindeanger begegne, also ging ich nach dem Frühstück hinaus, nach dem Lunch wieder und am frühen Abend noch einmal, spazierte umher, sah ihn aber nie. Ich konnte nur bis sechs draußen bleiben, weil Henry Dinnergäste hatte. Die Redner waren wieder da, wie schon im Juni, und der Mann mit den Gesichtsmalen wetterte noch immer gegen das Christentum, und niemand beachtete ihn. Ich dachte: Wenn er mich nur überzeugen könnte, daß man ein Versprechen nicht halten muß, das man jemandem gegeben hat, an den man nicht glaubt; mich überzeugen könnte, daß es keine Wunder gibt, und ich ging hin und hörte ihm eine Weile zu, aber die ganze Zeit schaute ich mich um, um Maurice nicht zu verpassen, falls er auftauchen sollte. Der Mann sprach über die Entstehungszeiten der Evangelien und darüber, daß das erste nicht einmal innerhalb von hundert Jahren nach Christi Geburt geschrieben worden war. Mir war nie klar gewesen, daß sie aus einer so frühen Zeit stammten, aber ich fand, es sei nicht so wichtig, wann die Legende begonnen hatte. Und dann sagte er, daß Christus in den Evangelien nie behauptet hatte, Gott zu sein, aber gab es überhaupt einen Mann namens Christus, und was bedeuten schon die Evangelien, verglichen mit dem Schmerz, herumzustehen und zu warten und Maurice nicht zu sehen? Eine grauhaarige Frau verteilte kleine Karten, auf die sein Name aufgedruckt war, Richard Smythe, und seine Adresse in der Cedar Road, außerdem eine Einladung an jedermann, zu ihm zu kommen und privat mit ihm zu sprechen. Ein paar Leute lehnten es ab, die Karte zu nehmen und entfernten sich, als bitte die Frau um eine Spende, und andere warfen sie ins Gras (sie hob ein paar wieder auf, aus Sparsamkeitsgründen, vermute ich). Es kam mir sehr traurig vor – die gräßlichen Male und über etwas zu sprechen, das niemanden interessierte; die weggeworfenen Karten schienen mir Freundschaftsangebote, die zurückgewiesen wurden. Ich schob die Karte in meine Tasche und hoffte, daß er es sah.

Sir William Mallock kam zum Dinner. Er war einer von Lloyd Georges Finanzberatern, sehr alt und sehr wichtig. Henry hat jetzt natürlich nichts mehr mit Pensionen zu tun, aber er interessiert sich noch immer für das Thema und erinnert sich gern an diese Zeit. Hatte er nicht an den Witwenpensionen gearbeitet, als Maurice und ich zum erstenmal zusammen essen waren und alles anfing? Henry begann eine lange Diskussion mit Mallock voller statistischer Zahlen darüber, ob die Witwenpensionen den Stand von vor zehn Jahren erreichen würden, wenn man sie um einen Shilling erhöhte. Sie waren über die Lebenshaltungskosten unterschiedlicher Meinung, und es war eine rein akademische Auseinandersetzung, weil beide sagten, der Staat könne sich eine Erhöhung ohnehin nicht leisten. Ich mußte mich mit Henrys Chef im Ministerium für Innere Sicherheit unterhalten, und mir fiel kein anderes Thema als die V1 ein, und plötzlich sehnte ich mich danach, allen zu erzählen, wie es gewesen war, als ich Maurice unter der Tür begraben gefunden hatte. Ich war natürlich nackt, wollte ich sagen, weil ich keine Zeit gehabt hatte, mich anzuziehen. Hätte Sir William Mallock auch nur den Kopf gewandt, oder hätte Henry es gehört? Er hat die wunderbare Gabe, nichts zu erfassen außer dem Thema, um das es gerade geht, und dieses Thema waren die Lebenshaltungskosten für 1943. Ich war nackt, wollte ich sagen, weil Maurice und ich uns den ganzen Abend geliebt hatten.

Ich sah Henrys Chef an. Er hieß Dunstan, hatte eine gebrochene Nase, und sein zerbeultes Gesicht sah aus wie die mißlungene Arbeit eines Töpfers – ein ausgesondertes, ursprünglich für den Export bestimmtes Gesicht. Seine einzige Reaktion wäre ein Lächeln; er wäre nicht verärgert oder bliebe gleichgültig, er würde es als etwas akzeptieren, das Menschen eben tun. Ich hatte das Gefühl, daß ich nur einen Schritt zu machen brauchte, und er würde darauf reagieren. Warum eigentlich nicht? frage ich mich. Warum soll ich nicht aus der Wüste flüchten, und sei es nur für eine halbe Stunde? Mein Versprechen bezieht sich nicht auf Fremde, nur auf Maurice. Ich kann nicht mein Leben lang mit Henry allein bleiben, von niemand bewundert, ohne einen Mann, den mein Anblick erregt, kann nicht nur zuhören, wie Henry mit anderen Leuten spricht, und unter dem steten Tropfen der Konversation versteinern wie der Bowlerhut in den Cheddar Caves.

15. Juli 1944

Mit Dunstan im Jardin des Gourmets geluncht. Er sagte ...

21. Juli 1944

Mit Dunstan zu Hause etwas getrunken, während er auf Henry wartete. Alles lief zu ...

22. Juli 1944

War mit D. beim Dinner. Er hat mich hinterher nach Hause gebracht und wieder ein Glas getrunken. Aber es hat nicht funktioniert, es hat nicht funktioniert.

23. Juli 1944 – 30. Juli 1944

D. hat angerufen. Sagte ihm, ich müsse weg. Habe Henry auf einer Reise begleitet. Zivilschutz in Südengland. Konferenzen mit Luftschutzwarten und Ingenieuren der Gemeindeverwaltungen. Probleme nach Bombenexplosionen. Schutzraumprobleme. Das Problem, so zu tun, als sei man am Leben. Henry und ich schlafen Nacht für Nacht Seite an Seite wie Figuren auf Sarkophagen. Im neu befestigten Luftschutzraum in Bigwell-on-Sea küßte mich der oberste Luftschutzwart. Henry war mit dem Bürgermeister und dem Ingenieur vorausgegangen, und ich hielt den Luftschutzwart auf, legte ihm die Hand auf den Arm und fragte ihn etwas über die stählernen Schlafkojen. Warum es keine Doppelkojen für Verheiratete gebe, fragte ich; es war sehr albern. Ich wollte, daß er mich küßte. Er drehte mich um, preßte mich gegen eine Koje, so daß das Metall mir schmerzhaft in den Rücken schnitt, und küßte mich. Dann sah er so erstaunt aus, daß ich lachen mußte und ihm den Kuß zurückgab. Aber es prickelte nicht. Wird es nie wieder prickeln? Der Bürgermeister kam mit Henry zurück. Er sagte: »Wenn wir sie hineinquetschen, haben wir Platz für zweihundert.« Am selben Abend ließ ich mir, während Henry bei einem offiziellen Dinner war, von der Auskunft die Nummer von Maurice geben. Ich lag auf dem Bett und wartete auf die Verbindung. Zu Gott sagte ich: Ich habe mein Versprechen sechs Wochen lang gehalten. Ich kann nicht an Dich glauben, ich kann Dich nicht lieben, aber mein Versprechen habe ich gehalten. Wenn ich nicht bald wieder lebendig werde, werde ich zur Schlampe – zu einer ganz gewöhnlichen Schlampe. Ich werde mich absichtlich selbst zerstören. Von Jahr zu Jahr werde ich mich mehr benutzen lassen. Wird Dir das besser gefallen, als wenn ich mein Versprechen breche? Ich werde wie eine jener Frauen in den Bars sein, die zu laut lachen und drei Männer um sich haben, die sie ohne Vertrautheit berühren. Ich falle schon jetzt in Stücke.

Ich hielt den Hörer mit der Schulter fest, und die Vermittlung sagte: »Wir versuchen jetzt, den Teilnehmer zu erreichen.« Ich sagte zu Gott: Wenn er sich meldet, fahre ich morgen zurück. Ich wußte genau, wo neben seinem Bett das Telefon stand. Einmal hatte ich es im Schlaf hinuntergeworfen. Eine Mädchenstimme sagte: »Hallo«, und ich legte um ein Haar auf. Maurice sollte glücklich sein, das hatte ich gewollt, aber hatte ich auch gewollt, daß er so schnell ein neues Glück fand? Mir wurde ein bißchen übel, bis mir die Logik zu Hilfe kam, und mein Verstand mir widersprach: Warum eigentlich nicht? Du hast ihn verlassen, du willst, daß er glücklich ist. Ich sagte: »Könnte ich bitte Mr. Bendrix sprechen?« Doch alles war sinnlos geworden. Vielleicht wollte er jetzt nicht einmal mehr, daß ich mein Versprechen brach. Vielleicht hatte er jemanden gefunden, der bei ihm blieb, mit ihm aß, alles mögliche mit ihm unternahm, jede Nacht mit ihm schlief, bis es zur süßen Gewohnheit wurde, jemanden, der für ihn ans Telefon ging. Dann sagte die Stimme: »Mr. Bendrix ist nicht hier. Er ist für ein paar Wochen verreist und hat mir für diese Zeit die Wohnung überlassen.«

Ich legte auf. Zuerst war ich glücklich, und dann überkam mich wieder der Jammer. Ich wußte nicht, wo er war. Wir hatten keine Verbindung. In derselben Wüste, vielleicht dieselben Wasserlöcher suchend, aber nicht in Sichtweite, immer allein. Denn wären wir zusammen, wäre es keine Wüste. Ich sagte zu Gott: So ist das. Ich fange an, an Dich zu glauben, und wenn ich an Dich glaube, werde ich Dich hassen. Ich habe meinen freien Willen, um mein Versprechen zu brechen, nicht wahr, aber ich habe nicht die Macht, einen Gewinn aus meinem Wortbruch zu ziehen. Du läßt mich zwar telefonieren, doch dann wirfst Du mir die Tür vor der Nase zu. Du läßt mich sündigen, beraubst mich dann aber der Früchte meiner Sünde. Ich darf versuchen, mich zu D. zu flüchten,

Du erlaubst mir jedoch nicht, die Flucht zu genießen. Du zwingst mich, die Liebe aufzugeben, und dann sagst Du, daß es für mich auch keine Lust mehr gibt. Was erwartest Du jetzt von mir, Gott, was soll ich tun? Wohin soll ich mich von hier aus wenden?

In der Schule habe ich etwas über einen König gelernt – einen von den Henrys, den, der Becket umbringen ließ; als er sah, daß sein Geburtsort von seinen Feinden gebrandschatzt worden war, schwor er, weil Gott ihm das angetan hatte, werde er … »Weil Du mir die Stadt genommen hast, die ich am meisten liebe, den Ort, in dem ich geboren wurde und aufgewachsen bin, will ich Dir nehmen, was Du am meisten an mir liebst.« Seltsam, daß ich mich dieses Gebetes so genau entsann, nach sechzehn Jahren. Ein König hatte es hoch zu Roß vor siebenhundert Jahren gesprochen, und ich bete es jetzt, in einem Hotelzimmer in Bigwell-on-Sea – *Bigwell Regis*. Ich werde Dir rauben, Gott, was Du am meisten an mir liebst. Ich habe das Vaterunser nie auswendig gewußt, doch an dieses Gebet erinnere ich mich. Ist es überhaupt ein Gebet? Was Du am meisten an mir liebst.

Was liebst Du am meisten? Wenn ich an Dich glaubte, würde ich vermutlich auch an die unsterbliche Seele glauben, aber ist sie es, die Du liebst? Siehst Du sie wirklich unter der Haut? Nicht einmal ein Gott kann etwas lieben, das nicht existiert, kann nicht lieben, was er nicht sieht. Wenn er mich anblickt, sieht er dann etwas, das ich nicht sehen kann? Wie schön für ihn, wenn er imstande ist, es zu lieben. Daß ich glauben soll, etwas sei schön in mir, ist zuviel verlangt. Ich will, daß Männer mich bewundern, doch das ist ein Trick, den man schon in der Schule lernt – ein Augenaufschlag, ein bestimmter Tonfall in der Stimme, eine Berührung mit der Hand auf Schulter oder Kopf. Wenn sie denken, du bewunderst sie, bewundern sie dich auch ob deines guten Geschmacks, und wenn sie dich bewundern, hast du für einen Augenblick die Illusion, daß es etwas zu bewundern gibt. Mein Leben lang habe ich versucht, in dieser Illusion zu leben – einer tröstlichen Droge, die mir erlaubt zu vergessen, daß ich ein Miststück und eine Betrügerin bin. Aber was soll man dann an einem Miststück und einer Betrügerin lieben? Wo findest Du diese unsterbliche Seele, von der alle reden? Wo siehst Du dieses Wunderbare in mir – ausgerechnet in mir? Ich verstehe, wenn Du es in Henry findest – meinem Henry, meine ich. Er ist sanft und gütig und geduldig. Du kannst es in Maurice finden, der zu hassen glaubt und doch liebt, immer nur liebt. Sogar seine Feinde. Aber wo findest Du in diesem Miststück, dieser Betrügerin, etwas Liebenswertes?

Sag mir das, Gott, und ich nehme es Dir sofort und für immer.

Wie hat der König sein Versprechen gehalten? Ich wünschte, ich könnte mich erinnern. Ich weiß nur noch, daß die Mönche ihn über Beckets Grabstätte gegeißelt haben. Das klingt mir nicht wie die Antwort, die ich suche. Es muß vorher geschehen sein.

Henry ist heute abend wieder nicht zu Hause. Wenn ich in die Bar hinuntergehe, mir einen Mann nehme, mit ihm an den Strand gehe und mit ihm in den Sanddünen liege, würde ich Dir dann nehmen, was Du am meisten liebst? Aber es geht nicht. Es geht nicht mehr. Ich kann Dich nicht verletzen, wenn es mir kein Vergnügen macht. Genausogut kann ich Nadeln in mich hineinstechen wie diese Leute in der Wüste. Die Wüste. Ich möchte etwas tun, das ich genießen kann und das dich verletzt. Sonst ist es nichts anderes als Demütigung, und das ist ein Ausdruck des Glaubens. Und glaub mir, Gott, noch glaube ich nicht an Dich, ich glaube noch nicht an Dich.

4

12. September 1944

HABE BEI *Peter Jones* geluncht und eine neue Lampe für Henrys Arbeitszimmer gekauft. Ein steifer Lunch mitten unter anderen Frauen. Nirgendwo ein Mann. Es war, als gehöre man einem Regiment an. Beinahe ein Gefühl des Friedens. Hinterher war ich in einem Wochenschau-Kino am Piccadilly und habe Ruinen in der Normandie und die Ankunft eines amerikanischen Politikers gesehen. Nichts zu tun bis sieben, wenn Henry nach Hause kommt. Habe ganz allein ein paar Drinks genommen. Es war ein Fehler. Muß ich auch aufhören zu trinken? Wie soll ich existieren, wenn ich alles aufgebe? Einst war ich jemand, der Maurice liebte, der mit Männern ging und der seine Drinks genoß. Was passiert, wenn man nichts mehr von dem tut, das einen ausmacht? Henry kam herein. Ich sah ihm an, daß er sich über etwas sehr gefreut hatte. Ganz offensichtlich wollte er, daß ich ihn fragte, was es war, doch ich habe nicht gefragt. Also mußte er es mir schließlich sagen. »Man hat mich für den Orden ›Officer of the Order of the British Empire‹ vorgeschlagen.«

»Was ist das?«

Er war ziemlich betroffen, weil ich es nicht wußte. Er erklärte mir, daß die nächste Stufe, in einem oder zwei Jahren, wenn er zum Chef seiner Abteilung befördert wurde, ein C.B.E. (Commander of the Order of the British Empire) sein würde; »und danach«, sagte er, »wird man mich, wenn ich aus dem aktiven Dienst ausscheide, wahrscheinlich zum K.B.E. (Knight of the British Empire), zum Ritter schlagen.«

»Das ist verwirrend«, sagte ich. »Könntest du nicht bei denselben Buchstaben bleiben?«

»Wärst du denn nicht gern Lady Miles?« fragte Henry, und ich dachte wütend: Ich möchte Mrs. Bendrix sein, mehr will ich nicht in dieser Welt, doch diese Hoffnung habe ich für immer und ewig aufgegeben. Lady Miles – die keinen Liebhaber hat und nicht trinkt, sich aber mit Sir William Mallox über Pensionen unterhält. Und wo wäre *ich* die ganze Zeit?

Gestern nacht habe ich Henry angesehen, als er schlief. Solange ich das war, was das Gesetz den schuldigen Teil nennt, konnte ich ihn voller Zuneigung betrachten wie ein Kind, das Schutz braucht. Seit ich das bin, was sie unschuldig nennen, machte er mich ständig wütend. Er hatte eine Sekretärin, die ihn manchmal zu Hause anrief. Gewöhnlich sagte sie: »Oh, Mrs. Miles, ist H. M. da?« Alle Sekretärinnen benutzten diese lächerlichen Initialen, die nicht intim, aber angeblich kameradschaftlich waren. H. M. dachte ich, als ich den Schlafenden betrachtete, H. M., *His Majesty* (Seine Majestät) und Gemahlin Seiner Majestät. Manchmal lächelte er im Schlaf, ein zurückhaltendes, kurzes Staatsbeamtenlächeln, als wollte er sagen, o ja, sehr amüsant, aber jetzt sollten wir wieder an die Arbeit gehen, nicht wahr?

Einmal sagte ich zu ihm: »Hattest du jemals eine Affäre mit einer Sekretärin?«

»Affäre?«

»Liebesaffäre.«

»Nein, natürlich nicht. Wie kommst du denn auf so etwas?«

»Keine Ahnung. Ich habe es mich nur gefragt.«

»Ich habe nie eine andere Frau geliebt«, sagte er und begann die Abendzeitung zu lesen. Unwillkürlich fragte ich mich, ist mein Mann so unattraktiv, daß nie eine Frau ihn wollte? Außer mir, natürlich. Ich muß ihn gewollt haben, irgendwie und früher einmal, aber ich habe vergessen, warum, und ich war zu jung, um zu merken, was ich mir aussuchte. Es ist so unfair. Als ich Maurice liebte, habe ich auch Henry geliebt, und jetzt bin ich das, was man »anständig nennt«, und liebe überhaupt niemanden mehr. Und Dich am allerwenigsten.

5

8. Mai 1945

WAREN AM ABEND bei der Siegesfeier im St. James's Park. Es war sehr still neben dem von Flutlicht erleuchteten Wasser zwischen den Horse Guards und dem Palast. Niemand schrie oder sang oder betrank sich. Die Menschen saßen zu zweit im Gras und hielten sich bei den Händen. Vermutlich waren sie sehr glücklich, weil dies der Friede war und keine Bomben fielen. Ich sagte zu Henry: »Ich mag den Frieden nicht.«

»Ich frage mich, wohin man mich vom Ministerium für Innere Sicherheit versetzen wird.«

»Ins Informationsministerium?« sagte ich, um mich interessiert zu zeigen.

»Nein, nein, den Posten will ich nicht. Dort sind lauter Beamte auf Zeit. Wie würde dir das Innenministerium gefallen?«

»Mir gefällt alles, was dir Freude macht, Henry«, sagte ich. Dann erschien die Königliche Familie auf dem Balkon, und die Menge sang sehr anständig. Sie waren keine Führer wie Hitler, Stalin, Churchill, Roosevelt; sie waren nur eine Familie, die niemandem etwas zuleide getan hatte. Ich wünschte mir Maurice an meine Seite. Ich wollte neu anfangen. Ich wollte auch Teil einer Familie sein.

»Sehr ergreifend, nicht wahr?« sagte Henry. »Nun,

jetzt können wir alle nachts wieder ruhig schlafen«, als hätten wir je etwas anderes getan, als nachts ruhig zu schlafen.

10. Semptember 1945

Ich muß vernünftig sein. Vor zwei Tagen, als ich meine Handtasche ausräumte – Henry hat mir plötzlich eine neue als »Friedensgabe« geschenkt, die ihn sehr viel Geld gekostet haben muß –, fand ich eine Karte mit dem Aufdruck »Richard Smythe Cedar Road 16. Täglich private Beratung. Jedermann herzlich willkommen.« Ich dachte: Ich bin lange genug hin und her gezerrt worden. Jetzt will ich es mit einer anderen Medizin versuchen. Wenn er mich überzeugen kann, daß nichts geschehen ist, daß mein Versprechen nicht zählt, schreibe ich Maurice und frage ihn, ob es mit uns weitergehen kann. Vielleicht verlasse ich Henry sogar. Ich weiß es nicht. Doch zuerst muß ich vernünftig sein, nicht mehr hysterisch. Also ging ich in die Cedar Road und klingelte.

Jetzt versuche ich mir zu vergegenwärtigen, was passiert ist. Miss Smythe machte Tee, und nach dem Tee verschwand sie und ließ mich mit ihrem Bruder allein. Er fragte mich nach meinen Schwierigkeiten. Ich saß auf einem Chintzsofa und er auf einem harten Stuhl mit einer Katze auf dem Schoß. Er streichelte die Katze; er hatte schöne Hände, aber ich mochte sie nicht. Fast gefielen mir seine Male besser, doch er saß so, daß ich nur seine gesunde Wange zu sehen bekam.

Ich sagte: »Würden Sie mir erklären, warum Sie so fest überzeugt sind, daß es keinen Gott gibt?«

Er betrachtete seine Hände, die die Katze streichelten, und er tat mir leid, weil er auf seine Hände stolz war. Wäre sein Gesicht nicht entstellt gewesen, hätte er vielleicht keinen Stolz gehabt.

»Sie haben mir auf dem Gemeindeanger zugehört?«

»Ja«, sagte ich.

»Ich habe dort die Dinge sehr vereinfacht. Um den Menschen einen Denkanstoß zu geben. Sie haben angefangen zu denken?«

»Ich nehme an.«

»In welcher Religion wurden Sie erzogen?«

»In keiner.«

»Dann sind Sie keine Christin?«

»Ich wurde vielleicht getauft – das ist ja so üblich, oder?«

»Wozu brauchen Sie meine Hilfe, wenn Sie keinen Glauben haben?«

Ja, wozu eigentlich? Ich konnte ihm nicht von Maurice unter der Tür und nicht von meinem Versprechen erzählen. Konnte es noch nicht. Und das war nicht das ganze Problem, denn wie viele Versprechen habe ich schon gegeben und gebrochen. Warum blieb dieses Versprechen, wie eine häßliche Vase, die man von einem Freund geschenkt bekommen hat? Man wartet darauf, daß ein Hausmädchen sie zerbricht, aber Jahr für Jahr macht es nur Sachen kaputt, die man liebt, und die häßliche Vase bleibt ganz. Ich hatte mir seine Frage jedoch nie gestellt, und jetzt mußte er sie wiederholen.

Ich sagte: »Ich bin nicht so sicher, daß ich nicht glaube. Aber ich will nicht.«

»Erzählen Sie«, sagte er, und weil er die Schönheit seiner Hände vergaß und mir seine häßliche Wange zuwandte, sich selbst vergaß, in seinem Eifer, mir zu helfen, darum begann ich zu sprechen – über die Nacht, über die Bombe, die gefallen war, und über meinen idiotischen Eid.

»Und Sie glauben wirklich, daß möglicherweise ...«

»Ja.«

»Denken Sie an die tausend und abertausend Menschen auf der ganzen Welt, die jetzt beten und deren Gebete nicht erhört werden.«

»In Palästina sind Tausende gestorben, als Lazarus ...«

»Wir glauben doch nicht an diese Geschichte, Sie und ich«, sagte er mit einer Miene, die uns zu Komplizen machte.

»Natürlich nicht, aber Millionen von Menschen haben sie geglaubt. Sie müssen sie für plausibel gehalten haben ...«

»Die Menschen erwarten nicht, daß etwas plausibel ist, wenn ihre Gefühle im Spiel sind. Liebende sind nicht vernünftig, oder?«

»Können Sie auch die Liebe ›wegerklären‹?« fragte ich.

»O ja«, sagte er. »Einmal ist sie das Verlangen, zu besitzen, der Habsucht ähnlich; ein andermal der Wunsch, sich auszuliefern, das Verantwortungsgefühl zu verlieren, bewundert zu werden. Manchmal einfach nur der Wunsch, sprechen zu können, jemandem sein Herz auszuschütten, der sich dabei nicht langweilt. Das Verlangen, wieder einen Vater oder eine Mutter zu finden. Und hinter allem natürlich das biologische Motiv.«

Ich dachte: Das alles ist wahr, aber gibt es nicht etwas, das höher steht? All das hatte ich schon in mir selbst ausgegraben, und auch in Maurice, aber noch immer war der Spaten nicht auf Fels gestoßen. »Und die Liebe zu Gott?« fragte ich.

»Alles dasselbe. Der Mensch hat Gott nach seinem Bild erschaffen, daher ist es natürlich, daß er ihn liebt. Sie kennen doch diese Zerrspiegel auf Jahrmärkten? Der Mensch hat sich auch einen verschönernden Spiegel geschaffen, in dem er sich schön und mächtig und gerecht und weise sieht. Das ist seine Vorstellung von sich selbst. Er erkennt sich leichter als in dem Zerrspiegel, der ihn nur zum Lachen bringt, aber er liebt sich in dem anderen.«

Als er von verzerrenden und verschönernden Spiegeln sprach, wußte ich auf einmal nicht mehr, worüber wir redeten, weil ich daran denken mußte, wie oft er sich seit seiner Jugend in Spiegeln betrachtet und versucht haben mochte, sie nicht einfach durch die Art, wie er den Kopf hielt, zu Zerr- oder zu verschönernden Spiegeln zu machen. Ich fragte mich, warum er sich keinen Bart hatte wachsen lassen, der lang genug war, die Male zu verbergen. Wollte sein Haar dort nicht wachsen, oder tat er es nicht, weil er Täuschung verabscheute? Meiner Meinung nach war er ein Mann, der die Wahrheit liebte, doch hier war es wieder, das Wort Liebe, und es war nur zu offensichtlich, in wie viele Wünsche seine Wahrheitsliebe gespalten werden konnte: in einen Ausgleich für den angeborenen Fehler, in den Wunsch nach Macht, in den Wunsch, um so mehr bewundert zu werden, weil das arme, gequälte Gesicht nie körperliches Begehren wecken würde. Ich hatte das ungeheure Verlangen, es mit der Hand zu berühren, es mit Worten der Liebe zu trösten, die ebenso von Dauer waren wie die Verletzung. Mir war so zumute wie damals, als ich Maurice unter der Tür sah. Ich wollte beten: irgendein ungewöhnliches Opfer anbieten, damit er geheilt werden konnte, aber es gab kein Opfer mehr, das ich anbieten konnte.

»Meine Liebe«, sagte er, »lassen Sie die Gottesidee weg. Es geht hier nur um Ihren Liebhaber und um Ihren Mann. Vermischen Sie die Sache nicht mit Phantomen.«

»Aber wie soll ich mich entscheiden – wenn es so etwas wie Liebe nicht gibt?«

»Sie müssen sich für das entscheiden, was auf lange Sicht die glücklichste Entscheidung sein wird.«

»Glauben Sie an Glück?«

»Ich glaube an nichts Absolutes.«

Ich dachte: Das einzige Glück, das er je erfährt, ist dies:

die Vorstellung, daß er trösten, raten, helfen, irgendwie von Nutzen sein kann. Sie treibt ihn jede Woche auf den Gemeindeanger, wo er zu Menschen spricht, die weitergehen, nie Fragen stellen, seine Visitenkarte ins Gras werfen. Wie oft kommt wirklich jemand, wie ich heute gekommen bin?

»Haben Sie viele Besucher?« fragte ich.

»Nein«, sagte er. Seine Wahrheitsliebe war größer als sein Stolz. »Sie sind die erste seit langer, langer Zeit.«

»Es hat mir gutgetan, mit Ihnen zu sprechen«, sagte ich. »Sie haben mir zu einem wesentlich klareren Kopf verholfen.« Seine Illusion zu nähren war der einzige Trost, den ich ihm geben konnte.

Er sagte linkisch: »Wenn es Ihnen möglich wäre, die Zeit zu erübrigen, könnten wir ganz am Anfang beginnen und zu den Wurzeln der Dinge vorstoßen. Ich meine zu den philosophischen Argumenten und den historischen Beweisen.«

Ich vermute, daß ich eine ausweichende Antwort gab, denn er fuhr fort: »Es ist wirklich wichtig. Wir dürfen unsere Feinde nicht verachten. Sie haben einen Standpunkt.«

»Tatsächlich? Welchen?«

»Er ist nicht stichhaltig, bestenfalls oberflächlich. Und daher trügerisch.«

Er musterte mich besorgt. Ich denke, er fragte sich, ob ich zu denen gehörte, die tiefer schürften. Es schien eine bescheidene Bitte, als er nervös sagte: »Eine Stunde pro Woche. Es würde Ihnen viel helfen«, und ich dachte: Habe ich jetzt nicht unendlich viel Zeit? Ich kann ein Buch lesen oder ins Kino gehen, und ich nehme die Worte nicht wahr, erinnere mich nicht an den Film. Ich und mein Jammer trommeln mir in den Ohren und füllen meine Augen. Heute nachmittag habe ich sie eine Minute lang vergessen. »Ja«, sagte ich, »ich komme. Es ist sehr freundlich von Ihnen, sich die Zeit zu nehmen.« Ich schaufelte so viel Hoffnung, wie ich konnte, in seinen Schoß und betete zu dem Gott, von dem er mich heilen wollte: Gib, daß ich ihm von Nutzen bin.

2. Oktober 1945

Heute war es sehr heiß und regnete unaufhörlich. Also setzte ich mich eine Weile in die dunkle Kirche an der Ecke der Park Road. Henry war zu Hause, und ich wollte ihn nicht sehen. Ich bemühte mich, daran zu denken, beim Frühstück freundlich zu sein, beim Lunch freundlich zu sein, und manchmal vergesse ich es, und er ist freundlich zu mir. Zwei Menschen, die ihr Leben lang zueinander freundlich sind. Als ich mich in der Kirche umsah, bemerkte ich, daß es eine römisch-katholische war, voller Gipsfiguren und schlechter Kunst, realistischer Kunst. Ich haßte die Statuen, die Kruzifixe, die große Bedeutung, die dem menschlichen Körper beigemessen wird. Ich versuchte dem menschlichen Körper und seinen Bedürfnissen zu entfliehen. Ich dachte, ich könnte an einen Gott glauben, der keinen Bezug zu uns hatte, an etwas Vages, Amorphes, Kosmisches, dem ich etwas versprochen und das mir etwas zurückgegeben hatte – etwas, das aus dem Unbestimmten in das konkrete menschliche Leben sickerte wie ein dichter Dunst, der zwischen Stühlen und Wänden waberte.

Eines Tages würde auch ich ein Teil dieses Dunstes werden und würde mir selbst auf immer entrinnen. Und dann kam ich in die dunkle Kirche in der Park Road und sah die Figuren auf allen Altären um mich herum – diese gräßlichen Gipsstatuen mit ihren entrückten Gesichtern – und erinnerte mich, daß sie an die Wiederauferstehung des Leibes glauben, des Leibes, den ich für immer zerstört sehen wollte. Ich hatte mit diesem Leib so viel Schmerz verursacht. Wie konnte ich mir wünschen, auch nur einen Teil davon für alle Ewigkeit zu bewahren, und plötzlich fiel mir ein Satz von Richard ein – über Menschen, die immer Doktrinen erfinden, um ihre Wünsche zu befriedigen, und ich dachte, wie sehr er sich doch irrt. Wenn ich eine Doktrin erfände, wäre es die, daß der Leib nie wieder geboren würde, daß er mit dem Ungeziefer des letzten Jahres verrottete. Seltsam, wie der menschliche Verstand hin und her schwingt, von einem Extrem ins andere. Liegt irgendwo an einem Punkt des Pendelschwungs die Wahrheit, an einem Punkt, an dem das Pendel nie verweilt, in einem Winkel, der dem einen Extrem näher ist als dem anderen, nicht irgendwo in der trostlosen Mitte, wo es schlaff herumhängt wie eine Fahne, die kein Wind bläht. Wenn nur ein Wunder das Pendel in einem Winkel von sechzig Grad anhalten könnte, würde man glauben, daß dort die Wahrheit liege. Nun, heute schwang das Pendel, und anstatt an meinen Körper zu denken, dachte ich an den von Maurice. Ich dachte an bestimmte Linien, die das Leben ihm ins Gesicht gegraben hatte und die genauso zu ihm gehörten wie eine Zeile seiner Handschrift. Ich dachte an eine frische Narbe an seiner Schulter, die nicht dagewesen wäre, hätte er nicht einmal versucht, einen Mann vor einer einstürzenden Mauer zu retten. Er sagte mir nicht, warum er drei Tage im Krankenhaus gewesen war; Henry erzählte es mir. Diese Narbe gehört zu seinem Charakter wie seine Eifersucht. Und ich dachte: Will ich, daß sein Körper zu Dunst wird (meiner ja, aber seiner?), und wußte, daß diese Narbe bis in alle Ewigkeit nicht vergehen sollte. Aber konnte der Dunst, der ich sein würde, die Narbe lieben? Dann begann ich meinen Körper zu wollen, den ich haßte, aber nur, weil er diese Narbe lieben konnte. Wir können mit unserem Geist lieben, aber können wir es nur mit unserem Geist? Liebe dehnt sich unaufhörlich aus, so daß wir auch mit unseren seelenlosen Nägeln lieben können. Wir lieben sogar mit unseren Kleidern, so daß ein Ärmel einen Ärmel fühlen kann.

Richard hat recht, dachte ich, wir haben die Wiederauferstehung des Leibes erfunden, weil wir unsere Körper brauchen, und sofort als ich zugab, daß er recht hatte und daß dies ein Märchen war, das wir uns zum Trost erzählen, fühlte ich keinen Haß mehr gegen diese Statuen. Sie waren wie schlecht kolorierte Illustrationen zu Hans Christian Andersens Märchen; waren wie schlechte Gedichte, aber jemand hatte sie schreiben müssen, jemand, der nicht so stolz darauf war, so daß er sie lieber versteckte, als sich zu seiner Torheit zu bekennen. Ich ging von Altar zu Altar und betrachtete eine nach der anderen. Vor der allerschlimmsten – ich weiß nicht, wer sie war – betete ein Mann mittleren Alters. Er hatte seinen Bowler neben sich auf den Boden gelegt, und in dem Bowler steckten, in Zeitungspapier eingewickelt, ein paar Selleriestangen.

Und natürlich war auch auf diesem Altar ein Leib – ein so vertrauter Leib, vertrauter noch als der von Maurice, so daß ich ihn bisher noch nie als einen Körper mit allen Körperteilen gesehen hatte, den Teilen sogar, die das Lendentuch verdeckte. Ich erinnerte mich, einen in einer spanischen Kirche gesehen zu haben, die ich mit Henry besucht hatte, einen, dem das Blut in scharlachroter Farbe aus Augen und Händen floß. Mir war übel geworden. Henry wollte, daß ich die Säulen aus dem 12. Jahrhundert bewunderte, aber mir war schlecht, und ich wollte an die frische Luft. Diese Menschen lieben die Grausamkeit, dachte ich. Ein Dunst konnte einen nicht mit Blut und Schreien erschrecken.

Draußen auf der Plaza sagte ich zu Henry: »Ich ertrage die vielen gemalten Wunden nicht.« Henry war sehr vernünftig – das ist er immer. Er sagte: »Es ist natürlich ein sehr materialistischer Glaube. Sehr viel Magie ...«

»Ist Magie materialistisch?« fragte ich.

»Ja. Augen eines Wassermolchs und Froschzehen, Finger von totgeborenen Babys. Es gibt nichts Materialistischeres als das. In der Messe glauben sie noch an die Wandlung.«

Das wußte ich alles, hatte mir aber eingebildet, daß es bei der Reformation mehr oder weniger ausgemerzt worden war, außer für die Armen, natürlich. Henry klärte mich auf (wie oft hat Henry meine wirren Gedanken geordnet). »Materialismus ist nicht nur Geisteshaltung für die Armen«, sagte er. »Einige der klügsten Köpfe waren Materialisten. Pascal, Newman. So subtil in so mancher Beziehung, und so gräßlich abergläubisch in anderen. Eines Tages werden wir vielleicht erfahren, warum. Vielleicht ist es eine Drüsenschwäche.«

Also betrachtete ich heute diesen materiellen Leib auf diesem materiellen Kreuz, und ich fragte mich, wie hätte die Welt dort einen Dunst annageln können? Ein Dunst fühlte natürlich keinen Schmerz und keine Lust. Es lag an meinem Aberglauben, daß ich mir einbildete, ER könne meine Gebete erhören. Lieber Gott, hatte ich gesagt. Ich hätte sagen sollen: Lieber Dunst. Ich sagte, ich hasse Dich, aber kann man einen Dunst hassen. Ich könnte die Gestalt am Kreuz hassen, die Anspruch auf meine Dankbarkeit erhebt. *Das habe ich für Dich erlitten*, aber für einen Dunst ... Und doch glaubte Richard an noch weniger als an einen Dunst. Er haßte eine Fabel, er kämpfte gegen eine Fabel, er nahm eine Fabel ernst. Ich konnte Hänsel und Gretel nicht hassen, konnte ihr Lebkuchenhaus nicht so hassen, wie er die Legende vom Himmel haßte. Als Kind konnte ich die böse Königin in Schneewittchen hassen, aber Richard haßte nicht seinen Märchenteufel. Es gab keinen Teufel, und es gab keinen Gott, doch Richards ganzer Haß galt dem guten und nicht dem bösen Märchen. Warum? Ich blickte zu dem nur allzu vertrauten Leib auf, der sich in imaginärer Qual streckte und den Kopf hängen ließ wie ein Schlafender. Ich dachte: Manchmal habe ich Maurice gehaßt, aber hätte ich ihn gehaßt, wenn ich ihn nicht auch geliebt hätte? O Gott, was würde es bedeuten, wenn ich Dich wirklich haßte?

Bin ich am Ende doch Materialistin? fragte ich mich. Leide ich an einer Drüsenschwäche, weil ich an den wirklich wichtigen, mit keinem Aberglauben zusammenhängenden Dingen und Angelegenheiten wie der Wohlfahrtskommission und dem Lebenshaltungsindex und der besseren Versorgung der Arbeiterklasse mit Kalorien so uninteressiert bin? Bin ich Materialistin, weil ich an die unabhängige Existenz dieses Mannes mit dem Bowler, das Metall des Kreuzes, an diese Hände glaube, mit denen ich nicht beten kann? Nehmen wir einmal an, daß es Gott gibt, nehmen wir an, er sei ein solcher Leib, was ist falsch daran zu glauben, daß sein Körper genauso existiert hat wie der meine? Könnte ihn jemand lieben oder hassen, wenn er keinen Leib hätte? Ich kann keinen Dunst lieben, der Maurice war. Das ist grob, das ist biestig, das ist materialistisch, aber warum sollte ich nicht biestig und grob und materialistisch sein? Glühend vor Zorn verließ ich die Kirche, und aus Trotz gegen Henry und alle Vernünftigen und Abgeklärten tat ich, was ich bei den Leuten in der spanischen Kirche beobachtet hatte: Ich tauchte den Finger in das sogenannte geweihte Wasser und malte mir eine Art Kreuz auf die Stirn.

6

10. Januar 1946

HEUTE ABEND ertrug ich das Haus einfach nicht mehr, also lief ich hinaus in den Regen. Ich erinnerte mich an die Nacht, in der ich mir die Fingernägel in die Handflächen bohrte, und ich wußte es nicht, aber Du lebtest in diesem Schmerz. Ich habe nicht an Dich geglaubt, doch ich sagte: »Laß ihn am Leben«, und daß ich nicht glaubte, zählte nicht für Dich. Du hast meinen Unglauben in Deine Liebe eingebunden und ihn wie eine Opfergabe hingenommen, und heute abend drang der Regen durch meinen Mantel, durch mein Kleid und in meine Haut, und ich fröstelte vor Kälte, und zum erstenmal dachte ich, daß ich Dich beinahe liebe. Ich ging unter Deinen Fenstern durch den Regen und wollte die ganze Nacht darunter stehenbleiben, um zu zeigen, daß ich am Ende vielleicht doch lernen könnte, Dich zu lieben, und ich fürchtete mich nicht mehr vor der Wüste, weil Du da warst. Als ich nach Hause kam, waren Maurice und Henry da. Zum zweitenmal hattest Du ihn mir zurückgegeben: Das erstemal hatte ich Dich dafür gehaßt, und Du hast meinen Haß in Deine Liebe aufgenommen wie meinen Unglauben, hast beide bewahrt, um sie mir später zu zeigen, damit wir beide lachen könnten – wie ich manchmal über Maurice gelacht und ihm gesagt hatte: »Weißt du noch, wie dumm wir waren ...«

7

18. Januar 1946

ZUM ERSTENMAL seit zwei Jahren war ich mit Maurice beim Lunch – ich hatte ihn angerufen und gebeten, sich mit mir zu treffen –, und mein Bus blieb in einem Stau stecken, und ich kam zehn Minuten zu spät. Einen Augenblick überkam mich die alte Angst, die ich auch früher empfunden hatte, daß irgend etwas passieren würde, was den Tag verdarb, daß Maurice sich über mich ärgern könnte. Ich hatte jetzt jedoch nicht den Wunsch, ihm mit meinem Zorn zuvorzukommen. Die Fähigkeit, mich zu ärgern, scheint in mir verschüttet zu sein – wie so vieles. Ich wollte ihn sehen und nach Henry fragen. Henry war so sonderbar in letzter Zeit. Es war ganz ungewöhnlich für ihn, mit Maurice in einem Pub zu trinken. Henry trinkt nur zu Hause oder in seinem Club. Ich dachte, er hätte vielleicht mit Maurice über mich gesprochen. Wie merkwürdig, wenn er sich um mich sorgte. Seit wir verheiratet sind, hatte er noch nie weniger Anlaß dazu. Doch als ich bei Maurice war, schien es für unser Zusammensein keinen anderen Grund zu geben als eben dieses Zusammensein. Über Henry erfuhr ich nichts. Ab und zu versuchte Maurice, mir weh zu tun, und das gelang ihm auch, weil er in Wahrheit sich selbst weh tat, und ich ertrug es nicht, zuzusehen, wie er sich selbst verletzte.

Habe ich dadurch, daß ich mit Maurice lunchte, mein altes Versprechen gebrochen? Vor einem Jahr hätte ich es geglaubt, aber jetzt denke ich nicht mehr so. Damals habe ich alles wortwörtlich genommen, weil ich Angst hatte, weil ich nicht wußte, um was es ging, weil ich kein Vertrauen in die Liebe hatte. Wir lunchten im *Rules*, und es machte mich glücklich, nur bei ihm zu sein. Unglücklich war ich nur eine kleine Weile, als wir uns auf dem Gitterrost Lebewohl sagten und ich dachte, er werde mich wieder küssen. Ich sehnte mich danach, und dann bekam ich einen Hustenanfall, und der Augenblick ging vorbei. Ich wußte, daß er, als er fortging, alle möglichen unwahren Dinge dachte, die ihn verletzten und mich verletzten, weil er verletzt war.

Ich wollte weinen, ohne daß es jemand sah, und ging in die National Portrait Gallery, aber es war Studententag – und zu viele Leute da, daher ging ich zurück in die Maiden Lane und in die Kirche, in der man seinen Nachbarn nicht sieht, weil es zu finster ist. Ich blieb eine Weile sitzen. Die Kirche war leer, nur ich war da und ein kleiner Mann, der nach mir hereinkam und in einer Kirchenbank hinter mir still betete. Ich erinnerte mich an das erstemal, als ich in einer dieser Kirchen gewesen war und wie ich sie gehaßt hatte. Ich betete nicht. Ich hatte einmal zu oft gebetet. Ich sagte zu Gott, wie ich zu meinem Vater gesagt haben könnte, wenn ich je gewußt hätte, wie es ist, einen zu haben: »Lieber Gott, ich bin müde.«

3. Februar 1946

Heute habe ich Maurice gesehen, aber er hat mich nicht bemerkt. Er war auf dem Weg ins *Pontefract Arms*, und ich ging hinter ihm her. Ich hatte eine Stunde in der Cedar Road verbracht – eine lange, sich zäh dahinschleppende Stunde –, hatte mich bemüht, den Argumenten des armen Richard zu folgen, und davon nur ein Gefühl verdrehten Glaubens zurückbehalten. Konnte jemand eine Legende so ernst nehmen, sich so beredt mit ihr auseinandersetzen? Falls ich überhaupt etwas verstanden hatte, war es eine merkwürdige Tatsache, die ich nicht kannte und die auf seinen Fall kaum zuzutreffen schien. Zum Beispiel der Beweis, daß es einen Mann namens Christus gegeben hatte. Als ich ging, fühlte ich mich müde und hoffnungslos. Ich war zu ihm gekommen, um mich von einem Aberglauben zu befreien, aber sein Fanatismus hämmerte diesen Aberglauben jedesmal tiefer in mich hinein. Ich half ihm, er mir jedoch nicht. Oder doch? Eine Stunde lang hatte ich kaum an Maurice gedacht, aber dann war er plötzlich da, überquerte am Ende der Straße die Fahrbahn.

Ich folgte ihm den ganzen Weg, verlor ihn nie aus den Augen. Wie oft waren wir zusammen im *Pontrefact Arms* gewesen. Ich wußte, in welche Bar er gehen, was er bestellen würde. Soll ich auch hineingehen? fragte ich mich, selbst etwas bestellen, und er wird sich umdrehen, und alles wird von neuem beginnen? Die Vormittage würden voller Hoffnung sein, weil ich mit ihm telefonieren konnte, nachdem Henry gegangen war, und ich würde mich auf die Abende freuen können, an denen Henry anrief, um mir zu sagen, daß es spät werden würde. Und vielleicht würde ich Henry jetzt verlassen. Ich hatte mein Bestes getan. Ich konnte Maurice kein Geld mitbringen, und mit seinen Büchern verdiente er nur ein bißchen mehr, als er selbst zum Leben brauchte, aber allein dadurch, daß ich ihm beim Tippen half, müßten wir fünfzig Pfund im Jahr einsparen. Ich fürchtete mich nicht davor, arm zu sein. Manchmal ist es leichter, sich einzuschränken, als sich ins gemachte Bett zu legen.

An der Tür des Pubs blieb ich stehen und sah ihm nach, als er in die Bar hinaufging. Wenn er sich umdreht und mich sieht, sagte ich zu Gott, dann gehe ich hinein, aber er drehte sich nicht um, und ich machte mich auf den Heimweg, mußte aber unaufhörlich an ihn denken. Fast zwei Jahre lang waren wir Fremde gewesen. Ich hatte nicht gewußt, was er um eine bestimmte Tageszeit machte, doch jetzt war er kein Fremder mehr, denn wie damals wußte ich, wo er war. Er würde noch ein Bier trinken und dann in das mir vertraute Zimmer zurückgehen, um zu schreiben. Sein Tagesablauf war noch derselbe, er hatte noch dieselben Gewohnheiten, und ich liebte sie, wie man einen alten Mantel liebt. Ich fühlte mich von seinen Gewohnheiten beschützt. Fremdheit will ich nicht.

Und ich dachte: Wie glücklich kann ich ihn machen und das ganz leicht. Ich sehnte mich wieder danach, ihn vor Glück lachen zu sehen. Henry war nicht da. Er hatte nach dem Büro eine Verabredung zum Lunch und hatte angerufen, um zu sagen, daß er nicht vor sieben zu Hause sein werde. Ich wollte bis halb sieben warten und dann Maurice anrufen. Ich würde sagen: Ich komme heute nacht und bleibe alle weiteren Nächte. Ich bin es müde, ohne dich zu sein. Ich würde den großen blauen und den kleinen braunen Koffer packen und so viele Sachen mitnehmen, wie ich für vier Wochen Urlaub brauchte. Henry war zivilisiert, und nach einem Monat sollten die rechtlichen Dinge geregelt, die erste Bitterkeit überwunden sein; was ich noch brauchte, konnte ich mir dann in aller Ruhe aus dem Haus holen. Die Bitterkeit würde ohnehin nicht allzu groß sein – ein Liebespaar waren wir ja längst nicht mehr. Die Ehe war zu Freundschaft geworden, und die Freundschaft konnte nach einiger Zeit weitergehen wie bisher.

Plötzlich fühlte ich mich frei und glücklich. Du sollst mir keinen Kummer mehr bereiten, sagte ich zu Gott, als ich den Gemeindeanger überquerte, ob es Dich nun gibt oder nicht, ob Du Maurice eine zweite Chance gegeben hast oder ob ich mir alles eingebildet habe. Vielleicht ist dies die zweite Chance, um die ich für ihn gebeten habe. Ich werde ihn glücklich machen, das ist mein zweiter Schwur, Gott, und hindere mich daran, hindere mich daran. Versuch's!

Ich ging in mein Zimmer hinauf und begann an Henry

zu schreiben. *Mein Liebling Henry*, schrieb ich, doch das klang geheuchelt. »Liebster« war eine Lüge, und ich konnte daher nur »Lieber Henry« schreiben wie an einen Bekannten. *Lieber Henry*, schrieb ich, *ich fürchte, das wird ein ziemlicher Schock für Dich sein, aber ich liebe seit fünf Jahren Maurice Bendrix. Seit fast zwei Jahren haben wir einander nicht gesehen und nicht geschrieben, aber ich halte es nicht mehr aus. Ich kann ohne ihn nicht glücklich sein, deshalb bin ich gegangen. Ich weiß, daß ich seit langem keine besonders gute Ehefrau war, und seit Juni 1944 war ich auch keine Geliebte mehr, und so hatte keiner von uns etwas davon. Früher dachte ich, ich könnte einfach eine Liebesaffäre haben, und sie würde sich langsam und friedlich in Luft auflösen, aber es ist nicht so gekommen. Ich liebe Maurice heute mehr als 1939. Ich war kindisch, nehme ich an, doch jetzt ist mir klar, daß man sich früher oder später entscheiden muß, weil man sonst in allen Richtungen ein Chaos schafft. Leb wohl. Gott segne Dich.* Das »Gott segne Dich« strich ich ganz fest durch, damit man es nicht mehr lesen konnte. Es klang selbstgefällig, und außerdem glaubt Henry nicht an Gott. Dann wollte ich »in Liebe« schreiben, doch das Wort klang unpassend, obwohl ich wußte, daß es aufrichtig gemeint war. Denn ich liebe Henry auf meine eigene schäbige Art.

Ich steckte den Brief in einen Umschlag und schrieb *Sehr persönlich* darauf. Ich dachte, das würde Henry daran hindern, ihn in Anwesenheit eines Dritten zu öffnen – denn vielleicht brachte er einen Freund nach Hause mit, und ich wollte nicht, daß sein Stolz verletzt wurde. Ich holte den Koffer heraus und fing an zu packen und wußte plötzlich nicht mehr, wo ich den Brief hingetan hatte. Ich fand ihn sofort, und dachte dann: Angenommen, ich vergesse in meiner Hektik, ihn in die Halle zu legen, und Henry wartet und wartet darauf, daß ich nach

Hause komme. Also trug ich den Brief hinunter. Mit dem Packen war ich beinahe fertig, nur noch ein Abendkleid mußte ich zusammenfalten, und Henry kam erst in einer halben Stunde.

Gerade hatte ich den Brief in der Halle auf den Tisch zur Nachmittagspost gelegt, als ich den Schlüssel in der Tür hörte. Ich schnappte mir den Brief wieder, warum weiß ich nicht, und dann kam Henry herein. Er sah krank und gequält aus. »Oh, du bist hier«, sagte er, ging geradewegs an mir vorbei und in sein Arbeitszimmer. Ich wartete einen Moment und ging ihm dann nach. Ich dachte, ich muß ihm den Brief jetzt geben, es wäre mutiger. Als ich die Tür öffnete, sah ich ihn in seinem Sessel am Feuer sitzen, das er nicht einmal angezündet hatte, und er weinte.

»Was ist passiert, Henry?« fragte ich. Er sagte »Nichts. Ich habe Kopfschmerzen, das ist alles.«

Ich zündete ihm das Feuer an. Ich sagte: »Ich hole dir ein Venganin.«

»Bemüh dich nicht«, sagte er. »Es ist schon besser.«

»Wie war dein Tag?«

»Nicht anders als sonst. Ein bißchen unangenehm.«

»Mit wem warst du zum Lunch verabredet?«

»Mit Bendrix.«

»Bendrix?« sagte ich.

»Warum nicht mit Bendrix? Er hat mich in seinen Club eingeladen. Das Essen war gräßlich.«

Ich trat hinter ihn und legte ihm die Hand auf die Stirn. Wie merkwürdig, so etwas zu tun, obwohl ich drauf und dran war, ihn für immer zu verlassen. Er hatte es zu Beginn unserer Ehe oft bei mir getan, wenn ich schreckliche nervöse Kopfschmerzen hatte, weil alles schiefging. Ich vergaß einen Moment, daß ich nur so *getan* hatte, als könne er mich kurieren. Jetzt hob er seine Hand und preßte meine fester an seine Stirn. »Ich liebe dich«, sagte er. »Weißt du das?«

»Ja«, sagte ich. Ich hätte ihn hassen können, weil er es sagte – als erhebe er Anspruch auf mich. Wenn du mich wirklich liebtest, dachte ich, dann würdest du dich wie jeder andere gekränkte Ehemann benehmen. Du würdest zornig werden, und dein Zorn würde für mich die Freiheit bedeuten.

»Ich kann nicht leben ohne dich«, sagte er. Oh, und ob du es kannst, wollte ich protestieren. Es wird ein bißchen unbequem für dich sein, aber du kannst es. Du hast einmal deine Zeitung gewechselt und dich bald an die neue gewöhnt. Was du da sagst, sind Worte, konventionelle Worte eines konventionellen Ehemanns und haben überhaupt nichts zu bedeuten; dann blickte ich auf und sah sein Gesicht im Spiegel – er weinte noch immer.

»Henry«, sagte ich, »was ist passiert?«

»Nichts. Das habe ich dir doch gesagt.«

»Ich glaube dir nicht. Ist etwas im Büro geschehen?«

Er sagte mit ungewohnter Bitterkeit: »Was könnte dort schon geschehen?«

»Hat dich Bendrix irgendwie aufgeregt?«

»Natürlich nicht. Wie könnte er das?«

Ich wollte seine Hand wegnehmen, doch er ließ es nicht zu. Ich fürchtete mich vor dem, was er als nächstes sagen würde; fürchtete mich vor der unerträglichen Last, die er meinem Gewissen auflud. Maurice war inzwischen bestimmt schon zu Hause. Wäre Henry nicht gekommen, wäre ich in fünf Minuten bei ihm gewesen. Statt dieses Jammers hätte ich Glück gesehen. Wenn man den Jammer nicht sieht, glaubt man nicht an ihn. Aus der Ferne kann man allen Schmerz zufügen. Henry sagte: »Meine Liebe, ich war kein besonders guter Ehemann.«

»Ich weiß nicht, was du meinst«, sagte ich.

»Ich bin zu langweilig für dich. Meine Freunde sind langweilig. Wir tun nichts mehr – du weißt schon, wir tun nichts mehr miteinander.«

»Irgendwann hört es eben auf«, sagte ich, »in jeder Ehe. Wir sind gute Freunde.« Das sollte der Vorwand sein, in den ich mich retten wollte. Wenn er mir zustimmte, wollte ich ihm den Brief geben, wollte ihm sagen, was ich vorhatte, wollte ich das Haus verlassen. Aber er hat sein Stichwort verpaßt, und ich bin noch hier, und wieder ist die Tür vor Maurice zugefallen. Ich habe die Tür selbst geschlossen. Henry sagte: »Ich kann in dir keine Freundin sehen. Aber *du* kannst ohne Freund leben«, und er suchte meinen Blick im Spiegel und sagte: »Verlaß mich nicht, Sarah. Halte es noch ein paar Jahre aus. Ich will versuchen ...« Doch was er versuchen wollte, fiel ihm nicht ein. Oh, es wäre besser für uns gewesen, wenn ich ihn vor Jahren verlassen hätte, aber ich kann ihn nicht schlagen, wenn er da ist, und jetzt wird er immer da sein, weil ich seinen Jammer gesehen habe.

Ich sagte: »Ich werde dich nicht verlassen, ich verspreche es.« Wieder ein Versprechen, das ich halten muß, und als ich es gegeben hatte, ertrug ich es nicht mehr, mit ihm im gleichen Raum zu sein. Er hatte gesiegt, und Maurice hatte verloren, und ich haßte ihn um seines Sieges willen. Hätte ich Maurice auch gehaßt, wenn er gesiegt hätte? Ich ging hinauf und zerriß den Brief in so kleine Schnitzel, daß niemand ihn wieder zusammensetzen konnte. Den Koffer beförderte ich mit einem Tritt unters Bett, weil ich zum Auspacken zu müde war, und fing an, alles aufzuschreiben. Maurice' Schmerz fließt in sein Schreiben: In seinen Sätzen hört man förmlich das Zucken seiner Nerven. Nun, wenn man durch Schmerz zum Schriftsteller werden kann, dann, Maurice, lerne auch ich. Ich wünschte, ich könnte nur ein einziges Mal mit dir sprechen. Mit Henry kann ich nicht sprechen. Ich kann mit niemandem sprechen. Lieber Gott, laß mich reden.

Gestern habe ich ein Kruzifix gekauft, ein billiges, häßliches, weil ich mich beeilen mußte. Ich wurde rot, als ich danach fragte. Jemand hätte mich in dem Laden sehen können. Ihre Ladentür müßte aus undurchsichtigem Glas sein wie in den Geschäften, die Präservative verkaufen. Wenn ich meine Zimmertür abschließe, kann ich das Kruzifix aus meinem Schmuckkasten hervorholen, wo es ganz zuunterst liegt. Ich wünschte mir, ein Gebet zu kennen, das nicht ich, ich, ich lautete. Hilf *mir*. Laß *mich* glücklicher werden. Laß *mich* bald sterben. Mich, mich, mich.

Laß mich an die schrecklichen Male auf Richards Wangen denken. Zeig mir Henrys in Tränen gebadetes Gesicht. Laß es zu, daß ich mich vergesse. Lieber Gott, ich habe versucht zu lieben und damit ein solches Durcheinander angerichtet. Wenn ich Dich lieben könnte, wüßte ich auch, wie ich sie lieben soll. Ich glaube an die Legende. Ich glaube, daß Du geboren wurdest. Ich glaube, daß Du für uns gestorben bist. Ich glaube, daß Du Gott bist. Lehr mich zu lieben. Meinen eigenen Schmerz kann ich aushalten. Es ist der Schmerz der anderen, den ich nicht ertrage. Laß meinen Schmerz weiterdauern, aber beende den ihren. Lieber Gott, wenn Du nur für eine Weile von Deinem Kreuz herabsteigen könntest und mich hinaufließest. Könnte ich leiden wie Du, könnte ich auch heilen wie Du.

4. Februar 1946

Henry hat sich einen Tag freigenommen. Warum weiß ich nicht. Er hat mich zum Lunch eingeladen, und dann gingen wir in die National Gallery, aßen früh zu Abend und waren hinterher im Theater. Er war wie ein Vater, der sein Kind im Internat besucht und es ausführt. Aber das Kind ist er.

5. Februar 1946

Henry plant im Frühling Ferien im Ausland für uns. Er kann sich nicht zwischen den Schlössern an der Loire oder Deutschland entscheiden, wo er einen Bericht über die Moral der Deutschen während der Bombardierungen zusammenstellen könnte. Ich möchte, daß der Frühling nie kommt. Da haben wir es schon wieder. Ich möchte. Ich möchte nicht. Wenn ich Dich lieben könnte, könnte ich auch Henry lieben. Gott ist Mensch geworden. Er war Henry mit seiner Hornhautverkrümmung, Richard mit seinen Flecken, nicht nur Maurice. Wenn ich die Wunden des Aussätzigen lieben könnte, könnte ich dann nicht auch Henrys Langweiligkeit lieben? Doch wahrscheinlich würde ich mich von dem Aussätzigen abwenden, wenn er hier wäre, genauso wie ich mich Henry verschließe. Ich glaube, ich wünsche mir immer nur Dramatik. Ich bin für den Schmerz Deiner Nägel bereit und kann vierundzwanzig Stunden Landkarten und Michelinführer nicht ertragen. Lieber Gott, ich bin zu nichts nütze. Ich bin noch dasselbe Miststück, dieselbe Betrügerin. Schaff mich aus dem Weg.

6. Februar 1946

Heute habe ich mit Richard eine schreckliche Szene erlebt. Er erzählte mir von den Widersprüchen in den christlichen Kirchen, und ich bemühte mich, zuzuhören, war dabei aber wohl nicht sehr überzeugend, und er hat es gemerkt. Plötzlich sagte er zu mir: »Warum kommen Sie zu mir?« Und noch ehe ich mich zurückhalten konnte, sagte ich: »Um Sie zu sehen.«

»Ich habe gedacht, Sie kämen, um zu lernen«, sagte er, und ich antwortete, genau das hätte ich gemeint.

Er glaubte mir nicht, das wußte ich und dachte, sein Stolz wäre verletzt und er würde zornig werden, aber er wurde überhaupt nicht zornig. Er stand aus seinem Chintzsessel auf und setzte sich neben mich auf das Chintzsofa, auf die Seite, auf der seine Wange nicht zu sehen war. Er sagte: »Es hat mir viel bedeutet, Sie jede Woche zu sehen«, und ich wußte, daß er von Liebe sprechen würde. Er legte die Finger um mein Handgelenk und fragte: »Mögen Sie mich?«

»Aber natürlich, Richard«, sagte ich. »Wäre ich sonst hier?«

»Wollen Sie mich heiraten?« fragte er, und sein Stolz ließ es ihn auf eine Art aussprechen, als frage er mich, ob ich noch eine Tasse Tee wolle.

»Da hätte Henry vielleicht etwas dagegen«, versuchte ich, das Ganze mit einem Lachen abzutun.

»Kann nichts Sie dazu bewegen, Henry zu verlassen?« fragte er, und ich dachte voller Zorn: Wenn ich ihn wegen Maurice nicht verlassen habe, warum, zum Teufel, sollte jemand erwarten, daß ich ihn deinetwegen verlasse?

»Ich bin verheiratet.«

»Das bedeutet weder mir noch Ihnen etwas.«

»O ja, es bedeutet mir etwas«, sagte ich. Ich mußte es ihm einmal gestehen. »Ich glaube an Gott und an alles übrige. Das haben Sie mich gelehrt. Sie und Maurice.«

»Ich verstehe nicht.«

»Sie haben mir immer gesagt, die Priester hätten Sie zum Unglauben bekehrt. Tja, es kann eben auch anders herum funktionieren.«

Er blickte auf seine schönen Hände hinunter – sie waren ihm geblieben. Sehr ruhig sagte er: »Mir ist egal, woran Sie glauben. Meinetwegen können Sie diesen ganzen blödsinnigen Sack voller Tricks glauben, es ist mir egal. Ich liebe Sie, Sarah.«

»Das tut mir leid«, sagte ich.

»Liebe Sie mehr, als ich den ganzen Kram hasse. Wenn ich Kinder von Ihnen hätte, dürften Sie sie verderben.«

»Das sollten Sie nicht sagen.«

»Ich bin kein reicher Mann. Meinen Glauben aufzugeben ist das einzige, was ich Ihnen anbieten kann.«

»Ich liebe jemand anders, Richard.«

»Wenn Sie sich durch diesen albernen Schwur gebunden fühlen, können Sie ihn so sehr nicht lieben.«

Ich sagte trocken: »Ich habe mein Bestes getan, um ihn zu brechen. Es ging einfach nicht.«

»Glauben Sie, ich sei ein Narr?«

»Warum sollte ich?«

»Weil ich erwarte, daß Sie einen Mann lieben können, der so aussieht?« Er wandte mir die entstellte Wange zu. »Sie glauben an Gott«, sagte er. »Das ist leicht. Sie sind schön. An Ihnen ist kein Makel, aber warum sollte ich Gott lieben, der einem Kind das angetan hat?«

»Lieber Richard«, sagte ich, »da ist nichts, was sehr schlimm wäre ...« Ich schloß die Augen und legte die Lippen an seine Wange. Einen Moment lang war mir übel, denn ich fürchte mich vor Verunstaltungen, und er saß ganz still da und ließ sich von mir küssen, und ich dachte: Ich küsse Schmerz, und Schmerz gehört viel mehr zu Dir als Glück. Ich liebe Dich in Deinem Schmerz. Fast schmeckte ich Metall und Salz in der Haut, und ich dachte: Wie gut Du bist. Mit Glück hättest Du uns vielleicht getötet, aber Du läßt uns bei Dir sein im Schmerz ...

Dann spürte ich, daß Richard hastig von mir abrückte, und ich machte die Augen auf. Er sagte: »Leben Sie wohl.«

»Leben Sie wohl, Richard.«

»Kommen Sie nicht wieder«, sagte er. »Ich ertrage Ihr Mitleid nicht.«

»Es ist kein Mitleid.«

»Ich habe mich zum Narren gemacht.«

Ich ging. Es wäre nicht gut gewesen zu bleiben. Ich konnte ihm nicht sagen, daß ich ihn beneidete, weil er das Mal des Schmerzes mit sich trug und tagtäglich Dich im Spiegel sah anstatt dieses langweiligen menschlichen Dings, das wir Schönheit nennen.

10. Februar 1946

Ich brauche Dir nicht zu schreiben, brauche nicht mit Dir zu sprechen, so habe ich vor einiger Zeit einen Brief an Dich angefangen, dann schämte ich mich und zerriß ihn, weil es so albern schien, Dir einen Brief zu schreiben, der Du alles weißt, bevor ich überhaupt daran denke. Habe ich Maurice je so sehr geliebt, ehe ich Dich liebte? Oder warst es in Wahrheit Du, den ich die ganze Zeit über liebte. Habe ich Dich berührt, wenn ich ihn berührte? Hätte ich Dich berühren können, wenn ich nicht zuerst ihn berührt, so berührt hätte, wie ich Henry nie berührt habe. Und er liebte und berührte mich wie keine andere Frau zuvor. Aber war ich es, die er liebte, oder warst es Du? Denn er haßte an mir alles, was auch Du haßt. Ohne daß es ihm bewußt wurde, war er die ganze Zeit über auf Deiner Seite. Du hast unsere Trennung herbeigeführt, aber er wollte sie auch. Er hat mit seinem Zorn und seiner Eifersucht darauf hingearbeitet, und er hat mit seiner Liebe darauf hingearbeitet. Denn er hat mir so viel Liebe gegeben, und ich habe ihm so viel Liebe gegeben, und als das Ende kam, war gar nichts mehr da, nur Du. Für keinen von uns. Es hätte ein Leben lang dauern können, hier ein bißchen zu lieben und da ein bißchen zu lieben, diesen Mann oder jenen. Aber schon beim erstenmal, in dem Hotel an der Paddington Station, haben wir alles hingegeben, was wir hatten. Du – warst da und hast uns gelehrt, verschwenderisch zu sein, wie Du es auch den Reichen lehrtest, damit wir eines Tages nichts mehr hätten außer dieser Liebe zu Dir. Aber Du bist gut zu mir. Wenn ich Dich um Schmerzen bitte, schenkst Du mir Frieden. Gib ihn auch ihm. Gib ihm meinen Frieden – er braucht ihn mehr als ich.

12. Februar 1946

Vor zwei Tagen überkam mich ein starkes Gefühl von Frieden, Ruhe und Liebe. Das Leben würde wieder glücklich sein, doch letzte Nacht träumte ich, daß ich eine lange Treppe hinaufstieg, um mich oben mit Maurice zu treffen. Ich war noch immer glücklich, denn sobald ich oben ankam, würden wir uns lieben. Ich rief ihm zu, ich sei schon unterwegs, aber es war nicht Maurice, der mir antwortete. Es war die Stimme eines Fremden, die wie ein Nebelhorn dröhnte, das verirrte Schiffe warnt, und sie machte mir angst. Ich dachte: Er hat seine Wohnung aufgegeben und ist fortgegangen, und ich weiß nicht, wo er ist. Als ich die Treppe wieder hinunterging, stieg mir das Wasser bis über die Taille, und in der Halle hing dichter Nebel. Dann bin ich aufgewacht. Ich finde keinen Frieden mehr. Ich will nur ihn, ganz wie früher. Ich möchte Sandwichs mit ihm essen. Möchte mit ihm in einer Bar etwas trinken. Ich bin müde und will nicht mehr leiden. Ich will Maurice. Ich wünsche mir eine ganz gewöhnliche, irdische menschliche Liebe. Lieber Gott, Du weißt, ich will – will Deine Leiden, aber nicht jetzt. Nimm sie mir noch eine Weile ab, und gib sie mir zu einer anderen Zeit.

VIERTES BUCH

I

Ich konnte nicht weiterlesen. Immer wieder hatte ich eine Passage übersprungen, wenn sie zu schmerzlich für mich war. Ich hatte etwas über Dunstan erfahren, aber nie so viel entdecken wollen, doch nachdem ich jetzt weitergelesen hatte, war es weit in die Vergangenheit zurückgeglitten wie ein uninteressantes Datum der Geschichte. Für die Gegenwart ohne Bedeutung. Der Eintrag, der für mich zählte, war erst eine Woche alt. »Ich will Maurice. Ich will ganz gewöhnliche, irdische menschliche Liebe.«

Das ist alles, was ich dir geben kann, dachte ich. Eine andere Liebe kenne ich nicht, aber wenn du glaubst, ich hätte sie ganz verschwendet, dann irrst du dich. Für unser beider Leben ist noch genug da, und ich dachte an den Tag, an dem sie ihren Koffer gepackt und ich hier gesessen und gearbeitet hatte, ahnungslos, daß das Glück so nahe war. Ich war froh, daß ich es nicht gewußt hatte, und war froh, daß ich es wußte. Jetzt konnte ich handeln. Dunstan zählte nicht. Der Luftschutzwart zählte nicht. Ich ging zum Telefon und wählte ihre Nummer.

Das Mädchen kam an den Apparat. Ich sagte: »Hier spricht Mr. Bendrix. Ich möchte mit Mrs. Miles sprechen.« Sie sagte, ich solle nicht auflegen. Während ich auf Sarahs Stimme wartete, war ich so atemlos wie nach einem langen Wettlauf, doch die Stimme, die ich zu hören bekam, war wieder die des Hausmädchens, das mir mitteilte, Mrs. Miles sei nicht zu Hause. Ich weiß nicht, warum ich ihr nicht glaubte. Nach fünf Minuten rief ich noch einmal an, das Taschentuch straff über das Mundstück gespannt.

»Ist Mr. Miles zu Hause?«

»Nein, Sir.«

»Könnte ich dann mit Mrs. Miles sprechen? Ich bin Sir William Mallock.«

Es dauerte nicht lange, bis Sarah antwortete: »Guten Abend. Mrs. Miles am Apparat.«

»Ich weiß«, sagte ich, »ich kenne deine Stimme, Sarah.«

»Du ... Ich dachte ...«

»Sarah«, sagte ich, »ich komme zu dir.«

»Nein, bitte nein. Hör zu, Maurice. Ich liege im Bett. Spreche vom Bett aus.«

»Um so besser.«

»Sei kein Narr, Maurice. Ich meine, ich bin krank.«

»Dann mußt du mich sehen. Was fehlt dir, Sarah?«

»Oh, nichts Besonderes. Eine schlimme Erkältung. Hör zu, Maurice!« Sie zog die Worte in die Länge wie eine Gouvernante. »Komm bitte nicht, ich kann nicht mit dir sprechen.«

»Ich liebe dich, Sarah, und ich komme.«

»Ich werde nicht hier sein. Ich stehe auf.« Ich dachte: Wenn ich renne, brauche ich über den Gemeindeanger nur vier Minuten. So schnell kann sie sich nicht anziehen. »Ich sage dem Mädchen, es darf niemanden hereinlassen.«

»Sie hat nicht die Figur eines Rausschmeißers. Und mich müßte man mit Gewalt rausschmeißen, Sarah.«

»Bitte, Maurice ... Ich flehe dich an. Und ich habe dich seit langem um nichts mehr gebeten.«

»Außer um einen einzigen Lunch.«

»Maurice, es geht mir nicht so schrecklich gut. Ich kann heute nicht mit dir reden. Nächste Woche ...«

»Es waren furchtbar viele Wochen. Ich will dich jetzt sehen. Heut abend.«

»Warum.«

»Du liebst mich.«

»Woher weißt du das?«

»Egal. Ich will dich bitten, mit mir wegzugehen.«

»Aber, Maurice, darauf kann ich dir genausogut am Telefon antworten. Die Antwort ist nein.«

»Ich kann dich durchs Telefon nicht berühren, Sarah.«

»Maurice, mein Lieber, bitte! Versprich mir, daß du nicht kommst.«

»Ich komme.«

»Hör zu, Maurice. Ich fühle mich entsetzlich krank. Und ich habe heute abend schlimme Schmerzen. Ich will nicht aufstehen.«

»Das brauchst du nicht.«

»Ich schwöre dir, ich stehe auf, ziehe mich an und verlasse das Haus, wenn du mir nicht versprichst ...«

»Das ist für uns beide wichtiger als eine Erkältung, Sarah.«

»Bitte, Maurice, bitte. Henry kommt bald nach Hause.«

»Laß ihn kommen.« Ich legte auf.

Der Abend war schlimmer als der, an dem ich vor einem Monat Henry getroffen hatte. Diesmal war es kein Regen, sondern Schneeregen. Es würde bald schneien, und die spitzen Tropfen schienen die Knopflöcher des Regenmantels aufzuschlitzen. Sie verdunkelten die Straßenlaternen auf dem Gemeindeanger, so daß es unmöglich war zu laufen, und wegen meines Beins kann ich ohnehin nicht schnell laufen. Ich wünschte, ich hätte meine Taschenlampe mitgenommen, die ich im Krieg benutzt hatte, denn ich muß acht Minuten gebraucht haben, um das Haus an der Nordseite zu erreichen. Ich wollte eben die Straße überqueren, als die Tür aufging, und Sarah herauskam. Jetzt habe ich sie, dachte ich glücklich. Ich wußte mit absoluter Sicherheit, daß wir wieder miteinander geschlafen haben würden, ehe die Nacht zu Ende war. Und nachdem wir unsere körperliche Beziehung erneuert hatten, war alles möglich. Ich hatte sie vorher nie gekannt, und nie hatte ich sie so geliebt. Je mehr wir wissen, um so mehr lieben wir, dachte ich. Ich war ins Land des Vertrauens zurückgekehrt.

Sie hatte es zu eilig, um mich durch den Schneeregen über die breite Fahrbahn hinweg zu sehen. Sie bog links ein und ging sehr schnell. Sie wird sich irgendwo hinsetzen und ausruhen müssen, dachte ich, dann habe ich sie in der Falle. Ich war zwanzig Meter hinter ihr, aber sie schaute sich nie um. Sie lief um den Gemeindeanger herum, am Teich und an der ausgebombten Buchhandlung vorbei, als wolle sie zur U-Bahn. Nun, wenn nötig, war ich bereit, auch in einem überfüllten Zug mir ihr zu sprechen. Sie ging die Treppe zur U-Bahn hinunter und dann zum Fahrkartenschalter, aber sie hatte keine Handtasche mit und auch kein Kleingeld in den Manteltaschen – nicht einmal die drei Halfpence, die sie gebraucht hätte, um bis Mitternacht hin und her zu fahren. Die Treppe wieder hinauf und über die Straße zur Straßenbahn. Ich triumphierte innerlich. Sie hatte Angst, aber ihre Angst galt nicht mir, sondern sich selbst und dem, was geschehen würde, wenn wir uns sahen. Ich spürte, daß ich das Spiel schon gewonnen hatte, und ich konnte es mir leisten, für mein Opfer ein gewisses Mitgefühl zu empfinden. Ich wollte zu ihr sagen: Sorg dich nicht, du hast nichts zu befürchten, bald werden wir beide glücklich sein, der Alptraum ist beinahe zu Ende.

Und dann verlor ich sie. Ich war zu zuversichtlich gewesen, hatte ihr einen zu großen Vorsprung gelassen. Sie hatte die Straße zwanzig Meter vor mir überquert (mich hatte beim Treppensteigen wieder mein schlimmes Bein behindert), eine Straßenbahn kam dazwischen, und Sarah war fort. Sie hätte links in die High Street einbiegen und geradeaus die Park Road entlanggehen können, aber ich konnte sie nicht sehen. Ich war nicht besonders beunruhigt – wenn ich sie heute nicht fand, dann eben morgen. Jetzt, da ich die ganze absurde Geschichte mit dem Schwur kannte, war ich mir ihrer Liebe sicher, hatte ich Vertrauen zu ihr. Wenn zwei Menschen einander lieben, schlafen sie miteinander; das war eine mathematische Formel, geprüft und besiegelt durch menschliche Erfahrung.

In der High Street gibt es ein A. B. C.-Warenhaus, und ich versuchte es dort. Sie war nicht da. Dann fiel mir die Kirche an der Ecke der Park Road ein, und mir war sofort klar, daß ich sie dort finden würde. Ich ging hinein, und natürlich saß sie in einem Seitenschiff in der Nähe einer Säule und einer scheußlichen Statue der Jungfrau. Ich sah sie nur im Licht der Kerzen, die vor der Statue brannten, denn die ganze Kirche war sehr dunkel. Wie Mr. Parkis setzte ich mich hinter sie und wartete. Seit ich das Ende der Geschichte kannte, hätte ich jahrelang warten können. Ich fror, war durchnäßt und sehr glücklich. Ich konnte sogar den Altar und die dort hängende Gestalt mit Nachsicht betrachten. Sie liebt uns beide, dachte ich, aber wenn es zu einem Konflikt zwischen einem Bildnis und einem Mann kommen sollte, dann weiß ich, wer gewinnen wird. Ich könnte die Hand auf ihren Oberschenkel oder meine Lippen auf ihre Brust legen; Er war hinter dem Altar gefangen und konnte für *Seine Sache* nicht eintreten.

Plötzlich begann sie, die Hand in die Seite pressend, zu husten. Ich wußte, daß sie Schmerzen hatte und konnte sie mit diesen Schmerzen nicht allein lassen. Ich setzte mich neben sie und legte ihr, während sie hustete, die Hand aufs Knie. Ich dachte: Wenn ich nur durch Handauflegen heilen könnte. Als der Anfall vorüber war, sagte sie: »Laß mich doch bitte in Ruhe.«

»Ich werde dich nie in Ruhe lassen«, sagte ich.

»Was ist über dich gekommen, Maurice? Vor ein paar Tagen beim Lunch warst du nicht so.«

»Ich war verbittert. Wußte nicht, daß du mich liebst.«

»Wieso glaubst du jetzt, daß ich dich liebe?« fragte sie, ließ jedoch meine Hand auf ihrem Knie liegen. Da erzählte ich ihr, wie Mr. Parkis ihr Tagebuch gestohlen hatte – es sollten jetzt keine Lügen zwischen uns stehen.

»Das war aber nicht sehr schön«, sagte sie.

»Nein.« Sie begann wieder zu husten und lehnte sich hinterher erschöpft mit der Schulter an mich.

»Mein Liebes«, sagte ich, »jetzt ist alles vorbei. Das Warten, meine ich. Wir werden miteinander fortgehen.«

»Nein«, sagte sie.

Ich legte ihr den Arm um die Schultern und berührte ihre Brust. »So fangen wir von neuem an«, sagte ich. »Ich war ein schlechter Liebhaber, Sarah. Das lag an meiner Unsicherheit. Ich habe dir nicht vertraut. Wußte nicht genug über dich. Aber jetzt bin ich sicher.«

Sie sagte nichts, lehnte sich jedoch noch immer an mich. Es war wie eine Zustimmung. Ich sagte: »Hör zu, wie es jetzt weitergeht. Geh nach Hause, und bleib noch zwei, drei Tage im Bett – mit einer solchen Erkältung darfst du nicht reisen. Ich rufe dich jeden Tag an und frage, wie es dir geht. Sobald du gesund genug bist, komme ich zu dir und helfe dir beim Packen. Wir bleiben nicht hier. Ich habe in Dorset einen Cousin, der mir ein unbewohntes Cottage zur Verfügung stellt. Dort bleiben wir ein paar Wochen und ruhen uns aus. Ich werde mein

Buch zu Ende schreiben. Mit den Anwälten können wir uns später auseinandersetzen. Wir brauchen ein bißchen Ruhe, beide. Ich habe es satt, und es macht mich todkrank, ohne dich zu sein, Sarah.«

»Mich auch.« Sie sprach so leise, daß ich den Satz nicht gehört hätte, wäre er mir fremd gewesen, doch er war wie eine Erkennungsmelodie, die sich durch unsere ganze Beziehung zog, seit unserer ersten Liebesstunde im Paddington Hotel. »Mich auch.« Die Worte standen für Einsamkeit, Kummer, Enttäuschungen, Freuden und Verzweiflung, für den Anspruch, alles miteinander zu teilen.

»Das Geld wird knapp sein«, sagte ich, »aber nicht zu knapp. Ich habe den Auftrag, ein Buch über das Leben von General Gordon zu schreiben, und vom Vorschuß können wir drei Monate bequem leben. Inzwischen kann ich meinen Roman einreichen und bekomme auch für ihn einen Vorschuß. Beide Bücher kommen in diesem Jahr heraus, und die Honorare müßten reichen, bis ein anderes Buch fertig ist. Wenn du da bist, werde ich arbeiten können. Du weißt, ich erwarte jetzt jeden Augenblick meinen Durchbruch. Noch wird es ein trivialer Erfolg sein, den du verabscheuen wirst und den ich verabscheuen werde, aber wir werden einkaufen gehen und extravagant sein, und alles wird ein Riesenspaß, weil wir zusammen sein werden.«

Plötzlich merkte ich, daß sie schlief. Von ihrer Flucht erschöpft, war sie an meiner Schulter eingeschlafen wie schon so oft, in Taxis, in Bussen, auf einer Parkbank. Ich saß ganz still und ließ sie schlafen. Nichts störte sie in der dunklen Kirche. Die Kerzen vor der Jungfrau flackerten, und außer uns war niemand da. Der langsam stärker werdende Schmerz in meinem Oberarm, auf dem ihr Gewicht lag, war die größte Freude, die ich je erlebt hatte.

Angeblich kann man Kinder durch Dinge beeinflussen, die man ihnen zuflüstert, wenn sie schlafen, und ich begann zu flüstern, nicht laut genug, um Sarah zu wecken, hoffte jedoch, daß sich meine Worte hypnotisch ihrem Unterbewußtsein einprägten. »Ich liebe dich, Sarah«, flüsterte ich. »Nie vorher hat dich jemand so geliebt. Wir werden glücklich sein. Henry wird sich nur in seinem Stolz getroffen fühlen, und Stolz heilt schnell. Er wird eine andere Gewohnheit finden, die dich ersetzt – vielleicht wird er griechische Münzen sammeln. Wir beide gehen fort, Sarah, wir gehen fort. Niemand kann das jetzt aufhalten. Du liebst mich, Sarah«, und ich verstummte, weil ich zu überlegen begann, ob ich einen neuen Koffer kaufen sollte. Dann wachte sie auf und hustete.

»Ich habe geschlafen«, sagte sie.

»Du mußt jetzt nach Hause, Sarah. Du frierst.«

»Es ist kein Zuhause, Maurice«, sagte sie. »Ich möchte hierbleiben.«

»Es ist kalt.«

»Die Kälte macht mir nichts aus. Und es ist dunkel. Im Dunkeln kann ich alles glauben.«

»Glaub nur an uns.«

»Das habe ich gemeint.« Sie schloß die Augen wieder, und ich blickte zum Altar hinauf und dachte triumphierend, fast so, als sei Er ein lebendiger Rivale: Siehst Du, das sind die siegreichen Argumente, und ließ die Finger sanft über ihre Brust gleiten.

»Du bist müde, nicht wahr?« fragte ich.

»Sehr müde.«

»Du hättest nicht so vor mir weglaufen dürfen.«

»Ich bin nicht vor dir weggelaufen.« Sie bewegte ihre Schulter. »Bitte, Maurice, geh jetzt.«

»Du solltest im Bett liegen.«

»Das werde ich, bald. Ich will nicht mit dir zurückgehen. Möchte einfach hier Lebewohl sagen.«

»Versprich mir, daß du nicht lange bleibst.«

»Ich verspreche es.«

»Und du rufst mich an?«

Sie nickte, blickte aber auf ihre Hand hinunter, die wie etwas Weggeworfenes auf ihren Knien lag. Ich sah, daß sie die Finger gekreuzt hatte und fragte mißtrauisch: »Du sagst mir doch die Wahrheit?« Ich löste ihre Finger und sagte: »Du hast doch nicht etwa vor, mir wieder wegzulaufen?«

»Maurice, lieber Maurice«, sagte sie, »ich habe nicht die Kraft.« Sie begann zu weinen und bohrte die Fäuste in die Augen wie ein Kind. »Entschuldige«, sagte sie. »Geh einfach. Bitte, Maurice, hab ein bißchen Mitleid.«

Einmal muß man damit aufhören, jemandem zuzusetzen und zu planen. Mit dieser Bitte in den Ohren konnte ich nicht weitermachen. Ich küßte sie auf das derbe, knotige Haar, und als ich mich daraus löste, spürte ich ihre Lippen verschmiert und kalt in meinem Mundwinkel. »Gott segne dich«, sagte sie, und ich dachte: Das hat sie in ihrem Brief an Henry durchgestrichen. Man sagt auf Wiedersehen, wenn ein anderer auf Wiedersehen sagt, es sei denn, man ist Smythe, und ganz unwillkürlich wiederholte ich die Segensformel, aber als ich mich umdrehte, während ich die Kirche verließ, und sie am Rand des Kerzenscheins zusammengekauert sitzen sah wie eine Bettlerin, die hereingekommen war, um sich zu wärmen, konnte ich mir schon vorstellen, daß ein Gott sie segnete. Oder sie liebte. Als ich anfing, unsere Geschichte aufzuschreiben, dachte ich, es sei eine Geschichte des Hasses, doch irgendwo ist mir der Haß abhanden gekommen, und ich weiß nur, daß sie, trotz ihrer Fehler und ihrer Unzuverlässigkeit, besser war als die meisten. Es war nur gut, daß einer von uns an sie glaubte, sie selbst hat es nie getan.

2

WÄHREND der nächsten Tage mußte ich mich sehr anstrengen, vernünftig zu sein. Ich arbeitete jetzt für uns beide. Morgens setzte ich mir ein Minimum von siebenhundertfünfzig Wörtern, hatte aber bis elf Uhr meist schon tausend geschrieben. Das ist die erstaunliche Wirkung der Hoffnung. Mein Roman, der sich mühsam durch das ganze vergangene Jahr geschleppt hatte, ging auf sein Ende zu. Ich wußte, daß Henry gegen halb zehn ins Büro fuhr und sie höchstwahrscheinlich zwischen zehn und halb eins anrufen würde. Henry hatte angefangen, zum Lunch nach Hause zu kommen (hatte Parkis mir berichtet); vor drei Uhr hatte sie dann keine Gelegenheit mehr zu telefonieren. Bis halb eins redigierte ich mein Tagespensum und erledigte meine Post, und dann war ich, wie widerstrebend auch immer, von meiner Erwartung erlöst. Bis halb drei konnte ich im Lesesaal des British Museum sitzen und mir Notizen über das Leben von General Gordon machen. In diese Recherchen konnte ich mich nicht so gründlich vertiefen wie in die Arbeit an meinem Roman, und die Gedanken an Sarah drängten sich zwischen mich und das missionarische Leben in China. Warum hat man mich aufgefordert, diese Biographie zu schreiben? Sie wäre bei einem Autor, der an Gordons Gott glaubte, viel besser aufgehoben gewesen. Ich konnte seine trotzige Haltung in Khartum verstehen – seinen Haß auf die sicher zu Hause sitzenden Politiker, aber die Bibel auf seinem Schreibtisch gehörte zu einer anderen Gedankenwelt als der meinen. Vielleicht hoffte der Verleger so halb und halb, daß meine zynische Behandlung von Gordons Christentum einen *succès de scandale* nach sich ziehen würde – einen auf einem Skandal beruhenden Erfolg also. Ich hatte nicht die Absicht, ihm den Gefallen zu tun. Dieser Gott war auch Sarahs Gott, und ich wollte und würde kein Phantom steinigen, das sie zu lieben glaubte. In dieser Zeit haßte ich ihren Gott nicht, denn war ich nicht stärker gewesen als er?

Als ich eines Tages meine Sandwichs aß, auf die sich unerklärlicherweise immer mein Tintenstift verirrte, begrüßte mich vom Schreibtisch gegenüber, aus Respekt für die anderen Benutzer des Lesesaals, in gedämpftem Ton eine bekannte Stimme. »Ich hoffe, es ist jetzt alles in Ordnung, Sir, wenn Sie mir diese persönliche Bemerkung gestatten.«

Über meinen Schreibtisch hinweg musterte ich den unvergeßlichen Schnurrbart. »Bestens in Ordnung, Parkis, danke. Ein verbotenes Sandwich gefällig?«

»O nein, Sir, ich kann doch nicht ...«

»Kommen Sie schon. Stellen Sie sich vor, es geht auf Spesen.« Widerstrebend nahm er eins, klappte es auf und sagte so entsetzt, als habe er eine Münze erwartet und Gold bekommen: »Das ist ja echter Schinken.«

»Mein Verleger hat mir aus Amerika eine Dose geschickt.«

»Das ist zu gütig von Ihnen, Sir.«

»Ich habe Ihren Aschenbecher noch, Parkis«, flüsterte ich, weil der Mann am Nebentisch mich strafend angesehen hatte.

»Er hat nur einen sentimentalen Wert«, flüsterte er zurück.

»Wie geht es Ihrem Jungen?«

»Er ist ein bißchen reizbar, Sir.«

»Ich bin überrascht, Sie hier zu sehen. Arbeit? Sie observieren doch nicht etwa einen von uns?« Ich konnte mir nicht vorstellen, daß die verstaubten Benutzer des Lesesaals – die Männer, die wegen der Kälte hier drin Hüte und Schals trugen, der Inder, der die gesamten Werke von

George Eliot studierte, oder der Mann, der tagtäglich hier schlief, den Kopf immer neben demselben Bücherstapel – in irgendein Drama sexueller Art verwickelt sein konnten.

»O nein, Sir, ich arbeite hier nicht. Heute ist mein freier Tag, und der Junge ist wieder in der Schule.«

»Was lesen Sie?«

»Die Gerichtsreportagen in der *Times*, Sir. Heute beschäftige ich mich mit dem Fall Russell. Die Reportagen sind so etwas wie ein Rüstzeug für meine Arbeit. Eröffnen einem neue Perspektiven. Man hält sich nicht mehr mit dem täglichen Kleinkram auf. Ich kannte einen Zeugen dieses Falles, Sir. Wir waren mal im selben Büro. Nun, er hat jetzt Geschichte gemacht, und das wird mir nie gelingen.«

»Oh, das weiß man nie, Parkis.«

»Doch, man weiß es, Sir. Das ist ja so entmutigend daran. Der Fall Bolton war das äußerste, das ich je erreichen konnte. Dieses Gesetz, das verbietet, Beweise in Scheidungsfällen zu veröffentlichen, war ein Schlag für Männer meines Gewerbes. Der Richter erwähnt uns nie namentlich und hat oft große Vorurteile gegen den ganzen Berufsstand.«

»Daran habe ich noch nie gedacht«, sagte ich mitfühlend.

Sogar Parkis konnte Sehnsucht wecken. Ich konnte ihn nie sehen, ohne an Sarah zu denken. Gesellschaft herbeisehnend, fuhr ich mit der U-Bahn nach Hause, saß dann herum, wartete mit sinkender Hoffnung darauf, daß das Telefon klingelte, und sah meine Gefährtin wieder entschwinden. Es sollte heute nicht sein. Um fünf Uhr wählte ich ihre Nummer, legte aber wieder auf, als ich es klingeln hörte. Vielleicht war Henry schon zu Hause, und ich konnte jetzt nicht mit Henry sprechen, denn ich war der Sieger, da Sarah mich liebte und ihn verlassen wollte. Aber ein verzögerter Sieg kann ebenso nervenaufreibend sein wie eine verlängerte Niederlage.

Acht Tage vergingen, ehe das Telefon klingelte. Es war nicht die erwartete Tageszeit, denn es war vor neun Uhr morgens, und als ich »hallo« sagte, war es Henry, der antwortete.

»Sind Sie es, Bendrix?« fragte er. Seine Stimme klang irgendwie sehr merkwürdig, und ich fragte mich, ob sie es ihm wohl gesagt hatte.

»Ja. Am Apparat.«

»Es ist etwas Schreckliches geschehen. Sie sollten es wissen. Sarah ist tot.«

Wie konventionell wir uns in solchen Augenblicken benehmen. Ich sagte: »Das tut mir schrecklich leid, Henry.«

»Haben Sie heute abend etwas vor?«

»Nein.«

»Dann kommen Sie doch bitte auf einen Drink zu mir. Ich kann nicht allein sein.«

FÜNFTES BUCH

I

Ich blieb die ganze Nacht bei Henry. Zum erstenmal schlief ich in seinem Haus. Sie hatten nur ein Gästezimmer, und dort lag Sarah. Sie war eine Woche vorher umgezogen, um Henry mit ihrem Husten nicht zu stören, daher schlief ich auf dem Sofa im Salon, wo wir uns geliebt hatten. Ich wollte nicht über Nacht bleiben, aber er bat mich darum.

Wir müssen zusammen anderthalb Flaschen Whisky getrunken haben. Ich erinnere mich, daß Henry sagte: »Es ist merkwürdig, Bendrix, daß man nicht mehr eifersüchtig sein kann, wenn jemand gestorben ist. Sie ist erst seit ein paar Stunden tot, und trotzdem wollte ich Sie bei mir haben.«

»Sie hatten nicht den geringsten Grund zur Eifersucht. Es war schon seit langem vorbei.«

»Ich brauche diesen Trost jetzt nicht, Bendrix. Zwischen euch war es nie vorbei. Der Glückliche war ich. Ich hatte sie all die Jahre. Hassen Sie mich?«

»Ich weiß es nicht, Henry. Ich habe gedacht, daß ich's tue, aber ich weiß es nicht.«

Wir saßen in seinem Arbeitszimmer, ohne Licht. Das Gasfeuer brannte nicht hell genug, so daß wir einander nicht ins Gesicht sehen konnten und ich nur am Tonfall von Henrys Stimme merkt, daß er weinte. Der Diskuswerfer zielte aus dem Dunkel auf uns beide. »Sagen Sie mir, wie es passiert ist, Henry.«

»Sie erinnern sich an den Abend, an dem ich Sie auf dem Gemeindeanger traf? Vor drei Wochen – oder sind es vier? An diesem Abend hat sie sich eine schwere Erkältung geholt. Sie wollte nichts dagegen tun. Ich wußte nicht einmal, daß ihre Lunge angegriffen war. Solche Dinge hat sie nie jemandem anvertraut.« – Nicht mal ihrem Tagebuch, dachte ich. Von Krankheit stand kein Wort darin. Sie hatte keine Zeit gehabt, krank zu sein.

»Sie blieb schließlich im Bett«, sagte Henry, »doch niemand hätte sie zwingen können, liegenzubleiben, und sie wollte keinen Arzt – sie hat nie etwas von ihnen gehalten. Vor einer Woche ist sie aufgestanden und ausgegangen. Gott weiß wohin oder warum. Sagte, sie brauche Bewegung. Ich kam früher nach Hause und stellte fest, daß sie nicht da war. Sie kam erst um neun zurück, bis auf die Haut durchnäßt, schlimmer als das erstemal. Die ganze Nacht fieberte sie und redete mit jemandem, mit wem, weiß ich nicht. Sie waren es nicht und ich auch nicht, Bendrix. Danach habe ich sie gezwungen, einen Arzt kommen zu lassen. Er sagte, wenn sie eine Woche früher Penicillin bekommen hätte, hätte er sie retten können.

Weder er noch ich konnten etwas anderes tun, als uns noch mehr Whisky einzuschenken. Ich dachte an den Fremden, den Parkis für mich aufspüren sollte. Dieser Fremde hatte am Ende gewonnen. Nein, dachte ich, ich hasse Henry nicht. Ich hasse Dich, wenn es Dich gibt. Mir fiel ein, daß sie zu Richard Smythe gesagt hatte, ich hätte sie gelehrt zu glauben. Wie, konnte ich nicht sagen, und wenn es mich das Leben gekostet hätte, doch wenn ich mir vorstellte, was ich weggeworfen hatte, haßte ich auch mich. Henry sagte: »Sie ist heute morgen um vier gestorben. Ich war nicht bei ihr. Die Pflegerin hat mich nicht rechtzeitig gerufen.«

»Wo ist die Pflegerin.«

»Sie hat ihre Arbeit sehr ordentlich zu Ende geführt. Hatte einen anderen dringenden Fall und ist noch vor dem Lunch gegangen.«

»Ich wünschte, ich könnte Ihnen irgendwie von Nutzen sein.«

»Das sind Sie, indem Sie hier sitzen. Es war ein furchtbarer Tag, Bendrix. Wissen Sie, ich hatte noch nie mit dem Tod zu tun. Und ich habe immer angenommen, ich würde zuerst sterben – Sarah hätte gewußt, was zu tun ist. Wenn sie so lange bei mir geblieben wäre. Irgendwie ist das Frauensache, wie das Kinderkriegen.«

»Ich nehme an, der Arzt hat geholfen.«

»Er hat in diesem Winter schrecklich viel zu tun, immer in Hetze. Er hat das Beerdigungsinstitut angerufen. Ich hätte nicht gewußt, an wen ich mich wenden soll. Die Gelben Seiten hatten wir nie. Aber ein Arzt kann mir nicht sagen, was ich mit ihren Kleidern machen soll, ihre Schränke sind voll. Puderdosen, Parfums – man kann das doch nicht einfach wegwerfen ... Wenn sie nur eine Schwester hätte ...« Er unterbrach sich plötzlich, weil die Haustür geöffnet und geschlossen wurde, wie an jenem anderen Abend, an dem er gesagt hatte: »Das Hausmädchen« und ich gesagt hatte: »Es ist Sarah.« Wir hörten die Schritte des Hausmädchens auf der Treppe. Es ist schon merkwürdig, wie leer ein Haus sein kann, in dem sich drei Menschen aufhalten. Wir tranken unseren Whisky, und ich goß noch einen ein. »Ich habe einen großen Vorrat zu Hause«, sagte Henry. »Sarah hat eine neue Bezugsquelle entdeckt ...« Und unterbrach sich wieder. Sie stand am Ende eines jeden Pfades. Es hatte keinen Sinn, ihr auch nur für einen Moment ausweichen zu wollen. Ich dachte: Warum mußtest Du uns das antun? Wenn sie nicht an Dich geglaubt hätte, lebte sie noch, und wir wären noch ein Liebespaar. Es war traurig und seltsam, sich zu erinnern, daß ich mit der Situation unzufrieden gewesen war. Jetzt hätte ich sie freudig mit Henry geteilt.

Ich sagte: »Und die Beerdigung?«

»Bendrix, ich weiß nicht, was ich tun soll. Es ist etwas Verblüffendes passiert. In ihren Fieberphantasien (natürlich war sie nicht verantwortlich für das, was sie sagte) habe sie immer wieder nach einem Priester verlangt, hat mir die Pflegerin erzählt. Jedenfalls sagte sie dauernd ›Vater, Vater‹, und damit kann sie nicht ihren Vater gemeint haben. Sie hat ihn nie gekannt. Natürlich wußte die Pflegerin, daß wir nicht katholisch sind. Sie war sehr vernünftig und hat Sarah beruhigt. Aber ich mache mir Sorgen, Bendrix.«

Zornig und erbittert dachte ich: Du hättest den armen Henry in Ruhe lassen können. Wir sind jahrelang ohne Dich ausgekommen. Warum mischst Du Dich auf einmal in alles ein wie ein fremder Verwandter, der plötzlich von den Antipoden zurückgekehrt ist?

Henry sagte: »Wenn man in London lebt, ist eine Feuerbestattung das einfachste. Ehe mir die Pflegerin das sagte, habe ich eine Beerdigung in Golders Green geplant. Der Beerdigungsunternehmer hat das Krematorium angerufen. Sie können Sarah übermorgen einschieben.«

»Was sie in ihren Fieberphantasien gesagt hat, brauchen Sie wirklich nicht zu berücksichtigen.«

»Ich habe überlegt, ob ich mir nicht bei einem Priester Rat holen sollte. Sie hat so vieles verschwiegen. Vielleicht ist sie sogar Katholikin gewesen. Sie war in letzter Zeit so merkwürdig.«

»O nein, Henry. Sie hat ebensowenig geglaubt wie Sie oder ich.« Ich wollte, daß sie verbrannt wurde, ich wollte sagen können: Laß diesen Körper auferstehen, wenn Du kannst. Meine Eifersucht war nicht mit ihr gestorben wie bei Henry. Es war, als lebte Sarah noch und sei mit einem Liebhaber zusammen, den sie mir vorgezogen hatte. Wie sehr wünschte ich mir, Parkis hinter den beiden herzuschicken und ihre Ewigkeit zu stören.

»Sind Sie ganz sicher?«

»Ganz sicher, Henry.« Ich muß vorsichtig sein, dachte ich. Ich darf nicht sein wie Richard Smythe, ich darf nicht hassen, denn wenn ich wirklich haßte, würde ich glauben, und wenn ich glaubte, was für ein Triumph für Dich und sie. Über Rache und Eifersucht zu sprechen ist Schauspielerei, ist nur etwas, um das Gehirn zu beschäftigen, damit ich die Endgültigkeit ihres Todes vergessen kann. Vor einer Woche hätte ich nur zu ihr sagen müssen: »Erinnerst du dich an unser erstes Mal und daß ich keinen Shilling für den Gasofen hatte?« Und die Szene wäre für uns beide lebendig geworden. Jetzt lebte sie nur noch in mir. Sarah hatte unsere Erinnerungen für immer verloren, und mir war, als habe sie mir durch ihren Tod einen Teil meiner selbst geraubt. Ich verlor meine Individualität. Es war das erste Stadium meines eigenen Todes, bei dem die Erinnerungen von mir abfielen wie brandige Gliedmaßen.

»Ich hasse dieses ganze Getue mit Gebeten und Totengräbern, doch wenn Sarah es so wollte, will ich versuchen es zu arrangieren.«

»Sie hat sich für ihre Hochzeit das Standesamt ausgesucht«, sagte ich, »sie würde keine kirchliche Beerdigung wollen.«

»Nein, das stimmt wahrscheinlich, oder?«

»Standesamt und Einäscherung gehören zusammen«, sagte ich, und im Schatten hob Henry den Kopf und spähte aus halb geschlossenen Augen zu mir herüber, als vermute er, daß ich es ironisch meinte.

»Ich möchte Ihnen alles abnehmen«, schlug ich ihm

vor, genauso wie ich ihm in demselben Raum und vor demselben Kamin vorgeschlagen hatte, an seiner Statt Mr. Savage aufzusuchen.

»Das ist sehr freundlich von Ihnen, Bendrix.« Er goß den letzten Rest Whisky in unsere Gläser, sehr sorgfältig und zu gleichen Teilen.

»Mitternacht«, sagte ich. »Sie müssen ein bißchen schlafen, wenn Sie können.«

»Der Arzt hat mir ein paar Tabletten hiergelassen.« Aber er wollte noch nicht allein sein. Ich wußte genau, was er empfand, denn auch ich hatte es nach einem Tag mit Sarah so lange wie möglich hinausgeschoben, in meinem Zimmer allein zu sein.

»Ich vergesse dauernd, daß sie tot ist«, sagte Henry. Und auch das hatte ich erlebt, das ganze Jahr 1945 über – das schlimme Jahr –, jedesmal wenn ich aufwachte, hatte ich vergessen, daß unsere Liebesaffäre zu Ende war, daß ich am Telefon alle möglichen Stimmen hören würde außer der ihren. Sie war damals so tot gewesen wie jetzt. In diesem Jahr hatte mich ein, zwei Monate lang ein Geist mit Hoffnung genarrt, aber den Geist gab es nicht mehr, und der Schmerz würde bald vorüber sein. Ich würde jeden Tag ein bißchen mehr sterben, doch ich sehnte mich danach, es hinauszuzögern. Solange man leidet, lebt man.

»Gehen Sie ins Bett, Henry.«

»Ich fürchte mich davor, von ihr zu träumen.«

»Das werden Sie nicht, wenn Sie die Tabletten nehmen, die Ihnen der Arzt hiergelassen hat.«

»Wollen Sie auch eine, Bendrix?«

»Nein.«

»Das habe ich vermutet, wollen Sie über Nacht hierbleiben? Draußen ist es scheußlich.«

»Das Wetter macht mir nichts.«

»Sie würden mir einen großen Gefallen tun.«

»Selbstverständlich bleibe ich.«

»Ich hole Ihnen ein paar Laken und Decken.«

»Bemühen Sie sich nicht, Henry«, aber er war schon fort. Ich betrachtete den Parkettfußboden und erinnerte mich an das genaue Timbre ihres Schreis. Auf dem Schreibtisch, an dem sie ihre Briefe geschrieben hatte, lagen alle möglichen Gegenstände kreuz und quer durcheinander, und jeden Gegenstand konnte ich interpretieren wie einen Code. Ich dachte: Sie hat nicht einmal den Kieselstein weggeworfen. Wie hatten wir über seine Form gelacht, und hier lag er noch, wie ein Briefbeschwerer. Was würde Henry damit anfangen und mit der Miniaturflasche mit Likör, aus dem wir uns beide nichts machten, und der Glasscherbe, die von der See blankpoliert worden war, und mit dem kleinen Kaninchen aus Holz, das ich in Nottingham gefunden hatte? Sollte ich die Sachen mitnehmen? Sie landeten sonst im Papierkorb, wenn Henry sich schließlich überwand und aufräumte, aber würde ich sie um mich ertragen?

Ich sah sie noch immer an, als Henry mit Decken bepackt hereinkam. »Ich habe vergessen, Ihnen zu sagen, Bendrix, wenn Sie irgend etwas haben wollen ... Ich glaube nicht, daß sie ein Testament hinterlassen hat.«

»Das ist sehr nett von Ihnen.«

»Ich bin jetzt jedem dankbar, der sie geliebt hat.«

»Ich möchte diesen Stein mitnehmen, wenn ich darf.«

»Sie hat die merkwürdigsten Sachen aufgehoben. Ich habe Ihnen einen meiner Schlafanzüge mitgebracht, Bendrix.«

Henry hatte vergessen, auch ein Polster mitzubringen, und mit dem Kopf auf einem Kissen liegend, bildete ich mir ein, ihr Parfum zu riechen. Ich wollte Dinge, die ich nie wieder bekommen würde – einen Ersatz gab es nicht. Ich konnte nicht schlafen und preßte mir die Fingernägel in die Handteller, wie sie es getan hatte, damit der Schmerz mich daran hinderte zu denken, und das Pendel meines Verlangens schwang unermüdlich hin und her, des Verlangens zu vergessen und sich zu erinnern, zu sterben und noch eine Weile zu leben. Und dann schlief ich endlich doch ein. Ich ging durch die Oxford Street und sorgte mich, denn ich sollte ein Geschenk kaufen, und in den Läden gab es nur billigen Schmuck, der im indirekten Licht funkelte. Ab und zu glaubte ich etwas Schönes zu entdecken und ging auf das Schaufenster zu, aber als ich den Schmuck aus der Nähe sah, war er genauso unecht wie alle anderen Stücke – unter anderem ein scheußlicher grüner Vogel mit scharlachroten Augen, die wie Rubine wirken sollten. Ich hatte wenig Zeit und eilte von einem Geschäft zum anderen. Dann kam Sarah aus einem der Geschäfte, und ich wußte, daß sie mir helfen würde.

»Hast du etwas gekauft, Sarah?«

»Nicht hier«, sagte sie, »aber ein Stückchen weiter haben sie ein paar hübsche kleine Flaschen.«

»Ich habe keine Zeit«, sagte ich bittend, »hilf mir. Ich muß etwas finden, der Geburtstag ist morgen.«

»Mach dir keine Sorgen«, sagte sie. »Etwas findet sich immer. Mach dir keine Sorgen«, und plötzlich machte ich mir keine Sorgen. Die Oxford Street dehnte ihre Grenzen bis zu einem nebligen grauen Feld aus, meine Füße waren nackt, und ich ging durch den Tau, allein, und als ich, in einer flachen Furche stolpernd, aufwachte, hörte ich noch: »Mach dir keine Sorgen«, wie ein Flüstern, das dem Ohr unvergessen geblieben ist, ein sommerlicher Laut, der zur Kindheit gehörte.

Um die Frühstückszeit schlief Henry noch, und das Mädchen, das Parkis zu allerlei Indiskretionen verleitet hatte, brachte mir auf einem Tablett Kaffee und Toast. Sie öffnete die Vorhänge, und der Schneeregen hatte sich in blendend weißen Schnee verwandelt. Ich war noch immer vom Schlaf und von der tiefen Zufriedenheit meines Traums benommen und sah erstaunt, daß sie gerötete, verweinte Augen hatte. »Ist etwas passiert, Maud?« fragte ich, und erst als sie das Tablett absetzte und wütend hinausmarschierte, wurde ich richtig wach – in dem leeren Haus und der leeren Welt. Ich ging hinauf und sah nach Henry. Er schlief noch fest, von den Tabletten betäubt, und lächelte wie ein Hund, und ich beneidete ihn. Dann ging ich hinunter und versuchte meinen Toast zu essen.

Eine Glocke läutete, und das Mädchen führte jemanden in den ersten Stock – den Beerdigungsunternehmer, vermutete ich, denn ich hörte, daß die Tür des Gästezimmers geöffnet wurde. Er sah sie, die Tote; ich hatte sie nicht angesehen, aber das wollte ich genausowenig, wie sie in den Armen eines anderen Mannes zu sehen. Manche Männer mögen auf diese Weise stimuliert werden: ich nicht. Niemand würde mich zum Zuhälter des Todes machen. Ich nahm meinen Verstand zusammen und dachte: Nun, da alles vorbei ist, werde ich von vorn anfangen müssen. Ich habe mich einmal verliebt, es kann wieder geschehen. Aber überzeugt war ich nicht. Es kam mir so vor, als hätte ich allen Sex, den ich gehabt hatte, weggegeben.

Wieder die Klingel. Wieviel doch im Haus passierte, während Henry schlief.

Diesmal kam Maud zu mir. Sie sagte: »Unten ist ein Gentleman, der nach Mr. Miles fragt, aber ich möchte ihn nicht wecken.«

»Wer ist es?«

»Er ist dieser Freund von Mrs. Miles«, sagte sie und gab zum erstenmal preis, daß sie an unserer schäbigen Verschwörung beteiligt gewesen war.

»Führen Sie ihn herauf«, sagte ich. Ich kam mir Smythe

gegenüber jetzt sehr überlegen vor, hier in Sarahs Salon, in einem Schlafanzug von Henry und mit allem, was ich über ihn wußte, während er über mich nichts wußte. Er sah mich verwirrt an; schmelzender Schnee tropfte aufs Parkett. Ich sagte: »Wir sind uns einmal begegnet. Ich bin ein Freund von Mrs. Miles.«

»Sie hatten einen kleinen Jungen bei sich.«

»Das ist richtig.«

»Ich möchte Mr. Miles sprechen«, sagte er.

»Dann haben Sie es also gehört.«

»Deshalb bin ich hier.«

»Er schläft. Der Doktor hat ihm Tabletten gegeben. Es war für uns alle ein böser Schock«, fügte ich dümmlich hinzu. Er sah sich im Zimmer um. In der Cedar Road, aus dem Nirgendwo gekommen, war sie, nehme ich an, so dimensionslos gewesen wie ein Traum. Aber dieser Raum gab ihr Substanz; er war auch Sarah. Der Schnee häufte sich langsam auf dem Fenstersims wie von einem Spaten zusammengeschoben. Der Raum wurde ebenso beerdigt wie Sarah.

Er sagte: »Ich komme wieder« und wandte sich trübselig ab, so daß seine schlimme Wange mir zugewandt war. Ich dachte: Darauf haben ihre Lippen gelegen. Sie ließ sich immer von Mitleid überrumpeln.

Er wiederholte albern: »Ich bin hier, um Mr. Miles zu sagen, wie leid ...«

»Es ist bei solchen Gelegenheiten üblicher zu schreiben.«

»Ich dachte, daß ich mich vielleicht nützlich machen kann«, sagte er lahm.

»Sie brauchen Mr. Miles nicht zu bekehren.«

»Bekehren?« fragte er voller Unbehagen und verwirrt.

»Zu der Tatsache, daß von ihr nichts mehr da ist. Das Ende. Der Zerfall.«

Plötzlich brach es aus ihm heraus: »Ich wollte sie sehen. Das ist alles.«

»Mr. Miles weiß nicht einmal, daß es Sie gibt. Es ist nicht sehr rücksichtsvoll von Ihnen, hierherzukommen, Smythe.«

»Wann ist die Beerdigung?«

»Morgen in Golders Green.«

»Das wäre ihr nicht recht«, sagte er zu meiner Überraschung.

»Sie hat genausowenig an etwas geglaubt wie Sie – Ihrer Behauptung nach.«

Er sagte: »Weiß es denn niemand von Ihnen? Sie wollte zum Katholizismus übertreten.«

»Unsinn.«

»Sie hat mir geschrieben. Hatte sich dazu entschlossen. Was ich auch gesagt hätte, es hätte nichts genutzt. Sie fing an – Religionsunterricht zu nehmen. Nennen sie es nicht so?« Sie hat also noch immer Geheimnisse gehabt, dachte ich. Davon hatte sie in ihrem Tagebuch nichts geschrieben, ebensowenig wie von ihrer Krankheit. Wieviel gab es noch zu entdecken? Ein verzweifelter Gedanke.

»Das war ein Schock für Sie, nicht wahr?« spottete ich und versuchte, meinen Schmerz auf ihn zu übertragen.

»Oh, ich habe mich natürlich geärgert. Aber wir können nicht alle an dieselben Dinge glauben.«

»Das Lied hat sich früher anders angehört.«

Er sah mich an, als sei er über meine Feindseligkeit verblüfft. Er sagte: »Heißen Sie zufällig Maurice?«

»Zufällig – ja.«

»Sie hat mir von Ihnen erzählt.«

»Und ich habe eine Menge über Sie gelesen. Sie hat uns beide zu Narren gemacht.«

»Ich war unvernünftig«, sagte er. »Glauben Sie nicht, daß ich sie sehen könnte?« Ich hörte die schweren Stiefel des Beerdigungsunternehmers die Treppe herunterkommen und hörte dieselbe Stufe knarren.

»Sie liegt oben. Die erste Tür links.«

»Wenn Mr. Miles ...«

»Sie werden ihn nicht wecken.«

Als er wieder herunterkam, hatte ich mich angezogen. Er sagte: »Ich danke Ihnen.«

»Danken Sie mir nicht. Ich schulde ihr nicht mehr als Sie.«

»Ich habe nicht das Recht zu fragen«, sagte er, »aber ich wünschte, Sie würden ... Sie haben sie geliebt, das weiß ich.« Und als schlucke er eine bittere Medizin, fügte er hinzu: »Und sie hat Sie geliebt.«

»Was wollen Sie mir damit sagen?«

»Ich wünschte, Sie würden etwas für sie tun.«

»Für *sie*?«

»Sorgen Sie dafür, daß sie ein katholisches Begräbnis bekommt. Sie hätte es so gewollt.«

»Was macht denn das für einen Unterschied?«

»Für sie vermutlich keinen. Aber großzügig zu sein lohnt sich immer.«

»Und was habe ich damit zu tun?«

»Sie hat immer gesagt, daß ihr Mann eine hohe Meinung von Ihnen hat.«

Er zog die Schraube des Absurden zu weit an. Ich wollte die Leblosigkeit dieses begrabenen Raumes mit einem Lachen sprengen, ließ mich aufs Sofa fallen und schüttelte mich vor Lachen. Ich dachte an Sarah, die tot dort oben lag, und an Henry, der mit einem albernen Lächeln im Gesicht schlief, und an den Liebhaber mit den entstellenden Malen, der mit *dem* Liebhaber über die Beerdigung sprach, der Mr. Parkis beauftragt hatte, den Klingelknopf in der Cedar Road einzustäuben. Die Tränen liefen mir übers Gesicht, während ich lachte. Einmal, während des Blitz, hatte ich einen Mann vor seinem Haus lachen sehen, unter dem seine Frau und sein Kind begraben waren.

»Ich verstehe nicht«, sagte Smythe. Er hatte die rechte Hand geballt, als sei er bereit, sich zu verteidigen. Da war so vieles, das wir beide nicht verstanden. Der Schmerz war wie eine unerklärliche Explosion, die uns zusammenwarf. »Ich gehe«, sagte er und griff mit der linken Hand nach der Türklinke. Mir kam ein merkwürdiger Gedanke, denn ich hatte keinen Grund zu glauben, daß er Linkshänder war.

»Sie müssen mir verzeihen«, sagte ich. »Ich bin durcheinander. Wir sind alle durcheinander.« Ich reichte ihm die Hand. Er zögerte und ergriff sie dann mit der Linken. »Smythe«, sagte ich, »was haben Sie da? Haben Sie etwas aus ihrem Zimmer mitgenommen?« Er öffnete die rechte Hand und zeigte mir eine Haarsträhne. »Nur das«, sagte er.

»Dazu hatten Sie nicht das Recht.«

»Oh, sie gehört jetzt niemandem mehr«, sagte er, und plötzlich sah ich sie als das, was sie war – ein Stück Abfall, das darauf wartete, weggeräumt zu werden. Wenn man ein bißchen Haar von ihr brauchte, konnte man es nehmen, man konnte ihr auch die Nägel schneiden, wenn Nägel einem etwas bedeuteten. Ihre Gebeine konnten aufgeteilt werden wie die eines Heiligen – falls jemand sie wollte. Sie würde bald verbrannt werden, warum sollte sich also vorher nicht jeder von ihr bedienen? Was für ein Narr ich während dreier Jahre gewesen war, als ich mir einbildete, sie auf irgendeine Weise zu besitzen. Wir sind niemandes Besitz, nicht einmal unser eigener.

»Es tut mir leid«, sagte ich.

»Wissen Sie, was sie mir geschrieben hat?« fragte Smythe. »Vor vier Tagen erst«, und ich dachte voller

Trauer, daß sie Zeit gehabt hatte, ihm zu schreiben, aber keine Zeit, mich anzurufen. »Sie schrieb: Bete für mich. Kommt es Ihnen nicht seltsam vor, daß sie *mich* gebeten hat, für sie zu beten?«

»Was haben Sie getan?«

»Oh«, sagte er, »als ich hörte, daß sie gestorben ist, habe ich gebetet.«

»Kennen Sie denn irgendein Gebet?«

»Nein.«

»Es scheint mir nicht richtig, zu einem Gott zu beten, an den man nicht glaubt.«

Ich verließ das Haus nach ihm. Es hatte keinen Sinn zu bleiben, bis Henry aufwachte. Früher oder später mußte er mit dem Alleinsein fertig werden, genau wie ich. Ich beobachtete Smythe, der vor mir über den Gemeindeanger stapfte, und dachte: Ein hysterischer Typ. Unglaube konnte ebenso wie der Glaube ein Produkt von Hysterie sein. Der nasse Schnee, von den Füßen vieler Leute wäßrig geworden, drang durch meine Schuhsohlen und ließ mich an den Tau in meinem Traum denken, aber als ich versuchte mich an ihre Stimme zu erinnern, die »mach dir keine Sorgen« sagte, stellte ich fest, daß ich kein Gedächtnis für Töne hatte. Ich konnte ihre Stimme nicht nachempfinden. Konnte sie nicht einmal karikieren: Als ich versuchte mich an sie zu erinnern, war sie anonym – nur die Stimme irgendeiner Frau. Der Prozeß des Vergessens hatte eingesetzt. Wir sollten Grammophonaufnahmen aufheben wie Photographien.

Ich stieg die zerbrochenen Stufen zur Halle hinauf. Nur das bunte Glas war noch dasselbe wie in jener Nacht anno 1944. Niemand weiß, wann etwas anfängt. Sarah hatte wirklich geglaubt, das Ende habe begonnen, als sie meine »Leiche« sah. Sie hätte nie zugegeben, daß das Ende schon lange vorher angefangen hatte: die seltener gewordenen Anrufe aus dem oder jenem nichtigen Anlaß, die Zankereien, die ich anzettelte, weil ich mir der Gefahr bewußt war, daß die Liebe zu Ende ging. Wir hatten begonnen, über die Liebe hinauszuschauen, aber nur ich merkte, wohin wir abgetrieben wurden. Wäre die Bombe ein Jahr früher gefallen, hätte sie dieses Versprechen nicht gegeben. Sie hätte sich die Fingernägel wundgerissen bei dem Versuch, mich zu befreien. Wenn wir mit Menschen am Ende sind, müssen wir uns der Illusion hingeben, daß wir an Gott glauben, wie ein Gourmet, der zu seiner Mahlzeit noch verfeinerte Saucen verlangt. Ich sah mich in der Halle um, kahl wie eine Zelle, in einem scheußlichen Grün gestrichen, und ich dachte: Sie wollte, daß ich eine zweite Chance bekomme, und hier ist sie: das leere Leben, geruchlos, antiseptisch, das Leben in einem Gefängnis, und ich machte ihr Vorwürfe, als hätten tatsächlich ihre Gebete diese Veränderung herbeigeführt. Was habe ich dir getan, daß du mich zum Leben verdammt hast? Die Treppe und das Geländer knarrten bis oben, so neu war beides. Sie hatte sie nie betreten, es nie berührt. Sogar die Reparaturen am Haus gehörten zum Prozeß des Vergessens. Es bedarf eines Gottes außerhalb der Zeit, um sich zu erinnern, wenn alles sich wandelt. Liebte ich noch, oder bedauerte ich nur, geliebt zu haben?

Ich kam in mein Zimmer, und auf dem Schreibtisch lag ein Brief von Sarah.

Sie war seit vierundzwanzig Stunden tot und noch länger bewußtlos gewesen. Wie konnte ein Brief so lange von einer Seite des Gemeindeangers zur anderen brauchen? Dann sah ich, daß sie eine falsche Hausnummer auf den Umschlag geschrieben hatte, und ein wenig von der alten Bitterkeit sickerte aus mir heraus. Vor zwei Jahren hätte sie meine Hausnummer nicht vergessen.

Die Vorstellung, ihre Schrift zu sehen, war so schmerzlich, daß ich den Brief beinahe über dem Gasfeuer verbrannt hätte, aber Neugier kann stärker sein als Schmerz. Der Brief war mit Bleistift geschrieben – vermutlich weil sie im Bett gelegen hatte.

Liebster Maurice, schrieb sie, *ich wollte Dir schon an dem Abend schreiben, an dem wir uns das letztemal gesehen haben, doch als ich nach Hause kam, ging es mir sehr schlecht, und Henry führte sich auf wie eine Glucke. Ich schreibe Dir, anstatt anzurufen. Ich kann nicht mit Dir telefonieren und hören, wie merkwürdig Deine Stimme klingt, wenn ich Dir sage, daß ich nicht mit Dir weggehen werde. Denn ich werde nicht mit Dir weggehen, Maurice, liebster Maurice. Ich liebe Dich, aber ich kann Dich nicht wiedersehen. Ich weiß nicht, wie ich mit diesem Schmerz und dieser Sehnsucht leben soll und bete die ganze Zeit zu Gott, daß Er es mir nicht zu schwer machen, mich nicht am Leben lassen soll. Lieber Maurice, wie alle anderen möchte ich alles haben, aber es ist immer nur entweder – oder. Zwei Tage bevor Du mich angerufen hast, war ich bei einem Priester und habe ihm gesagt, daß ich Katholikin werden möchte. Ich habe ihm von meinem Versprechen und von Dir erzählt. Ich sagte, ich sei mit Henry gar nicht mehr richtig verheiratet. Wir hätten nicht mehr miteinander geschlafen – seit meinem ersten Jahr mit Dir. Und es sei auch gar keine richtige Ehe gewesen, sagte ich, man könne eine standesamtliche Heirat keine Hochzeit nennen. Ich fragte ihn, ob ich Katholikin werden und Dich heiraten könnte. Ich wußte, Du hättest nichts dagegen, eine Messe über Dich ergehen zu lassen. Bei jeder Frage, die ich ihm stellte, hatte ich so große Hoffnungen. Es war, als öffne man die Fensterläden eines neuen Hauses und freue sich auf die Aussicht, aber jedes Fenster blicke nur auf eine kahle Mauer. Nein, nein, nein, sagte er, ich dürfe Dich nicht heiraten, ich dürfe Dich nicht wie-*

dersehen, nicht, wenn ich Katholikin werden wollte. Ich dachte, zum Teufel, mit der ganzen Bande, stürmte aus dem Raum, in dem ich mich mit ihm getroffen hatte, und knallte die Tür zu, um ihm zu zeigen, was ich von Priestern halte. Sie stehen zwischen uns und Gott, dachte ich, Gott ist gnädiger und dann trat ich aus der Kirche ins Freie und sah das Kruzifix, das sie dort haben, und dachte: Natürlich, er ist gnädig, doch es ist eine so merkwürdige Gnade, und manchmal sieht sie wie eine Strafe aus. Maurice, mein Liebster, ich habe gräßliche Kopfschmerzen und fühle mich wie der Tod. Ich wünschte, ich wäre nicht so stark wie ein Pferd. Ich will ohne Dich nicht leben, und ich weiß, eines Tages werde ich Dir auf dem Gemeindeanger begegnen, und dann werden mir Henry oder Gott oder alles andere verdammt gleichgültig sein. Aber was soll daraus werden, Maurice? Ich glaube, daß es einen Gott gibt – ich glaube an die ganze Trickkiste, es gibt nichts, woran ich nicht glaube, sie könnten die Dreifaltigkeit noch ein dutzendmal teilen, und ich würde glauben. Man hat Berichte ausgegraben, in denen behauptet wird, Christus sei eine Erfindung von Pilatus, der auf eine Beförderung aus war, und ich glaube trotzdem. Ich wurde von dem Glauben angesteckt wie von einer Krankheit. Mir ist der Glaube zugeflogen wie die Liebe. Ich habe noch nie jemanden so geliebt wie Dich, und ich habe noch nie an etwas so geglaubt wie jetzt. Da bin ich sicher. So sicher wie noch nie. Als Du zur Tür kamst, mit dem blutigen Gesicht, da war ich mir plötzlich sicher. Ein für allemal. Auch wenn ich es damals noch nicht wußte. Ich habe mich gegen den Glauben länger gewehrt als gegen die Liebe, aber jetzt habe ich keine Kraft mehr zu kämpfen.

Maurice, mein Lieber, sei nicht böse. Bemitleide mich, aber sei mir nicht böse. Ich bin eine Heuchlerin und eine Betrügerin, aber dies ist weder geheuchelt noch Betrug.

Ich dachte immer, ich sei meiner so sicher, wüßte, was richtig und was falsch ist, und Du hast mich gelehrt, nicht sicher zu sein. Du hast sämtliche Lügen und jeden Selbstbetrug von mir genommen, so wie man die Straßen von Schutt säubert für irgendeinen bedeutenden Menschen, und jetzt ist er gekommen, aber Du hast den Weg selbst freigemacht. Wenn Du schreibst, versuchst Du, genau zu sein, und Du hast mir beigebracht, die Wahrheit zu wollen, und hast mir erklärt, daß ich nicht die Wahrheit sage. Denkst du das wirklich, hast Du gesagt, oder denkst du nur, daß du das denkst? Du siehst also, es ist alles Deine Schuld, Maurice. Ich bete zu Gott, daß er mich so nicht weiterleben läßt.

Das war alles. Sie schien den Bogen raus zu haben, daß ihre Gebete sogar schon erhört wurden, bevor sie sie gesprochen hatte, denn hatte sie nicht schon an dem Abend angefangen zu sterben, als sie aus dem Regen nach Hause kam und mich bei Henry fand? Wenn ich einen Roman schriebe, würde ich ihn hier beenden. Ein Roman, dachte ich immer, müsse irgendwo enden, doch ich fange an zu glauben, daß ich mich all die Jahre geirrt habe, denn jetzt scheint im Leben nie mehr etwas zu Ende zu gehen. Die Chemiker erklären uns, Materie gehe nie ganz verloren, und die Mathematiker sagen uns, wenn wir beim Durchqueren eines Raumes jeden Schritt halbieren, werden wir nie die gegenüberliegende Wand erreichen, was für ein Optimist wäre ich daher, wenn ich dächte, diese Geschichte ende hier. Nur wünsche ich mir, wie Sarah, ich wäre nicht so stark wie ein Pferd.

2

Ich kam zu spät zur Beerdigung. Ich war in die Stadt gegangen, um mich mit einem Mann namens Waterbury zu treffen, der in einer der kleinen Zeitschriften einen Artikel über »mein Werk« veröffentlichen wollte. Ich war nicht sicher, ob ich ihn sehen wollte oder nicht. Ich kannte die pompösen Sätze seines Artikels nur allzugut, den unterschwelligen Sinn, den er in meinen Texten entdecken würde und von dem ich keine Ahnung hatte, und die Fehler, die ich schon viel zu genau kannte. Am Ende würde er mich gönnerhaft ein bißchen höher als Maugham einstufen, denn Maugham ist populär, und ich habe dieses Verbrechen noch nicht begangen – noch nicht, doch obwohl ich mir ein bißchen von der Exklusivität des Erfolglosen erhalten habe, spüren die kleinen Zeitschriften wie kluge Detektive, daß der Mißerfolg sich auf die Dauer nicht wird aufrechterhalten lassen.

Warum machte ich mir überhaupt die Mühe zu überlegen, ob ich gehen sollte oder nicht? Ich wollte mich nicht mit Waterbury treffen, und ganz bestimmt wollte ich nicht, daß über mich geschrieben wird. Denn meine Arbeit interessiert mich jetzt nicht mehr; niemand kann mir mehr mit einem Lob Freude bereiten oder mit einem Verriß weh tun. Als ich den Roman über den Staatsbeamten begann, war ich noch interessiert, doch als Sarah mich verließ, begriff ich meine Arbeit als das, was sie war – eine so unwichtige Droge wie Zigaretten es sind, um einen durch die Wochen und Jahre zu bringen. Wenn wir ohnehin durch den Tod ausgelöscht werden, was ich noch immer zu glauben versuche, ist es dann sinnvoller, Bücher zu hinterlassen als Flaschen, Kleider oder billigen Schmuck? Und wenn Sarah recht hat: Wie unwichtig ist die Bedeutung der Kunst. Ich überlegte nur, denke ich, weil ich mich einsam fühlte. Ich hatte vor der Beerdigung nichts zu tun; ich wollte mich mit einem oder zwei Drinks wappnen (man mag zwar aufhören, sich für seine Arbeit zu interessieren, aber Konventionen gibt man nie auf, und ein Mann darf in der Öffentlichkeit nicht zusammenbrechen).

Waterbury erwartete mich in einer Sherry-Bar in der Nähe der Tottenham Court Road. Er trug dicke Cordsamthosen und rauchte billige Zigaretten, und er hatte ein Mädchen bei sich, das viel größer war als er und viel besser aussah, aber die gleichen Hosen trug und die gleichen Zigaretten rauchte. Sie war sehr jung, hieß Sylvia, und man sah ihr an, daß sie einen langen Studiengang vor sich hatte und Waterbury die erste Station war – sie war in dem Stadium, in dem sie ihren Lehrer nachahmte, ihm nacheiferte. Ich fragte mich, wo sie mit ihrem Aussehen, den wachen, gutherzigen Augen und dem Haar mit der Leuchtkraft eines Feuerwerks wohl enden würde? Würde sie sich in zehn Jahren an Waterbury und die Bar in der Nähe der Tottenham Court Road überhaupt noch erinnern? Er tat mir leid. Er war jetzt so stolz, so gönnerhaft gegen uns beide, doch er stand auf der Verliererseite. Nanu, dachte ich, über mein Glas hinweg ihren Blick einfangend, während er sich in einem besonders lächerlichen Kommentar über den Bewußtseinsstrom erging, schon jetzt kann ich sie ihm abspenstig machen. Seine Artikel waren in Papier gebunden, meine Bücher jedoch in Leinen. Sie wußte, daß sie von mir mehr lernen konnte. Und doch hatte der arme Teufel den Nerv, ihr über den Mund zu fahren, wenn sie ab und zu eine schlichte, nicht gerade intellektuelle Bemerkung einwarf. Ich wollte ihn vor der leeren Zukunft warnen, aber statt dessen nahm ich noch ein Glas und sagte: »Ich kann nicht lange bleiben. Muß zu einer Beerdigung nach Golders Green.«

»Zu einer Beerdigung in Golders Green!« rief Waterbury. »Ganz wie einer Ihrer Protagonisten. Es muß natürlich Golders Green sein, nicht wahr?«

»Ich habe den Platz nicht ausgesucht.«

»Das Leben imitiert die Kunst.«

»Jemand, der Ihnen nahesteht?« fragte Sylvia mitfühlend, und Waterbury funkelte sie wegen der Belanglosigkeit ihrer Frage wütend an.

»Ja.«

Ich sah ihr an, daß sie spekulierte – Mann? Frau? Freund oder Freundin? Was für ein Freund? Was für eine Freundin? –, und ich freute mich darüber. Denn ich war ein menschliches Wesen für sie, kein Autor: ein Mann, dessen Freunde starben und der zu ihren Beerdigungen ging, der Freude und Schmerz fühlte, der vielleicht sogar Trost brauchte, nicht nur ein Künstler, dessen Werke vielleicht sogar größeres Wohlwollen genießen als die von Mr. Maugham, obwohl wir sie natürlich nicht so hoch einordnen können wie ...

»Was halten Sie von E. M. Forster?« fragte Waterbury.

»Forster? Oh, tut mir leid, ich habe eben überlegt, wie lange ich nach Golders Green wohl brauche.«

»Mit vierzig Minuten müssen Sie rechnen«, sagte Sylvia. »Sie müssen auf einen Zug nach Edgware warten.«

»Forster«, wiederholte Waterbury gereizt.

»Am Bahnhof müssen Sie einen Bus nehmen«, sagte Sylvia.

»Also wirklich, Sylvia, Bendrix ist nicht hier, um darüber zu sprechen, wie man nach Golders Green gelangt.«

»Tut mir leid, Peter, ich dachte nur ...«

»Zähl bis sechs, ehe du denkst, Sylvia«, sagte Waterbury. »Können wir jetzt wieder zu E. M. Forster zurückkehren?«

»Müssen wir?« fragte ich.

»Es wäre interessant, da Sie beide so unterschiedlichen Schulen angehören.«

»Gehört er einer Schule an? Mir war nicht einmal bewußt, daß ich es tue. Schreiben Sie ein Lehrbuch?«

Sylvia lächelte, und er sah das Lächeln. Ich wußte, daß er von diesem Moment an die Waffen seines Handwerks wetzen würde, aber es berührte mich nicht. Gleichgültigkeit und Hochmut sehen sich sehr ähnlich, und er dachte vermutlich, ich sei hochmütig. Ich sage: »Ich muß jetzt gehen.«

»Aber Sie waren doch nur fünf Minuten hier. Es ist wirklich wichtig, daß der Artikel korrekt ist.«

»Für mich ist es wichtig, nicht zu spät nach Golders Green zu kommen.«

»Warum denn? Das verstehe ich nicht.«

Sylvia sagte: »Ich muß nach Hampstead, da kann ich Sie auf den richtigen Weg bringen.«

»Davon hast du mir nichts gesagt«, stellte Waterbury mißtrauisch fest.

»Du weißt doch, daß ich jeden Mittwoch meine Mutter besuche.«

»Heute ist Dienstag.«

»Dann brauch ich morgen nicht hin.«

»Das ist sehr nett von Ihnen«, sagte ich. »Ich würde mich über Ihre Begleitung freuen.«

»Sie haben in einem Ihrer Bücher den Bewußtseinsstrom verwendet«, sagte Waterbury mit verzweifelter Hast. »Warum haben Sie diese Methode wieder verworfen?«

»Oh, ich weiß nicht. Warum wechselt man eine Wohnung?«

»Hatten Sie das Gefühl, es sei ein Fehlschlag?«

»Das Gefühl habe ich bei allen meinen Büchern. Leben Sie wohl, Waterbury.«

»Ich schicke Ihnen eine Kopie des Artikels«, sagte er, es klang wie eine Drohung.

»Danke.«

»Komm nicht zu spät, Sylvia. Heute abend um halb sieben ist das Bartók-Programm im Dritten.«

Wir gingen miteinander durch den Schutt und die Trümmer der Tottenham Court Road. Ich sagte: »Danke, daß Sie die Party abgebrochen haben.«

»Oh, ich habe doch gemerkt, daß Sie loskommen wollten«, sagte sie.

»Wie heißen Sie mit Familiennamen?«

»Black.«

»Sylvia Black«, sagte ich, »eine gute Kombination. Beinahe zu gut.«

»Waren Sie eng befreundet?«

»Ja.«

»Eine Frau?«

»Ja.«

»Es tut mir leid«, sagte sie, und ich hatte den Eindruck, daß sie es ernst meinte. Sie mußte noch sehr viel lernen, über Bücher und Musik und wie man sich richtig anzog und richtig sprach, aber Menschlichkeit würde sie nie lernen müssen. Sie stieg mit mir in die überfüllte U-Bahn, und Seite an Seite hingen wir an den Haltegriffen. Als ich sie an mir spürte, erinnerte ich mich an das Begehren. Würde das jetzt immer so sein? Kein Begehren, nur die Erinnerung daran? An der Station Goodge Street drehte sie sich um, um neu Zugestiegenen Platz zu machen, und ich fühlte ihren Oberschenkel an meinem Bein wie man sich einer Sache bewußt wird, die vor langer Zeit geschehen war.

»Das ist die erste Beerdigung, zu der ich gehe«, sagte ich, um Konversation zu machen.

»Dann leben Ihre Eltern noch?«

»Mein Vater lebt noch. Meine Mutter starb, als ich im Internat war. Ich dachte, ich würde ein paar Tage Ferien bekommen, aber Vater war der Meinung, es würde mich zu sehr aufregen, also hatte ich gar nichts davon. Außer daß mir an dem Abend, an dem ich die Nachricht bekam, die gemeinsame Studierzeit erlassen wurde.«

»Ich würde nicht gern eingeäschert werden«, sagte sie.

»Wären Ihnen Würmer lieber?«

»Ja, ich glaube schon.«

Unsere Köpfe waren so nah beieinander, daß wir sprechen konnten, ohne die Stimme zu erheben, doch ansehen konnten wir uns wegen der drängelnden Leute nicht. Ich sagte: »Ob so oder so, mir wäre es egal.« Sofort fragte ich mich, warum ich mir die Mühe gemacht hatte zu lügen, denn es war mir *nicht* egal, es konnte mir nicht egal gewesen sein, denn ich war es doch, der Henry eine Erdbestattung ausgeredet hatte.

3

GESTERN NACHMITTAG hatte Henry geschwankt. Er hatte mich angerufen und gebeten, herüberzukommen. Es war seltsam, wie nah wir uns waren, seit Sarah tot war. Er war jetzt von mir so abhängig wie früher von Sarah – ich war etwas Vertrautes im Haus. Ich tat sogar so, als frage ich mich, ob er mich bitten würde, nach der Beerdigung zu ihm zu ziehen, und überlegte, welche Antwort ich ihm geben würde. Wenn es darum ging, sie zu vergessen, gab es zwischen den beiden Häusern keinen Unterschied: Sie hatte zu beiden gehört.

Als ich kam, war er von den Pillen noch immer benommen, sonst hätte ich größere Schwierigkeiten mit ihm gehabt. Im Arbeitszimmer saß stocksteif ein Priester auf der äußersten Kante eines Lehnsessels; ein Mann mit einem mürrischen, hageren Gesicht, vermutlich ein Redemptorist, der in der dunklen Kirche, in der ich Sarah zuletzt gesehen hatte, jeden Sonntag Hölle und Teufel heraufbeschwor. Er hatte Henry offenbar von Anfang an gegen sich aufgebracht, und das hatte geholfen.

»Das ist Mr. Bendrix, der Autor«, sagte Henry. »Pater Crompton. Mr. Bendrix war ein enger Freund meiner Frau.« Ich hatte den Eindruck, daß Pater Crompton das bereits wußte. Seine Nase zog sich durch sein Gesicht wie ein Strebepfeiler, und ich dachte: Vielleicht ist genau das der Mann, der Sarah die Tür der Hoffnung zugeschlagen hatte.

»Guten Tag«, sagte Pater Crompton so feindselig, daß ich das Gefühl hatte, Glocke und Kerze seien nicht weit.

»Mr. Bendrix hat mir bei den Formalitäten sehr geholfen«, erklärte Henry.

»Ich wäre gern bereit gewesen, Ihnen alles abzunehmen, wenn ich Bescheid gewußt hätte.«

Es hatte eine Zeit gegeben, in der ich Henry gehaßt hatte. Jetzt kam mir mein Haß klein und schäbig vor. Henry war genauso Opfer wie ich, und Sieger war dieser grimmige Mensch mit dem albernen Kragen. Ich sagte: »Das hätten Sie wohl kaum getan, denn Sie mißbilligen Feuerbestattungen.«

»Ich hätte ein katholisches Begräbnis arrangieren können.«

»Sie war keine Katholikin.«

»Sie hatte mir ihre Absicht erklärt, eine zu werden.«

»Genügt das schon, um sie zur Katholikin zu machen?«

Pater Crompton holte ein Formular aus der Tasche. Er legte es wie eine Banknote auf den Tisch. »Wenn jemand den Wunsch äußert, anerkennen wir das als Taufe.« Das

Papier lag zwischen uns und wartete darauf, aufgenommen zu werden. Keiner streckte die Hand danach aus. Pater Crompton sagte: »Es ist noch immer Zeit, Ihre Vorbereitungen abzusagen.« Er wiederholte: »Ich nehme Ihnen alles ab.« Wiederholte es in einem so mahnenden Ton, als spreche er zu Lady Macbeth und verspreche ihr eine bessere Möglichkeit, ihre Hände vom Blutgeruch zu reinigen, als alle Wohlgerüche Arabiens es konnten.

Henry sagte plötzlich: »Macht es denn wirklich einen so großen Unterschied? Natürlich, ich bin kein Katholik, Pater, doch ich sehe nicht ...«

»Sie wäre glücklicher gewesen ...«

»Aber warum?«

»Die Kirche bietet Privilegien, Mr. Miles, ebenso wie sie uns Verantwortung und Pflichten auferlegt. Wir lesen besondere Messen für unsere Verstorbenen. Es wird regelmäßig für sie gebetet. Wir denken an unsere Verstorbenen«, fügte er hinzu, und ich dachte zornig: Wie denkt ihr an sie? Eure Theorien sind richtig. Sie predigen die Bedeutung des Individuums. Jedes unserer Haare sei gezählt, sagen sie, aber ich kann ihr Haar auf meinem Handrücken fühlen. Ich kann mich an den dunklen Haarflaum am Ende ihrer Wirbelsäule erinnern, wenn sie in meinem Bett auf dem Bauch lag. Auch wir denken an unsere Verstorbenen, auf unsere Art.

Als ich Henry weich werden sah, log ich energisch. »Wir haben absolut keinen Anlaß zu glauben, daß sie katholisch werden wollte.«

Henry begann: »Natürlich hat die Pflegerin gesagt ...«

Aber ich fiel ihm ins Wort: »Sie hat zum Schluß deliriert.«

Pater Crompton sagte: »Ohne ernsthaften Grund hätte ich nicht einmal im Traum daran gedacht, Sie zu belästigen, Mr. Miles.«

»Ich habe von Mrs. Miles einen Brief bekommen, den sie eine knappe Woche vor ihrem Tod geschrieben hat«, sagte ich. »Wann haben Sie sie zuletzt gesehen?«

»Ungefähr um die gleiche Zeit, vor fünf oder sechs Tagen.«

»Es kommt mir sehr seltsam vor, daß sie das Thema in ihrem Brief nicht einmal erwähnt hat.«

»Vielleicht, Mr. ..., Mr. Bendrix, hatten Sie nicht ihr Vertrauen.«

»Vielleicht, Pater, ziehen Sie ein bißchen zu voreilige Schlüsse. Leute können sich für Ihren Glauben interessieren, Fragen stellen, ohne gleich katholisch werden zu wollen.« Zu Henry gewandt, fuhr ich schnell fort: »Es wäre absurd, jetzt alles zu ändern. Sie haben alles in die Wege geleitet. Freunde sind eingeladen. Sarah war nie fanatisch. Sie wäre die letzte, die Unannehmlichkeiten haben wollte, wegen einer Laune. Schließlich«, sagte ich, den Blick fest auf Henry gerichtet, »wird es eine absolut christliche Zeremonie sein. Dabei war Sarah nicht einmal Christin. Es gab jedenfalls keine Anzeichen dafür. Aber Sie könnten Pfarrer Crompton trotzdem Geld für eine Messe geben.«

»Das ist nicht nötig. Ich habe heute morgen eine gelesen.« Er bewegte die Hände leicht auf seinen Knien, das erstemal, daß seine Starre sich löste. Es war, als wanke eine starke Mauer und neige sich, nachdem eine Bombe gefallen war. »Ich werde jeden Tag an sie denken, wenn ich die Messe lese«, sagte er.

Henry sagte erleichtert, als sei damit alles erledigt: »Das ist sehr gütig von Ihnen, Pater«, und griff nach einem Zigarettenkästchen.

»Es kommt mir merkwürdig und impertinent vor, Ihnen das zu sagen, Mr. Miles, aber ich denke, Ihnen ist nicht klar, was für ein guter Mensch Ihre Frau war.«

»Sie war alles für mich«, sagte Henry.

»Sehr viele Menschen haben sie geliebt«, sagte ich.

Pfarrer Crompton sah mich an wie ein Schulmeister, der während des Unterrichts von einem frechen Lümmel aus der letzten Bank einen Zwischenruf hört.

»Vielleicht nicht genug«, sagte er.

»Nun«, sagte ich, »um wieder auf das zurückzukommen, wovon wir sprechen. Ich glaube nicht, daß wir jetzt noch etwas ändern können, Pater. Es gäbe auch zuviel Gerede. Das hätten Sie doch nicht gern, nicht wahr, Henry?«

»Nein. O nein!«

»Da ist die Anzeige in der *Times*. Wir müßten eine Berichtigung hineinsetzen lassen. So etwas fällt den Leuten auf. Sie würden sich fragen, warum. Schließlich sind Sie kein Unbekannter, Henry. Dann würde man Telegramme verschicken müssen. Viele Leute haben bestimmt schon Kränze ans Krematorium liefern lassen. Sie verstehen, was ich meine, Pater?«

»Das könnte ich nicht behaupten.«

»Ihre Bitte ist unvernünftig.«

»Sie scheinen merkwürdige Wertbegriffe zu haben, Mr. Bendrix.«

»Aber Sie glauben doch nicht etwa, daß eine Feuerbestattung die Auferstehung des Fleisches verhindert, Pater?«

»Natürlich nicht. Ich habe Ihnen meine Gründe bereits dargelegt. Wenn sie Ihnen nicht ausreichend erscheinen, gibt es nichts mehr zu sagen, Mr. Miles.« Er erhob sich vom Sessel, und was für ein häßlicher Mensch er war. Solange er saß, wirkte er zumindest kraftvoll, aber seine Beine waren zu kurz für seinen Körper, und wenn er stand war er unerwartet klein. Es war, als habe er sich plötzlich weit entfernt.

Henry sagte: »Wenn Sie ein bißchen früher gekommen wären, Pater. Bitte denken Sie nicht ...«

»Ich denke nichts Falsches von Ihnen, Mr. Miles.«

»Von mir vielleicht?« fragte ich absichtlich unverschämt.

»Nur keine Sorge, Mr. Bendrix. Nichts, was Sie tun, kann sie jetzt noch berühren.« Ich vermute, die Beichte lehrt einen Mann, Haß zu erkennen. Er reichte Henry die Hand und kehrte mir den Rücken. Ich hätte gern zu ihm gesagt: »Sie irren sich. Es ist nicht Sarah, die ich hasse. Und Sie sehen auch Henry falsch. Er ist der Verführer, nicht ich.« Ich wollte mich verteidigen: »Ich habe sie geliebt«, denn gewiß lernen sie bei der Beichte auch, dieses Gefühl zu erkennen.

4

Die nächste Station ist Hampstead«, sagte Sylvia. »Müssen Sie aussteigen, um Ihre Mutter zu besuchen?«

»Ich könnte mit Ihnen bis Golders Green fahren und Ihnen den Weg zeigen. Dienstags besuche ich sie eigentlich nie.«

»Es wäre ein Akt der Nächstenliebe«, sagte ich.

»Ich denke, Sie werden ein Taxi nehmen müssen, wenn Sie pünktlich sein wollen.«

»Ich denke, es macht nichts, wenn man den Anfang versäumt.«

Sie begleitete mich auf den Vorplatz des U-Bahnhofs und wollte dann zurückgehen. Es kam mir merkwürdig vor, daß sie sich so viel Mühe gemacht hatte. Ich war mir nie bewußt gewesen, daß ich Eigenschaften haben könnte, die eine Frau sympathisch oder liebenswert finden konnte, und jetzt noch weniger denn je. Kummer und

Enttäuschung sind wie Haß: Sie machen die Menschen in ihrem Selbstmitleid mit ihrer Bitterkeit häßlich. Und wie selbstsüchtig machen sie uns auch. Ich hatte Sylvia nichts zu geben. Ich würde nie einer ihrer Lehrer sein, doch weil ich mich vor der nächsten halben Stunde fürchtete, vor den Gesichtern, die meiner Einsamkeit nachspionieren und versuchen würden, aus meinem Verhalten zu ergründen, in welcher Beziehung ich zu Sarah gestanden, wer wen verlassen hatte, brauchte ich ihre Schönheit als Stütze.

»Aber so angezogen kann ich doch nicht mitkommen«, protestierte sie, als ich sie bat, mich zu begleiten. Ich merkte jedoch, wie sehr sie sich freute, daß ich sie bei mir haben wollte. Ich wußte, ich hätte sie Waterbury an Ort und Stelle wegnehmen können. Seine Sanduhr war schon abgelaufen. Wenn ich wollte, konnte er sich Bartók allein anhören.

»Wir bleiben ganz hinten stehen«, sagte ich. »Sie könnten doch einfach eine Fremde sein, die spazierengeht.«

»Wenigstens ist sie schwarz«, sagte sie und meinte ihre Hose. Im Taxi legte ich ihr die Hand auf den Oberschenkel wie ein Versprechen, hatte aber nicht die Absicht, dieses Versprechen zu halten. Aus dem Turm des Krematoriums stieg Rauch auf, und das Wasser bildete halb gefrorene Pfützen auf den gekiesten Wegen. Viele Leute kamen vorbei – von einer vorhergehenden Feuerbestattung, vermutete ich. Energisch und vergnügt wie Leute, die eine langweilige Party verlassen haben und jetzt »weitermachen« können.

»Wir müssen hier hinüber«, sagte Sylvia.

»Sie scheinen sich gut auszukennen.«

»Mein Vater wurde vor zwei Jahren hier verbrannt.«

Als wir die Kapelle erreichten, kamen schon alle heraus. Waterburys Fragen nach dem Bewußtseinsstrom hatten mich zu lange aufgehalten. Ich fühlte einen merkwürdig konventionellen Schmerz wie einen leichten Stich – jetzt hatte ich doch Sarahs letzten Weg nicht mehr gesehen, und ich dachte dumpf: Es war also ihr Rauch, der über die Vorstadtgärten wehte. Henry kam wie blind heraus – und allein. Er hatte geweint und sah mich nicht. Ich kannte sonst niemanden, außer Sir William Mallock, der einen Zylinder trug. Er warf mir einen mißbilligenden Blick zu und eilte weiter. Etwa ein halbes Dutzend Männer mit dem Gehabe von Staatsbeamten war da. War Dunstan auch gekommen? Es war nicht sehr wichtig. Ein paar Frauen hatten ihre Ehemänner begleitet. Sie zumindest waren mit der Zeremonie zufrieden – man konnte es fast ihren Hüten ansehen. Seit es Sarah nicht mehr gab, fühlte sich jede Ehefrau sicherer.

»Es tut mir leid«, sagte Sylvia.

»Es war nicht Ihre Schuld.«

Ich dachte: Hätten wir sie einbalsamieren können, hätten sie nie sicher sein können. Sogar ihr toter Körper wäre ein Maßstab gewesen, nach dem sie beurteilt worden wären.

Smythe kam heraus und stapfte schnell durch die Pfützen davon, er sprach mit niemandem. Ich hörte eine Frau sagen: »Die Carters haben uns für das Wochenende am Zehnten eingeladen.«

»Soll ich gehen?« fragte Sylvia.

Ich trat an die Tür der Kapelle und schaute hinein. Die Gleitschiene zum Verbrennungsofen war im Moment leer, aber als die alten Kränze hinausgetragen wurden, trug man gleichzeitig neue herein. Eine ältere Frau lag unpassenderweise vor dem Geländer betend auf den Knien wie eine Schauspielerin aus einer anderen Szene, die ertappt wurde, als unerwartet der Vorhang aufging. Eine bekannte Stimme hinter mir sagte: »Ein trauriger Anlaß und dennoch eine Freude, Sie hier zu sehen, Sir, wo Vergangenes für immer vergangen ist.«

»Sie sind gekommen, Parkis!« rief ich.

»Ich habe die Anzeige in der *Times* gesehen, Sir, und habe Mr. Savage gebeten, mir heute nachmittag freizugeben.«

»Folgen Sie immer Ihren Leuten bis hierher?«

»Sie war eine so feine Lady, Sir«, sagte er vorwurfsvoll. »Einmal hat sie mich auf der Straße nach dem Weg gefragt, natürlich ohne zu wissen, warum ich da war. Und bei der Cocktailpary hat sie mir ein Glas Sherry gereicht.«

»Südafrikanischen Sherry?« fragte ich unglücklich.

»Keine Ahnung, Sir, aber wie sie es getan hat – oh, es hat nicht viele gegeben, die waren wie sie. Auch mein Junge ... Er spricht oft von ihr.«

»Wie geht es Ihrem Jungen, Parkis?«

»Nicht gut, Sir. Gar nicht gut. Heftige Magenschmerzen.«

»Waren Sie beim Arzt?«

»Noch nicht, Sir. Ich bin dafür, die Dinge der Natur zu überlassen. Bis zu einem gewissen Punkt.«

Ich schaute mich unter der Gruppe von Fremden um, die Sarah alle gekannt hatten. Ich sagte: »Wer sind diese Leute, Parkis?«

»Die junge Dame kenne ich nicht, Sir.«

»Sie ist mit mir gekommen.«

»Verzeihung. Sir William Mallock ist der dort vorn, Sir.«

»Ihn kenne ich.«

»Der Gentleman, der eben der Pfütze ausgewichen ist, Sir, ist der Chef von Mr. Miles' Ministerium.«

»Dunstan?«

»So heißt er, Sir.«

»Sie wissen aber eine Menge, Parkis.« Ich hatte gedacht, meine Eifersucht sei tot. Ich hatte geglaubt, ich wäre bereit, sie mit einer ganzen Welt von Männern zu teilen, wenn sie nur wieder am Leben wäre, aber der Anblick von Dunstan weckte sekundenlang den alten Haß in mir. »Sylvia«, rief ich, als könnte Sarah mich hören, »sind Sie heute abend zum Essen verabredet?«

»Ich habe Peter versprochen ...«

»Peter?«

»Waterbury.«

»Vergessen Sie ihn.«

Bist du da? fragte ich Sarah. Beobachtest du mich? Schau doch, wie gut ich ohne dich leben kann. Es ist gar nicht so schwierig, sagte ich zu ihr. Mein Haß konnte glauben, daß sie noch lebte; es war nur meine Liebe, die wußte, daß genausowenig Leben in ihr war wie in einem toten Vogel.

Neue Trauergäste versammelten sich, und die Frau am Geländer erhob sich verwirrt beim Anblick der Fremden, die hereinströmten. Beinahe wäre sie bei einer falschen Feuerbestattung ertappt worden.

»Ich könnte ja telefonieren.«

Haß lag wie Langeweile über dem bevorstehenden Abend. Ich hatte mich festgelegt: Ohne Liebe würde ich die Gesten der Liebe ausführen müssen. Ich fühlte die Schuld, ehe ich das Verbrechen begangen hatte, das Verbrechen, eine Unschuldige in mein Chaos zu ziehen. Der Sexualakt mag vielleicht ein Nichts sein, aber wenn man in mein Alter kommt, begreift man, daß er sich jederzeit in alles verwandeln kann. Ich war nicht gefährdet, doch wer konnte sagen, welche Neurose ich in diesem Kind wecken mochte? Am Ende des Abends würde ich sie plump und ungeschickt lieben, und meine Plumpheit, sogar meine Impotenz, falls ich mich als impotent erwies, könnten es bewirken, oder ich konnte den erfahrenen Liebhaber mimen, und meine Erfahrung würde sie vielleicht an mich binden. Ich flehte Sarah an: Hol mich hier weg, hol mich hier weg, um ihret-, nicht um meinetwillen.

Sylvia sagte: »Ich könnte ihm vorschwindeln, meine Mutter sei krank.« Sie war bereit zu lügen. Das war Waterburys Ende. Armer Waterbury. Mit dieser ersten Lüge würden wir zu Komplizen werden. Da stand sie in der schwarzen Hose inmitten gefrorener Pfützen, und ich dachte: Hier beginnt vielleicht eine ganze lange Zukunft. Ich flehte Sarah an: Hol mich weg! Ich will nicht wieder von vorn anfangen und sie verletzen. Ich bin unfähig zur Liebe. Außer bei dir, außer bei dir, und die graue alte Frau schwankte, das dünne Eis sprengend, auf mich zu. »Sind Sie Mr. Bendrix?« fragte sie.

»Ja.«

»Sarah hat es mir erzählt«, begann sie, und während sie zögerte, weiterzusprechen, überkam mich die wilde Hoffnung, daß sie mir eine Botschaft zu überbringen hatte. »Sie waren ihr bester Freund – sie hat es mir oft gesagt.«

»Einer von mehreren.«

»Ich bin ihre Mutter.« Ich hatte nicht einmal gewußt, daß ihre Mutter noch lebte. Wir hatten immer so viel miteinander zu reden gehabt, daß ganze weite Gebiete in unser beider Leben leer geblieben waren wie auf alten Landkarten, die später erst ausgefüllt werden sollten.

Sie sagte: »Sie haben nichts von mir gewußt, nicht wahr?«

»Tatsächlich ...«

»Henry hat mich nicht gemocht. Das machte es ziemlich ungemütlich, also bin ich weggeblieben.« Sie sprach ruhig und vernünftig, und dabei flossen ihr Tränen aus den Augen. Die Männer und ihre Frauen waren alle gegangen. Die Fremden wichen unserer Dreiergruppe aus und strebten in die Kapelle. Nur Parkis stand noch herum, vermutlich weil er dachte, er könne sich mir weiterhin nützlich erweisen, indem er zusätzliche Informationen sammelte, doch er hielt Abstand, denn er kannte, wie er gesagt hätte, seinen Platz.

»Ich möchte Sie um einen großen Gefallen bitten«, sagte Sarahs Mutter. Ich bemühte mich, mich an ihren Namen zu erinnern – Cameron, Chandler, er fing mit C an. »Ich bin heute in so großer Eile von Great Missenden herübergekommen ...« Sie wischte sich die Tränen so gleichgültig aus den Augen, als benutze sie einen Waschlappen. Bertram, dachte ich, ja, der Name war Bertram.

»Ja, Mrs. Bertram«, sagte ich.

»Und ich habe vergessen, das Geld in die schwarze Handtasche zu tun.«

»Alles, was ich für Sie tun kann ...«

»Wenn Sie mir ein Pfund leihen würden, Mr. Bendrix. Wissen Sie, ich muß auch noch etwas essen, bevor ich fahre. Die Läden in Great Missenden schließen heute früh«, und sie wischte sich, während sie sprach, wieder über die Augen. Etwas an ihr erinnerte mich an Sarah: ihre Sachlichkeit trotz ihres Kummers, vielleicht eine gewisse Vielschichtigkeit. Hatte sie Henry einmal zu oft angeschnorrt? Ich sagte: »Nehmen Sie ein frühes Abendessen mit mir.«

»Ich möchte Ihnen nicht lästig fallen.«

»Ich habe Sarah geliebt«, sagte ich.

»Ich auch.«

Ich ging zu Sylvia zurück und sagte: »Das ist ihre Mutter. Ich muß mit ihr zum Essen gehen. Es tut mir leid. Kann ich Sie anrufen und mich für ein andermal mit Ihnen verabreden?«

»Selbstverständlich.«

»Stehen Sie im Telefonbuch?«

»Waterbury steht drin«, sagte sie trübsinnig.

»Nächste Woche.«

»Ich freue mich.« Sie streckte die Hand aus und sagte: »Auf Wiedersehen.« Ich sah ihr an, daß sie wußte, dies war einer jener Augenblicke, bei denen es hieß: jetzt oder nie. Der Augenblick war verpaßt. Gott sei Dank war es nicht wichtig – ein leichtes Bedauern und leichte Neugier bis zur U-Bahnstation; eine ärgerliche Bemerkung zu Waterbury über den Bartók. Als ich mich zu Mrs. Bertram umdrehte, sprach ich wieder mit Sarah: Du siehst, ich liebe dich. Aber Liebe besaß nicht dieselbe Überzeugungskraft wie der Haß, um gehört zu werden.

Als wir uns dem Tor des Krematoriums näherten, merkte ich, daß Parkis verschwunden war. Ich hatte nicht gesehen, daß er ging. Er mußte begriffen haben, daß ich ihn jetzt nicht mehr brauchte.

Mrs. Bertram und ich aßen im *Isola Bella*. Ich wollte nicht irgendwohin gehen, wo ich mit Sarah gewesen war, und natürlich begann ich, dieses Restaurant mit all den anderen zu vergleichen, die ich mit ihr besucht hatte. Sarah und ich tranken nie Chianti, und jetzt erinnerte mich der Akt des Trinkens an *diese* Tatsache. Ich konnte genausogut »unseren« roten Bordeaux bestellen, mehr als ich es tat, hätte ich ohnehin nicht an sie denken können. Selbst die Leere war von ihr erfüllt.

»Mir hat die Messe nicht gefallen«, sagte Mrs. Bertram.

»Das tut mir leid.«

»Sie war so inhuman. Wie vom Fließband.«

»Mir schien sie ganz passend. Es wurde schließlich auch gebetet.«

»Dieser Geistliche – war das ein Geistlicher?«

»Ich habe ihn nicht gesehen.«

»Er hat über das Große All gesprochen. Ich habe ihn

lange nicht verstanden. Ich dachte, daß er der Große Alk sagte.« Sie fing an, in ihre Suppe zu weinen. Sie sagte: »Um ein Haar hätte ich gelacht, und Henry hat es gesehen. Ich habe gemerkt, daß er sofort mein Konto damit belastet hat.«

»Sie haben sich nicht mit ihm verstanden?«

»Er ist ein Geizkragen – in jeder Beziehung«, sagte sie. Sie trocknete sich die Augen mit ihrer Serviette und klapperte dann laut mit dem Löffel in ihrem Teller, rührte die Nudeln um. »Ich mußte mir einmal zehn Pfund von ihm leihen, weil ich für ein paar Tage nach London gekommen war und meine Handtasche vergessen hatte. Das kann jedem passieren.«

»Selbstverständlich.«

»Ich bin immer sehr stolz darauf, daß ich nirgendwo auf der Welt Schulden habe.«

Ihre Unterhaltung glich dem U-Bahn-System, sie bewegte sich in Kreisen und Schleifen. Beim Kaffee fing ich an, die wiederkehrenden Stationen zu erkennen: Henrys Geiz, ihre finanzielle Unabhängigkeit, ihre Liebe zu Sarah, ihre Unzufriedenheit mit dem Trauergottesdienst, das Große All – von dort fuhren bestimmte Züge weiter zu Henry.

»Es war so komisch«, sagte sie, »ich wollte nicht lachen. Niemand hat Sarah mehr geliebt als ich.« Wie wir das doch alle immer wieder behaupten und verärgert sind, wenn jemand anders es sagt. »Aber das versteht Henry nicht. Er ist ein kalter Mann.«

Ich bemühte mich, auf ein anderes Thema zu kommen. »Ich wüßte nicht, was für eine andere Messe wir hätten haben können.«

»Sarah war Katholikin«, sagte sie. Sie nahm ihr Glas Port und leerte es mit einem einzigen Schluck bis zur Hälfte.

»Unsinn«, sagte ich.

»Oh«, sagte Mrs. Bertram, »sie wußte es selbst nicht.«

Plötzlich fühlte ich eine unerklärliche Angst, wie ein Mann, der das perfekte Verbrechen begangen hat und zusieht, wie sich plötzlich der erste Riß in der Mauer seines Betrugs zeigt. Wie tief reicht der Riß? Kann er noch rechtzeitig gestopft werden?

»Ich verstehe kein Wort von dem, was Sie sagen.«

»Sarah hat Ihnen nie erzählt, daß sie Katholikin war – früher einmal?«

»Nein.«

»Ich selbst war keine besonders gute. Mein Mann hat die ganze Sache gehaßt, wissen Sie? Ich war seine dritte Frau, und wenn ich mich im ersten Jahr über ihn ärgerte, habe ich immer gesagt, wir sind ja gar nicht richtig verheiratet. Er war ein Geizkragen«, fügte sie mechanisch hinzu.

»Nur weil Sie Katholikin sind, war Sarah nicht zwangsläufig auch eine.«

Sie trank noch einen Schluck Port. Sie sagte: »Weil ich noch mit keiner Menschenseele darüber gesprochen habe. Ich denke, ich bin ein bißchen beschwipst. Finden Sie, daß ich beschwipst bin, Mr. Bendrix?«

»Natürlich nicht. Trinken Sie noch einen Port.«

Während wir darauf warteten, versuchte sie, vom Thema abzulenken und von etwas anderem zu reden, doch ich brachte sie unbarmherzig auf das alte Thema zurück. »Wie haben Sie das gemeint – Sarah war katholisch?«

»Versprechen Sie mir, daß Sie es Henry nicht sagen.«

»Ich verspreche es.«

»Einmal waren wir auf dem Kontinent, in der Normandie. Sarah war gerade zwei Jahre alt geworden. Mein Mann fuhr oft nach Deauville. Sagte er. Aber ich wußte, daß er sich mit seiner ersten Frau traf. Das machte mich schrecklich wütend, und ich nahm Sarah zu einem langen Strandspaziergang mit. Sie wollte sich immer hinsetzen, aber ich ließ sie nur ausruhen, und dann gingen wir ein Stückchen weiter. Ich sagte: ›Das ist ein Geheimnis zwischen dir und mir, Sarah.‹ Schon damals konnte sie ein Geheimnis bei sich behalten – wenn sie wollte. Ich hatte schreckliche Angst, das kann ich Ihnen sagen, aber es war eine gute Revanche, finden Sie nicht?«

»Revanche? Ich verstehe Sie nicht besonders gut, Mrs. Bertram.«

»An meinem Mann, natürlich. Es war nicht nur wegen seiner ersten Frau. Er wollte nicht dulden, daß ich Katholikin war, das habe ich Ihnen doch erzählt, oder? Was hat er mir für Szenen gemacht, wenn ich zum Gottesdienst gehen wollte. Also dachte ich, Sarah soll Katholikin werden, und er wird es nicht wissen, und ich werde es ihm nicht sagen, außer wenn ich richtig wütend bin.«

»Und haben Sie es ihm gesagt?«

»Er hat mich ein Jahr später verlassen.«

»Und Sie konnten wieder als Katholikin leben?«

»Oh, nun ja, ich war nicht besonders gläubig, wissen Sie? Und dann habe ich einen Juden geheiratet, und auch er war schwierig. Es heißt immer, Juden seien so schrecklich großzügig. Glauben Sie das ja nicht. Oh, was war das nur für ein geiziger Mensch!«

»Aber was ist damals am Strand passiert?«

»Nicht am Strand – natürlich nicht. Ich habe nur gemeint, daß wir dort entlanggingen. Ich ließ Sarah an der Tür stehen und machte mich auf die Suche nach dem Priester. Dem mußte ich ein paar Lügen auftischen – harmlose Lügen –, um alles zu erklären. Schob natürlich alles auf meinen Mann. Ich sagte, daß er es vor der Hochzeit versprochen und dann das Versprechen gebrochen hätte.

Es half mir viel, daß ich nicht richtig Französisch konnte. Es klingt furchtbar ehrlich, wenn man die richtigen Worte nicht kennt. Jedenfalls hat er es auf der Stelle getan. Auf dem Rückweg haben wir den Bus genommen und waren rechtzeitig zum Lunch zurück.«

»Was hat er getan?«

»Er hat sie katholisch getauft.«

»Ist das alles?« fragte ich erleichtert.

»Nun – es ist ein Sakrament – sagen sie jedenfalls.«

»Ich habe schon gedacht, Sie meinen, Sarah sei eine richtige Katholikin gewesen.«

»Nun, das war sie auch, nur hat sie es nicht gewußt. Ich wünschte, Henry hätte sie anständig begraben«, sagte Mrs. Bertram, und wieder quetschte sie ein paar Tränen hervor.

»Sie können es ihm nicht übelnehmen, wenn nicht einmal Sarah es wußte.«

»Ich habe mir immer gewünscht, es würde in ihr ›wirken‹. Wie eine Impfung.«

»Es scheint in Ihnen nicht besonders ›gewirkt‹ zu haben.« Ich konnte mir die Worte einfach nicht verbeißen, doch sie war nicht gekränkt. »Oh«, sagte sie, »das Leben hat mich oft in Versuchung geführt, ich erwarte, daß die Dinge am Ende ins Lot kommen. Sarah hatte große Geduld mit mir. Sie war ein braves Mädchen. Niemand wußte sie so zu schätzen wie ich.« Sie nahm wieder einen Schluck Port. »Wenn Sie sie nur richtig gekannt hätten. Wenn sie nur richtig erzogen worden wäre, wenn ich nicht immer so geizige Männer geheiratet hätte, hätte sie eine Heilige sein können, das glaube ich wirklich.«

»Aber es hat eben nicht gewirkt«, sagte ich heftig und bat den Ober um die Rechnung. Eine Schwinge jener Graugänse, die über unsere künftigen Gräber fliegen, hatte kalt meinen Rücken gestreift, oder vielleicht hatte ich mich auch im eisigen Park des Krematoriums erkältet. Wäre es nur eine tödliche Erkältung gewesen wie bei Sarah.

Es hat nicht gewirkt, wiederholte ich mir auf der ganzen Rückfahrt in der U-Bahn, nachdem ich Mrs. Bertram an der Marylebone Station abgesetzt und ihr vorher noch drei Pfund geliehen hatte, denn »morgen ist Mittwoch, und ich muß zu Hause bleiben, weil die Putzfrau kommt«. Arme Sarah – was in ihr »gewirkt« hatte, war diese Kette von Ehemännern und Stiefvätern gewesen. Ihre Mutter hatte ihr nachdrücklich vorgelebt, daß ein Mann für ein ganzes Leben nicht ausreichte, aber sie hatte die Scheingründe der Ehen ihrer Mutter durchschaut. Als sie Henry geheiratet hatte, war es für immer gewesen, das wußte ich.

Doch dieses Wissen hatte nichts mit der heimlichen Zeremonie in Strandnähe zu tun. Du warst es nicht, der in ihr »gewirkt« hat, sagte ich zu dem Gott, an den ich nicht glaubte, diesem imaginären Gott, der mir das Leben rettete, wie Sarah dachte (zu welchem erkennbaren Zweck?), und der sogar in seiner Nichtexistenz das einzige tiefe Glück zerstörte, das ich je erlebte. O nein, Du warst es nicht, der gewirkt hat, denn das wäre Magie gewesen, und an Magie glaube ich sogar noch weniger als an Dich: Magie, das sind Dein Kreuz, Deine Auferstehung des Fleisches, Deine heilige katholische Kirche, Deine Gemeinschaft der Heiligen.

Ich lag auf dem Rücken im Bett und beobachtete, wie die Schatten der Bäume des Gemeindeangers über meine Zimmerdecke wanderten. Es ist nur ein Zufall, dachte ich, ein schrecklicher Zufall, der sie am Ende zu Dir zurückgebracht hätte. Du kannst ein zweijähriges Kind mit einem bißchen Wasser und einem Gebet nicht für sein Leben brandmarken. Wenn ich das glaubte, könnte ich an den Leib und das Blut glauben. Dir hat sie in all den Jahren nie gehört: Sie war mein. Am Ende hast Du gewonnen. Daran brauchst Du mich nicht zu erinnern, aber sie hat mich nicht mit Dir betrogen, wenn sie hier bei mir lag, auf diesem Bett, mit diesem Kissen hinter dem Rücken. Wenn sie schlief, war ich bei ihr, nicht Du. Ich war es, der in sie eindrang, nicht Du.

Allles Licht ging aus, Dunkelheit hing über dem Bett, und ich träumte, daß ich auf einem Jahrmarkt war und ein Gewehr in der Hand hielt. Ich schoß auf Flaschen, die aussahen, als seien sie aus Glas, aber meine Kugeln prallten von ihnen ab, als wären sie aus Stahl. Ich schoß und schoß und konnte keine einzige Flasche zerschießen, und um fünf Uhr morgens erwachte ich mit haargenau demselben Gedanken: In diesen Jahren hast du mir gehört, nicht Ihm.

5

Es war ein makabrer Scherz von mir gewesen, als ich gedacht hatte, Henry könnte mich bitten, zu ihm zu ziehen. Ich hatte das Angebot nicht wirklich erwartet, und als es kam, war ich überrascht. Schon sein Besuch eine Woche nach der Beerdigung war eine Überraschung. Er war noch nie bei mir gewesen. Ich bezweifle, daß er der Südseite jemals näher gekommen war als an dem Regenabend, an dem ich ihn auf dem Gemeindeanger getroffen hatte. Ich hörte meine Klingel und schaute aus dem Fenster, weil ich keine Besucher sehen wollte – ich hatte das Gefühl, es könnten Waterbury und Sylvia sein. Das Licht der Laterne neben der Platane auf dem Gehsteig fiel auf Henrys schwarzen Hut. Ich ging hinunter und öffnete ihm. »Ich bin zufällig hier vorbeigekommen«, log er.

»Kommen Sie rein.«

Er stand da und zitterte fast vor Aufregung und Verlegenheit, während ich meine Getränke aus einem Schrank holte. Er sagte: »Sie scheinen sich für General Gordon zu interessieren.«

»Ich soll seine Biographie schreiben.«

»Werden Sie's tun?«

»Ich glaube schon. Mir ist derzeit nicht sehr nach Arbeit zumute.«

»Mir geht es genauso«, sagte Henry.

»Tagt die *Royal Commission* noch immer?«

»Ja.«

»Da haben Sie wenigstens etwas, womit sich Ihre Gedanken beschäftigen können.«

»Wirklich? O ja, ja doch. Bis zur Lunchpause.«

»Auf jeden Fall ist es eine wichtige Arbeit. Hier ist Ihr Sherry.«

»Sie wird bei keiner einzigen Menschenseele etwas bewirken.«

Was für einen weiten Weg hatte Henry doch zurückgelegt seit dem selbstgefälligen Photo im *Tatler*, über das ich mich so geärgert hatte. Eine von einem Schnappschuß vergrößerte gerahmte Photographie von Sarah lag mit der Rückseite nach oben auf meinem Schreibtisch. Er drehte sie um. »Ich weiß noch, wann ich das gemacht habe«, sagte er. Sarah hatte mir erzählt, eine Freundin habe sie photographiert. Ich nehme an, sie hatte gelogen, um meine Gefühle zu schonen. Auf dem Bild sah sie jünger und glücklicher, aber nicht schöner aus als in den Jahren, in denen ich sie gekannt hatte. Ich wünschte, mir wäre es gelungen, sie so aussehen zu lassen, doch es ist das Schicksal eines Liebhabers, zu beobachten, wie das Unglück seine Geliebte wie eine sich verhärtende Gußform umschließt. Henry sagte: »Ich habe den Hanswurst gespielt, um sie zum Lachen zu bringen. Ist General Gordon ein interessanter Charakter?«

»In mancher Beziehung.«

Henry sagte: »Man fühlt sich in diesen Tagen so sonderbar im Haus. Ich versuche, mich so selten wie möglich dort aufzuhalten. Hätten Sie Zeit, im Club mit mir zu Abend zu essen?«

»Ich habe eine Menge aufzuarbeiten.«

Er sah sich im Zimmer um. »Viel Platz für Ihre Bücher haben Sie hier nicht.«

»Nein. Ich muß einige unter dem Bett aufbewahren.«

Er nahm eine Zeitschrift zur Hand, die Waterbury mir vor dem Interview geschickt hatte, damit ich mir ein Bild von seiner Arbeit machen konnte, und sagte: »In meinem Haus wäre Platz genug. Sie könnten praktisch eine eigene Wohnung haben.« Ich war zu erstaunt, um zu antworten. In der Zeitschrift blätternd, als sei er im Grunde an seinem eigenen Vorschlag nicht interessiert, fuhr er hastig fort: »Überlegen Sie sich's. Sie müssen sich nicht jetzt entscheiden.«

»Das ist sehr anständig von Ihnen, Henry.«

»Sie würden mir einen Gefallen tun, Bendrix.«

Ich dachte: Warum nicht? Schriftsteller gelten als unkonventionell. Bin *ich* denn konventioneller als ein höherer Staatsbeamter?

»Gestern nacht«, sagte Henry, »habe ich von uns allen geträumt.«

»Ja?«

»Ich weiß nicht mehr viel. Wir haben zusammen getrunken. Wir waren glücklich. Als ich aufwachte, war sie nicht tot.«

»Ich träume jetzt nicht von ihr.«

»Ich wünschte, wir hätten dem Geistlichen seinen Willen gelassen.«

»Es wäre absurd gewesen, Henry. Sie war nicht mehr Katholikin als Sie und ich.«

»Glauben Sie an das ewige Leben, Bendrix?«

»Wenn Sie an ein persönliches ewiges Leben denken – nein.«

»Man kann es nicht widerlegen, Bendrix.«

»Es ist fast unmöglich, irgend etwas zu widerlegen. Ich schreibe eine Story. Wie können Sie beweisen, daß es die Ereignisse, die ich schildere, nie gegeben hat, die Protagonisten nicht echt sind? Hören Sie. Heute habe ich auf dem Gemeindeanger einen Mann mit drei Beinen getroffen.«

»Wie schrecklich«, sagte Henry. »Eine Mißgeburt?«

»Und sie waren mit Fischschuppen bedeckt.«

»Sie scherzen.«

»Beweisen Sie das, Henry. Sie können meine Story genausowenig widerlegen, wie Sie Gott widerlegen können. Doch ich weiß eben, daß Er eine Lüge ist, genauso wie Sie wissen, daß meine Story eine Lüge ist.«

»Es gibt natürlich Argumente.«

»Oh, ich könnte ein philosophisches Argument für meine Geschichte erfinden, die – wage ich einmal zu behaupten – auf Aristoteles zurückgeht.«

Henry wechselte abrupt wieder das Thema. »Sie könnten ein bißchen was einsparen, wenn Sie zu mir ins Haus ziehen würden. Sarah hat immer gesagt, Ihre Bücher seien nicht so erfolgreich, wie sie es verdienten.«

»Oh, der Schatten des Erfolgs hat sie inzwischen eingeholt.« Ich dachte an Waterburys Artikel. Ich sagte: »Es kommt der Moment, in dem die bekannten Kritiker ihre Feder eintauchen, um Sie zu loben – sogar noch ehe das nächste Buch geschrieben wurde. Es ist alles eine Frage der Zeit.« Ich redete, weil ich mich noch nicht entschieden hatte.

Henry sagte: »Es steht doch nichts zwischen uns, Bendrix, kein Groll, oder? Ich habe mich in Ihrem Club nur wegen dieses Mannes so über Sie geärgert. Aber was zählt das jetzt noch?«

»Ich hatte unrecht. Er war nur irgendein närrischer, schwülstig daherredender Rationalist, für den sie sich wegen seiner Theorien interessierte. Vergessen Sie's, Henry.«

»Sie war gut, Bendrix. Die Leute reden, aber sie war gut. Es war nicht ihre Schuld, daß ich sie – nun ja – nicht richtig lieben konnte. Sie wissen, ich bin schrecklich vernünftig, vorsichtig. Ich bin nicht aus dem Holz, aus dem man Liebhaber schnitzt. Sie wollte jemanden wie Sie.«

»Sie hat mich verlassen. Ist weitergezogen, Henry.«

»Wissen Sie, ich habe einmal eines Ihrer Bücher gelesen – Sarah hat mich dazu überredet. Sie haben ein Haus geschildert, nachdem dort eine Frau gestorben war.«

»Der ehrgeizige Gastgeber.«

»Ja, genau das war's. Damals schien es mir ganz in Ordnung. Ich habe es sehr plausibel gefunden, aber Sie hatten unrecht, haben es falsch gesehen, Bendrix. Sie haben geschildert, wie schrecklich leer der Ehemann das Haus fand; daß er durch die Räume lief, Stühle rückte, einen Eindruck von Bewegung erwecken wollte, als sei außer ihm noch jemand da. Manchmal schenkte er sich sogar seine Drinks in zwei Gläser ein.«

»Ich hab's vergessen. Es klingt ein bißchen literarisch.«

»Sie haben das falsch gesehen, Bendrix. Das Schlimme ist – das Haus kommt mir nicht leer vor. Sehen Sie, wenn ich früher manchmal nach Hause kam, war sie nicht da, war irgendwo – vielleicht bei Ihnen. Ich rief und bekam keine Antwort. Da war das Haus leer. Fast erwartete ich, daß die Möbel nicht mehr da waren. Sie wissen, ich habe sie auf meine Weise geliebt, Bendrix. Wenn sie in diesen letzten Monaten nicht da war, wenn ich nach Hause kam, befürchtete ich immer, daß irgendwo ein Brief für mich lag. ›Lieber Henry…‹ Sie kennen solche Briefe, wie man sie in Romanen schreibt?«

»Ja.«

»Doch jetzt scheint das Haus nie so leer zu sein. Ich weiß nicht, wie ich es ausdrücken soll. Weil sie für immer fort ist, ist sie nie fort. Denn sehen Sie, sie ist nie woanders. Sie luncht nicht mit irgend jemandem, sie ist nicht mit Ihnen im Kino. Sie kann nirgendwo sein – nur zu Hause.«

»Aber wo ist ihr Zuhause?« fragte ich.

»Oh, Sie müssen mir verzeihen, Bendrix. Ich bin nervös und müde – ich schlafe schlecht. Sie wissen, wenn man nicht *mit* ihr sprechen kann, ist es das Zweitbeste, *über* sie zu sprechen, und dafür habe ich nur Sie.«

»Sie hatte viele Freunde. Sir William Mallock, Dunstan …«

»Mit denen kann ich nicht über sie reden. Genausowenig wie mit diesem Mann, mit Parkis.«

»Parkis!« rief ich. Hatte er sich für immer und ewig in unserem Leben eingenistet?

»Er hat mir erzählt, er sei bei einer unserer Cocktailpartys gewesen. Was für merkwürdige Typen Sarah aufgelesen hat. Er hat gesagt, er kennt auch Sie.«

»Was, in aller Welt, wollte er von Ihnen?«

»Er sagte, sie sei zu seinem kleinen Jungen sehr lieb gewesen – Gott weiß, wann. Der Junge ist krank. Ich hatte das Gefühl, daß er ein Andenken an sie wollte. Ich habe ihm ein oder zwei ihrer alten Kinderbücher gegeben. Es waren eine ganze Menge in ihrem Zimmer, alle mit Bleistift vollgekritzelt. Es war eine gute Möglichkeit, sie loszuwerden. Man kann sie nicht gut ins Antiquariat zu Foyle's geben, oder? Es ist nicht schade drum.«

»Nein. Das war der Mann, den ich beauftragt hatte, sie zu beobachten, aus der Detektiv-Agentur Savage.«

»Guter Gott, wenn ich das gewußt hätte ... Aber er schien sie wirklich gern gehabt zu haben.«

»Parkis ist sehr menschlich«, sagte er. »Leicht gerührt.« Ich schaute mich in meinem Zimmer um – da wo Henry herkam, würde von Sarah nicht mehr vorhanden sein als hier; weniger vielleicht, denn dort würde sie verblassen.

»Ich komme zu Ihnen, Henry, aber Sie müssen mich Miete zahlen lassen.«

»Ich bin so froh, Bendrix. Doch, das Haus ist noch nicht bezahlt, Sie können einen Teil der Raten übernehmen.«

»Drei Monate Kündigungsfrist, um mir eine neue Bleibe zu suchen, wenn Sie wieder heiraten.«

Er nahm mich ganz ernst. »Das wird nie der Fall sein. Ich bin kein Mensch zum Heiraten. Ich habe Sarah großes Unrecht angetan, als ich sie heiratete. Das weiß ich jetzt.«

6

Also zog ich auf die Nordseite des Gemeindeangers. Ich verschwendete eine Wochenmiete, weil Henry wollte, daß ich sofort kam, und ich bezahlte fünf Pfund für einen Umzugswagen, der meine Bücher und Kleider hinüberbrachte. Ich bekam das Gästezimmer, Henry richtete mir eine Rumpelkammer als Arbeitszimmer ein, und im oberen Stockwerk gab es ein Bad. Er selbst war in sein Ankleidezimmer gezogen, und ihr gemeinsames Zimmer mit dem kalten Doppelbett stand Gästen zur Verfügung, die nie kamen. Nach ein paar Tagen begann ich zu sehen, was Henry meinte, wenn er sagte, das Haus sei nie leer. Ich arbeitete im British Museum, bis es schloß, dann ging ich zurück und wartete auf Henry; nach dem Essen tranken wir gewöhnlich etwas in den *Pontefract Arms*. Als Henry einmal für ein paar Tage zu einer Konferenz nach Bournemouth gefahren war, gabelte ich ein Mädchen auf und nahm es mit. Es war sinnlos. Ich wußte sofort, daß ich impotent war, und um ihre Gefühle zu schonen, erzählte ich ihr, ich hätte einer Frau, die ich liebte, versprochen, es nie mit einer anderen zu tun. Sie war sehr lieb und verständnisvoll. Prostituierte haben großen Respekt vor Gefühlen. Diesmal hatte ich nicht an Rache gedacht, und ich empfand nur Trauer, weil ich etwas für immer aufgeben mußte, das ich so genossen hatte. Hinterher träumte ich von Sarah, und wir waren wieder ein Liebespaar und waren in meinem alten Zimmer auf der Südseite, aber wieder geschah nichts, nur machte mich die Tatsache diesmal nicht traurig. Wir waren glücklich und ohne Reue.

Ein paar Tage später öffnete ich einen Schrank in meinem Schlafzimmer und entdeckte einen Stapel alter Kinderbücher. Das mußte der Schrank sein, den Henry für Parkis' Jungen geplündert hatte. Es gab da mehrere Märchenbücher von Andrew Lang in ihren bunten Umschlägen, viele von Beatrix Potter, *The Children of the New Forest, The Golliwog at the North Pole* und auch ein oder zwei ältere Bücher – Captain Scotts *Last Expedition* und die Gedichte von Thomas Hood, eine in Leder gebundene Ausgabe; darauf ein Schildchen, auf dem stand, mit diesem Buch sei Sarah Bertram für hervorragende Leistungen in Algebra belohnt worden. Algebra! Wie man sich doch verändert.

An diesem Abend konnte ich nicht arbeiten. Ich lag mit den Büchern auf dem Boden und versuchte, den leeren Stellen in Sarahs Leben wenigstens ein bißchen nachzuspüren und mehr von ihr zu begreifen. Es gibt Zeiten, in denen ein Gelieber sich danach sehnt, auch Vater und Bruder zu sein; er ist eifersüchtig auf die Jahre, die er nicht miterlebt hat. *The Golliwog at the North Pole* war vermutlich das allererste von Sarahs Büchern, denn es war völlig mit bunten Kreiden vollgekritzelt, hin und her und auf und ab, ohne jeden Sinn. In eines der Bücher von Beatrix Potter hatte sie mit Großbuchstaben ihren Namen geschrieben; ein Buchstabe war verkehrt herum, so daß »SAЯAH« dastand. In *The Children of the New Forest* hieß es in sehr sauberer und ordentlicher Schrift: »Sarah Bertram ihr Buch. Wer es sich ausleihen will, muß um Erlaubnis bitten. Un wenn er's stiehlt, wird ihm die Hand abgeschnitten.« Es waren die Merkmale eines jeden Kindes, das jemals gelebt hat; Spuren so anonym wie die Fußspuren von Vögeln, die man im Winter sieht. Als ich das Buch zuklappte, wurden sie sofort von der Vergänglichkeit der Zeit zugedeckt.

Ich bezweifelte, daß sie die Gedichte von Hood je gelesen hatte; die Seiten waren so makellos sauber wie damals, als ihr das Buch von der Schulleiterin oder dem Ehrengast der Schule überreicht worden war. Als ich es eben in den Schrank zurückstellen wollte, rutschte ein bedrucktes Blatt Papier heraus und fiel zu Boden – vermutlich das Programm dieser Preisverleihung. In einer Schrift, die ich erkennen konnte (doch sogar unsere Handschrift beginnt jung und nimmt später die müden Arabesken der Zeit an), stand da ein Satz: »Was für ein totaler Quatsch.« Ich stellte mir vor, wie Sarah ihn niederschrieb und ihrer Nachbarin zeigte, während die Schulleiterin, von den Eltern respektvoll beklatscht, ihren Platz wieder einnahm. Ich weiß nicht, warum mir, als ich diesen Satz des Schulmädchens mit all seiner Ungeduld, seiner Verständnislosigkeit und seiner Selbstsicherheit las, eine andere Zeile einfiel, die sie geschrieben hatte: »Ich bin eine Heuchlerin und eine Betrügerin.« Hier, unter meiner Hand, das war Unschuld. Es schien mir jammerschade, daß sie noch zwanzig Jahre gelebt und nur das über sich selbst gedacht – gefühlt hatte. Eine Heuchlerin und eine Betrügerin. Hatte ich das in einem Augenblick gesagt, in dem ich wütend auf sie war? Wenn ich sie kritisierte, vergaß sie das nie; nur ein Lob glitt von ihr ab wie Schnee.

Ich drehte das Blatt um und las das Programm vom 23. Juli 1926: die *Wassermusik* von Händel, gespielt von Miss Duncan, R.C.M.; eine Rezitation von *Ich wanderte einsam wie eine Wolke* von Beatrice Collins; *Tudor Ayres*, gesungen vom Schulchor; Chopin, *Walzer in A*, Violine Mary Pippitt. Der lange Sommernachmittag von vor zwanzig Jahren streckte seine Schatten nach mir aus, und ich haßte das Leben, das uns so zum Schlechteren verändert. Ich dachte: In diesem Sommer habe ich meinen ersten Roman begonnen; wieviel Aufregung, Ehrgeiz, Hoffnung waren in mir gewesen, als ich mich an die Arbeit setzte. Damals war ich nicht verbittert, ich war glücklich. Ich legte das Blatt in das nie gelesene Buch und schob es ganz weit nach hinten in den Schrank unter *The Golliwog* und die Bücher von Beatrix Potter. Wir waren beide glücklich, und uns trennten nur zehn Jahre und ein paar Grafschaften, die sich einander später angenähert hatten, mit keinem anderen erkennbaren Ziel als dem, uns beiden so viel Schmerz zu bereiten. Ich griff nach Scotts *Last Expedition*.

Das war früher eines meiner Lieblingsbücher gewesen. Er schien jetzt merkwürdig weit zurückzuliegen, dieser Heroismus im Kampf mit einem einzigen Feind – dem ewigen Eis, ein Selbstopfer, bei dem es nur um den eigenen Tod ging. Zwei Kriege standen zwischen uns und ihnen. Ich betrachtete die Photographien: die Bärte und die Schutzbrillen, die kleinen Grabhügel aus Schnee, den Union Jack, die Ponys mit den langen Mähnen wie altmodische Frisuren zwischen den streifigen Felsen. Sogar die Tode waren »historisch«, und »historisch« war auch das Schulmädchen, das die Seiten mit Strichen und Ausrufezeichen markiert und an den Rand von Scotts letztem Brief nach Hause fein säuberlich notiert hatte: »Und was kommt als nächstes? Ist es Gott? Robert Browning?« Sogar damals, dachte ich, hat sie an Ihn gedacht. Er war so geheim wie ein Liebhaber, nutzte eine flüchtige Stimmung für sich aus wie ein Held, der uns mit seinen Unwahrscheinlichkeiten und Legenden verführt. Ich legte das letzte Buch zurück und drehte den Schlüssel im Schloß herum.

7

»Wo waren Sie, Henry?« fragte ich. Gewöhnlich war er der erste beim Frühstück, und manchmal hatte er schon das Haus verlassen, wenn ich herunterkam, aber heute morgen war sein Teller noch unberührt, und ich hörte leise die Haustür gehen, bevor er erschien.

»Oh, nur ein Stückchen die Straße entlang«, antwortete er vage.

»Die ganze Nacht unterwegs gewesen?«

»Nein. Natürlich nicht.« Um sich von diesem Verdacht reinzuwaschen, sagte er die Wahrheit. »Pater Crompton hat heute für Sarah eine Messe gelesen.«

»Er tut es noch immer?«

»Einmal im Monat. Ich dachte, es sei nur höflich, vorbeizuschauen.«

»Er hat vermutlich gar nicht gewußt, daß Sie dort waren.«

»Ich habe hinterher mit ihm gesprochen und mich bedankt. Und ich habe ihn zum Abendessen eingeladen.«

»Dann gehe ich aus.«

»Ich wünschte, Sie würden es nicht tun, Bendrix. Schließlich war er auf seine Art ein Freund von Sarah.«

»Sie werden doch nicht etwa auch gläubig, Henry, oder?«

»Natürlich nicht. Aber sie haben das gleiche Recht zu ihrer Überzeugung wie ich zu der meinen.«

Also kam er zum Abendessen. Häßlich, hager, linkisch, mit seiner Torquemada-Nase – der Mann, der Sarah von mir ferngehalten hatte. Er hatte den absurden Schwur unterstützt, der schon nach einer Woche hätte vergessen sein sollen. Es war seine Kirche gewesen, die sie im Regen aufgesucht hatte, um Zuflucht zu finden, und in der sie sich statt dessen »den Tod geholt« hatte. Es fiel mir schwer, ihm die gebotene Höflichkeit entgegenzubringen, und Henry mußte die ganze Last des Abendessens allein tragen. Pater Crompton war es nicht gewohnt, auswärts zu essen. Man hatte den Eindruck, es sei für ihn eine Pflicht, auf die er sich nur mit Mühe konzentrieren konnte. Seine Fähigkeit, sich zu unterhalten, war begrenzt, und seine Antworten fielen wie gefällte Bäume quer über die Straße.

»In dieser Gegend haben Sie wohl eine Menge armer Leute in Ihrer Gemeinde«, sagte Henry, schon ziemlich müde, beim Käse. Er hatte so vieles versucht – den Einfluß von Büchern, das Kino, eine Frankreichreise, die Möglichkeit eines dritten Krieges.

»Das ist kein Problem«, antwortete Pater Crompton.

Henry strengte sich an. »Unmoral?« fragte er mit dem leicht unaufrichtigen Unterton, den wir bei einem solchen Wort nicht vermeiden können.

»Sie ist nie ein Problem«, sagte Pater Crompton.

»Ich dachte vielleicht – der Gemeindeanger – man sieht am Abend ...«

»So geht es auf jedem freien Platz zu. Und jetzt haben wir ohnehin Winter.« Damit war dieses Thema beendet.

»Noch ein bißchen Käse, Pater?«

»Nein, danke.«

»Ich nehme an, in einem Bezirk wie diesem ist es ziemlich schwierig, Geld aufzutreiben – für wohltätige Zwecke, meine ich?«

»Die Leute geben, was sie können.«

»Einen Schluck Brandy zum Kaffee?«

»Nein, danke.«

»Sie haben nichts dagegen, wenn wir ...«

»Natürlich nicht. Ich kann dann nur nicht schlafen, das ist alles, und ich muß um sechs Uhr aufstehen.«

»Warum denn?«

»Brevier. Man gewöhnt sich daran.«

»Seit ich ein Junge war, habe ich leider nie viel beten können«, sagte Henry. »Ich habe höchstens um gute Noten gebetet.«

»Und? Haben Sie sie bekommen?«

»Mittelmäßige. Ich fürchte nur, solche Gebete zählen nicht viel, nicht wahr, Pater?«

»Jede Art von Gebet ist besser als keins. Auf jeden Fall erkennt man damit die Allmacht Gottes an, und das ist eine Form der Lobpreisung, vermute ich.« So viel auf einmal hatte er seit Beginn des Abendessens nicht gesprochen.

»Ich hätte gedacht, es sei so etwas wie auf Holz klopfen oder auf dem Gehsteig nicht auf die Striche treten«, sagte ich. »In dem Alter jedenfalls.«

»Nun ja«, sagte er, »ich habe nichts gegen ein bißchen Aberglauben. Die Menschen ahnen dann wenigstens, daß die Welt nicht alles ist.« Er sah mich über seine lange Nase hinweg böse an. »Es könnte der Anfang der Weisheit sein.«

»Ihre Kirche frönt dem Aberglauben im großen Stil – der heilige Januarius, blutende Statuen, Marienerscheinungen – solche Dinge eben.«

»Wir versuchen zu unterscheiden. Und ist es nicht vernünftiger zu glauben, *einfach alles* könne geschehen, als ...«

Es klingelte. Henry sagte: »Ich habe dem Mädchen gesagt, es könne zu Bett gehen. Entschuldigen Sie mich bitte, Pater?«

»Ich gehe«, sagte ich, froh dieser bedrückenden Gegenwart zu entrinnen. Er hatte die Antworten zu flink bereit – der Laie durfte nie hoffen, ihn zu überlisten, er glich einem Zauberer, der durch seine raffinierten Tricks allen überlegen ist. Ich öffnete die Haustür und sah vor mir eine untersetzte Frau in Schwarz, die ein Paket in der Hand hielt. Im ersten Moment dachte ich, es sei unsere Putzfrau, bis sie sagte: »Sind Sie Mr. Bendrix, Sir?«

»Ja.«

»Ich soll Ihnen das hier geben.« Sie schob mir das Paket so rasch in die Hand, als enthalte es etwas, das im nächsten Moment explodieren konnte.

»Von wem ist es?«

»Mr. Parkis, Sir.« Ich drehte es verblüfft um. Mir kam sogar der Gedanke, daß er vielleicht irgendeinen Beweis verlegt hatte, den er mir jetzt zu spät zukommen ließ. Ich wollte Mr. Parkis vergessen.

»Würden Sie den Empfang bestätigen, Sir? Ich sollte das Paket nur Ihnen aushändigen.«

»Ich habe keinen Stift, auch kein Papier – und wirklich keine Zeit.«

»Sie wissen doch, wie genau Mr. Parkis mit seinen Akten ist, Sir. Ich habe einen Bleistift in der Handtasche.«

Ich schrieb die Bestätigung auf die Rückseite eines gebrauchten Briefumschlags. Sie verstaute ihn sorgfältig und huschte dann zur Gartentür, als könne sie gar nicht schnell genug so weit wie möglich von mir fortkommen. Ich stand in der Halle und wog das Ding in der Hand.

Henry rief aus dem Speisezimmer: »Was gibt es, Bendrix?«

»Ein Paket von Parkis«, sagte ich. Der Satz klang wie ein Zungenbrecher.

»Ich nehme an, er schickt das Buch zurück.«

»Um diese Zeit? Und es ist an mich adressiert.«

»Nun, was ist es denn?« Ich wollte das Paket nicht aufmachen; bemühten wir beide uns nicht schmerzlich zu vergessen? Ich hatte das Gefühl, ich sei für meinen Besuch in Mr. Savages Agentur genug gestraft. Ich hörte Pater Crompton sagen: »Ich sollte jetzt aufbrechen, Mr. Miles.«

»Es ist noch früh.«

Ich dachte: Wenn ich nicht wieder hineingehe, muß ich Henrys Höflichkeitsfloskel nicht wiederholen, vielleicht geht er dann früher. Ich machte das Paket auf.

Henry hatte recht gehabt. Es war eines der Märchenbücher von Andrew Lang. Zwischen den Seiten steckte ein zusammengefaltetes Blatt Papier; ein Brief von Parkis.

Lieber Mr. Bendrix, las ich, und da ich dachte, es sei ein kurzer Dank, überflog ich gleich die letzten Zeilen. *Daher möchte ich unter den gegebenen Umständen das Buch lieber nicht im Haus haben und hoffe, Sie können Mr. Miles erklären, daß es keine Undankbarkeit ist von Ihrem ergebenen Alfred Parkis.*

Ich setzte mich. Dann hörte ich Henry sagen: »Denken Sie nicht, ich sei engstirnig, Pater ...« und begann den Brief von Anfang an zu lesen:

Lieber Mr. Bendrix, ich schreibe an Sie und nicht an Mr. Miles, da ich mir dank unserer engen, wenn auch traurigen Verbindung Ihres Mitgefühls sicher bin und Sie als Autor ein Mann mit Phantasie und an merkwürdige Ereignisse gewöhnt sind. Sie wissen, mein Junge hat in letzter Zeit an furchtbaren Magenschmerzen gelitten, und da sie nicht von Eiscreme kommen konnten, habe ich eine Blinddarmentzündung befürchtet. Der Doktor wollte operieren, es könnte nichts schaden, aber ich habe große Angst vor dem Messer, da seine Mutter wegen einer Nachlässigkeit unter diesem geblieben ist, davon bin ich überzeugt, und was sollte ich tun, wenn ich meinen Jungen auf die gleiche Art verlor? Ich wäre ganz allein. Verzeihen Sie mir die vielen Details, Mr. Bendrix, aber in meinem Beruf haben wir Übung darin, Ordnung zu halten und die wichtigsten Dinge zuerst zu erklären, damit der Richter sich nicht beschweren kann, daß man ihm die Fakten nicht richtig vorgetragen hat. Also habe ich am Montag zum Doktor gesagt, warten wir, bis wir ganz sicher sind. Nur denke ich manchmal, die Kälte war daran schuld und daß er draußen gestanden und Mr. Miles' Haus beobachtet hat, und Sie werden mir verzeihen, wenn ich Ihnen sage, die Lady war sehr gütig, und hätte in Ruhe gelassen werden sollen. Man kann in meinem Job nicht wählerisch sein, aber seit jenem ersten Tag in der Maiden Lane habe ich mir gewünscht, es wäre eine andere Lady, die ich beobachten sollte. Mein Junge hat sich jedenfalls schrecklich aufgeregt, als er hörte, daß die arme Lady gestorben ist. Sie hat nur einmal mit ihm gesprochen, doch irgendwie scheint er es sich, wie ich glaube, in den Kopf gesetzt zu haben, daß seine Mutter so war wie sie, nur war sie's natürlich nicht, aber auf ihre Art auch eine gute, treue Frau, die ich jeden Tag meines Lebens vermisse. Nun, als seine Temperatur auf 40 Grad stieg, was sehr hoch ist für einen Jungen wie ihn, begann er mit Mrs. Miles zu sprechen, wie er es auf der Straße getan hatte, aber er sagte ihr, daß er sie beobachtete, was er natürlich nie tun würde, denn auch in seinem Alter hat er schon eine Berufsehre. Dann fing er an zu weinen, weil sie wegging, und dann schlief er ein. Aber als er aufwachte, war seine Temperatur noch immer 39,7, und er fragte mich nach dem Geschenk, das sie ihm im Traum versprochen hatte. Deshalb habe ich Mr. Miles belästigt und ihn belogen, wofür ich mich jetzt schäme, weil ich keinen beruflichen Grund hatte, nur meinen armen Jungen.

Als ich zurückkam und ihm das Buch gab, wurde er ruhiger. Aber ich machte mir Sorgen, weil der Doktor sagte, er könne das Risiko nicht mehr auf sich nehmen, und der Junge müsse am Mittwoch ins Krankenhaus. Er hätte ihn noch am selben Abend hingeschickt, aber es war kein Bett frei. Sie sehen also, daß ich wegen meiner armen Frau und meinem armen Jungen nicht schlafen konnte, und weil ich Angst vor dem Messer hatte. Es macht mir nichts aus, Ihnen zu gestehen, Mr. Bendrix, daß ich mit aller Kraft gebetet habe. Ich habe zu Gott gebetet und dann zu meiner Frau, daß sie tun soll, was sie kann, denn wenn überhaupt jemand im Himmel ist, dann ist sie es jetzt, und ich habe Mrs. Miles gebeten, falls sie auch dort ist, zu tun, was sie kann. Nun, wenn ein erwachsener Mann so etwas tun kann, Mr. Bendrix, können Sie sich vorstellen, daß mein armer Junge sich alles mögliche eingebildet hat. Als ich heute morgen aufwachte, war seine Temperatur auf neununddreißig gesunken, und er hatte keine Schmerzen mehr, und als der Doktor kam, war sein Bauch auch nicht mehr druckempfindlich, also hat er gesagt, wir können noch ein bißchen warten, und es ist ihm den ganzen Tag gutgegangen. Nur hat er dem Doktor erzählt, daß Mrs. Miles es war, die zu ihm gekommen ist und ihm die Schmerzen genommen hat. Ihn auf der rechten Seite und seinen Bauch berührt hat – verzeihen Sie bitte diese taktlose Bemerkung –, und sie hätte ihm etwas in das Buch geschrieben. Aber der Doktor sagt, er muß sehr ruhig gehalten werden, und das Buch regt ihn auf, deshalb möchte ich es unter den gegebenen Umständen lieber nicht im Haus haben …

Als ich den Brief umdrehte, stand da noch ein Postskriptum: *Es wurde etwas in das Buch geschrieben, aber man sieht sofort, daß das viele Jahre her sein muß, als Mrs. Miles noch ein kleines Mädchen war, nur kann ich das meinem armen Jungen nicht erklären, weil ich Angst habe, daß dann die Schmerzen wiederkommen. Mit vorzüglicher Hochachtung A. P.* Ich blätterte zum Vorsatzblatt zurück und fand dort das gleiche Gekritzel mit Tintenstift wie in den anderen Büchern, in die das Kind Sarah Bertram seine Sprüche geschrieben hatte.

Als ich krank war, schenkte meine Mutter mir das Buch von Lang.
Wenn's ein Gesunder stiehlt, dann hau ich ihn krank.
Liegst du aber krank im Bett,
dann leih ich's dir, ich bin so nett.

Ich nahm das Buch ins Speisezimmer mit. »Was ist es?« fragte Henry.

»Das Buch«, sagte ich. »Haben Sie gelesen, was Sarah hineingeschrieben hatte, bevor Sie es Parkins gegeben haben?«

»Nein. Warum?«

»Ein Zufall, das ist alles. Doch wie es scheint, braucht man, um abergläubisch zu sein, gar nicht von Pater Crompton ermuntert zu werden.« Ich gab Henry den Brief. Er las ihn und reichte ihn Pater Crompton.

»Es gefällt mir nicht«, sagte Henry. »Sarah ist tot, und ich finde es schrecklich, wenn man Gerüchte über sie in die Welt setzt ...«

»Ich verstehe, was Sie meinen. Mir geht es genauso.«

»Hier wird doch nichts Schlimmes über sie gesagt«, meldete sich Pater Crompton zu Wort. Er legte den Brief auf den Tisch. »Ich muß jetzt gehen.« Aber er machte keine Anstalten, sondern betrachtete den Brief. Er fragte: »Und was hat sie hineingeschrieben?«

Ich schob das Buch zu ihm hin. »Oh, das hat sie vor vielen Jahren getan. Sie hat ähnliches in viele Bücher geschrieben, wie Kinder es eben tun.«

»Die Zeit ist etwas Sonderbares«, sagte Pater Crompton.

»Natürlich versteht der Junge nicht, daß es vor so langer Zeit geschrieben wurde. Er glaubt, der Spruch sei auf ihn gemünzt.«

»Der heilige Augustinus hat gefragt, wo die Zeit herkomme. Er sagte, sie komme aus der Zukunft, die es noch nicht gebe, in die Gegenwart, die keine Dauer habe, und gehe zurück in die Vergangenheit, die es nicht mehr gibt. Ich weiß nicht, ob wir die Zeit besser verstehen können als ein Kind.«

»Ich wollte nicht ...«

»Je nun«, sagte er und stand auf, »Sie dürfen sich das nicht zu Herzen nehmen, Mr. Miles. Es beweist nur, was für eine gute Frau Ihre Frau war.«

»Das ist keine Hilfe für mich, nicht wahr? Sie ist Teil der Vergangenheit, die es nicht mehr gibt.«

»Der Mann, der diesen Brief geschrieben hat, ist sehr vernünftig. Es schadet niemandem, wenn man zu den Toten betet und nicht nur für sie.« Er sagte noch einmal: »Sie war eine gute Frau.«

Ganz plötzlich verlor ich die Geduld. Ich glaube, ich ärgerte mich hauptsächlich über seine Selbstgefälligkeit, das Gefühl, daß nichts Geistiges ihn je beunruhigen könne, die arrogante Überzeugung, daß er jemanden gut kannte, dem er nur kurz und flüchtig begegnet war – jemanden, den wir jahrelang gekannt hatten. Ich sagte: »Sie war alles andere als das.«

»Bendrix!« sagte Henry scharf.

»Sie konnte jedem Mann Scheuklappen anlegen«, sagte ich, »sogar einem Priester. Sie hat Sie nur zum Narren gehalten, Pater, Sie genauso hintergangen wie ihren Mann und mich. Sie war eine meisterhafte Lügnerin.«

»Sie hat nie behauptet, etwas zu sein, was sie nicht war.«

»Ich war nicht ihr einziger Liebhaber ...«

»Hören Sie auf«, sagte Henry. »Sie haben kein Recht ...«

»Lassen Sie ihn«, sagte Pater Crompton. »Lassen Sie den armen Menschen wüten.«

»Verschonen Sie mich mit Ihrem professionellen Mitleid, Pater. Heben Sie es sich für Ihre Beichtkinder auf.«

»Sie können mir nicht vorschreiben, wenn ich bemitleiden darf, Mr. Bendrix.«

»Jeder Mann konnte sie haben.« Ich wünschte mir verzweifelt zu glauben, was ich da sagte, denn dann brauchte ich nichts mehr zu vermissen oder zu bedauern. Ich wäre nicht länger an das gefesselt, was oder wo immer sie war. Ich wäre frei.

»Und Sie können mich nicht über Reue und Buße belehren, Mr. Bendrix. Ich sitze seit fünfundzwanzig Jahren im Beichtstuhl. Es gibt nichts, was wir tun können, das nicht einige der Heiligen schon vor uns getan haben.«

»Ich habe nichts zu bereuen, außer daß ich gescheitert bin. Gehen Sie zu Ihren Leuten zurück, Pater, zurück in ihren verdammten kleinen Kasten und zu Ihren Rosenkränzen.«

»Dort finden Sie mich jederzeit, wenn Sie mich brauchen.«

»Ich – Sie brauchen, Pater? Pater, ich will ja nicht grob werden, aber ich bin keine Sarah. Keine Sarah.«

Henry sagte verlegen: »Es tut mir leid, Pater.«

»Das ist nicht nötig. Ich weiß, wann ein Mann Schmerzen leidet.«

Immer wieder prallte ich von seinem dicken Fell aus Selbstzufriedenheit ab, drang einfach nicht zu ihm durch. Ich schob meinen Stuhl zurück und sagte: »Sie irren, Pater. Das ist nichts so Subtiles wie Schmerz. Ich leide nicht, ich hasse. Ich hasse Sarah, weil sie ein kleines Flittchen war, ich hasse Henry, weil sie zu ihm hielt, und ich hasse Sie und Ihren imaginären Gott, weil er sie uns allen weggenommen hat.«

»Sie sind ein guter Hasser«, sagte Pater Crompton.

Ich hatte Tränen in den Augen, weil ich so machtlos war, keinen von ihnen verletzen konnte. »Zum Teufel mit euch allen«, sagte ich.

Ich knallte die Tür hinter mir zu und schloß sie miteinander ein. Soll er doch seine frommen Weisheiten über Henry ausgießen, dachte ich. Ich bin allein. Ich will allein sein. Wenn ich dich nicht haben kann, will ich immer allein sein. Oh, ich bin fähig zu glauben wie der Nächstbeste. Ich brauchte nur lange genug mein geistiges Auge zu schließen und könnte glauben, daß du nachts zu Parkis' Jungen gekommen bist und ihm durch deine Berührung die Schmerzen genommen hast. Deine Berührung bringt Frieden. Vergangenen Monat im Krematorium habe ich dich gebeten, dieses Mädchen vor mir zu retten, und du hast deine Mutter geschickt – das würden sie vielleicht sagen. Aber wenn ich anfinge, das zu glauben, dann müßte ich an deinen Gott glauben. Ich müßte deinen Gott lieben. Lieber würde ich die Männer lieben, mit denen du geschlafen hast.

Ich muß vernünftig sein, sagte ich mir, als ich die Treppe hinaufstieg. Sarah ist schon so lange tot. Man liebt Tote nicht mit dieser Intensität, nur die Lebenden, und sie lebt nicht mehr, kann nicht mehr leben. Ich darf nicht so tun, als lebte sie noch. Ich legte mich auf mein Bett und versuchte vernünftig zu sein. Wenn ich sie so sehr hasse, wie ich es manchmal tue, wie kann ich sie dann lieben? Kann jemand wirklich hassen und lieben zugleich. Oder hasse ich in Wahrheit nur mich selbst? Ich hasse die Bücher, die ich schreibe, hasse ihre triviale, bedeutungslose Routine, ich hasse diesen Handwerkerverstand, der so danach giert, gedruckt zu werden, daß ich eine Frau verführt habe, die ich nicht liebte, um von ihr die Informationen zu bekommen, die sie mir geben konnte; ich hasse diesen Körper, der so leidenschaftlich genossen hat, aber nicht fähig war, auszudrücken, was das Herz empfand, und ich hasse meinen mißtrauischen Geist, der Parkis den Auftrag gab, zu beobachten, Klingelknöpfe einzustäuben, Papierkörbe zu durchsuchen und deine Geheimnisse zu stehlen.

Aus der Schublade neben meinem Bett holte ich ihr Tagebuch und schlug es willkürlich auf; unter einem Datum vom letzten Januar las ich: »O Gott, wenn ich Dich wirklich hassen könnte, was würde das bedeuten?« Und ich dachte, Sarah hassen heißt nur, Sarah lieben, und mich selbst hassen heißt nur, mich selbst lieben. Ich bin es nicht wert, gehaßt zu werden – Maurice Bendrix, Autor von *Der ehrgeizige Gastgeber, Das gekrönte Bildnis, Das Grab im Hafen*, Bendrix, der Schreiberling. Nichts – nicht einmal Sarah – ist es wert, von uns gehaßt zu werden, wenn es Dich gibt. Nur Du selbst. Und, dachte ich, manchmal habe ich Maurice gehaßt, aber hätte ich ihn gehaßt, wenn ich ihn nicht auch geliebt hätte? O Gott, wenn ich Dich nur wirklich hassen könnte ...

Ich erinnerte mich daran, wie Sarah zu einem Gott gebetet hatte, an den sie nicht glaubte. Ich sagte: Einmal hast du uns beide geopfert, um mich wieder zum Leben zu erwecken, aber was für ein Leben ist das, ohne dich? Es ist ja gut und schön für dich, Gott zu lieben. Du bist tot. Du hast ihn. Aber mich macht das Leben krank, ich bin zur Gesundheit verdammt. Wenn ich beginne, Gott zu lieben, kann ich nicht einfach sterben. Ich muß etwas dafür tun. Ich mußte dich mit meinen Händen berühren, ich mußte dich mit meiner Zunge schmecken; man kann nicht lieben und nichts tun. Es hat keinen Sinn, wenn du mir sagst, ich solle mich nicht sorgen, wie du's einmal im Traum getan hast. Wenn ich je so liebte, wäre es das Ende von allem. Als ich dich liebte, hatte ich keinen Appetit nach Nahrung, ich fühlte keine Lust nach anderen Frauen, aber Ihn zu lieben würde keine Freude an irgend etwas bringen, da Er nicht hier ist. Ich würde sogar meine Arbeit verlieren, würde aufhören, Bendrix zu sein. Sarah, ich habe Angst.

In dieser Nacht wurde ich um zwei Uhr morgens hellwach. Ich ging in die Speisekammer hinunter und holte mir ein paar Biskuits und ein Glas Wasser. Es tat mir leid, daß ich vor Henry so über Sarah gesprochen hatte. Der Priester hatte gesagt, es gebe nichts, was wir tun könnten, das nicht irgendein Heiliger schon vor uns getan hätte. Das mochte auf Mord und Notzucht zutreffen, die spektakulären Sünden, aber konnte ein Heiliger je neidisch und gemein gewesen sein? Mein Haß war so kleinlich wie meine Liebe. Leise öffnete ich Henrys Tür und sah ihn an. Er war bei Licht eingeschlafen und schirmte die Augen mit einem Arm ab. Da man die Augen nicht sah, wirkte der ganze Körper irgendwie anonym. Er war nur ein Mann – einer von uns. Er war wie der erste feindliche Soldat, dem ein Mann auf dem Schlachtfeld begegnet, tot und unkenntlich, kein Weißer und kein Roter, einfach ein menschliches Wesen wie er selbst. Ich legte ihm zwei Biskuits ans Bett, für den Fall, daß er aufwachte, und knipste das Licht aus.

8

Ich kam mit meinem Buch nicht voran (was für eine Zeitverschwendung schien das Schreiben doch, aber wie sonst sollte man seine Zeit verbringen?) und machte einen Spaziergang über den Gemeindeanger, um den Rednern zuzuhören. Einer von ihnen hatte mich schon vor dem Krieg amüsiert, und ich freute mich, daß er wieder da war. Er hatte keine Botschaft zu verkünden wie die politischen und die religiösen Redner. Er war ein ehemaliger Schauspieler und erzählte nur Geschichten oder trug Bruchstücke aus Gedichten vor. Er forderte sein Publikum heraus, ihn zu prüfen und sich ein Gedicht zu wünschen; irgendeins. »The Ancient Mariner!« rief einer, und sofort gab er uns mit großer Begeisterung einen Vierzeiler zum besten. Ein Witzbold sagte: »Das Dreißig-Sekunden-Sonett von Shakespeare«, und er zitierte sofort vier Zeilen. Als der Witzbold protestierte, sagte er: »Sie haben die falsche Ausgabe.« Ich sah mich unter den anderen Zuhörern um und entdeckte Smythe. Vielleicht hatte er mich zuerst gesehen, denn er wandte mir die makellose Seite seines Gesichts zu, die Seite, die Sarah nicht geküßt hatte, doch wenn er mich bemerkt hatte, wich er meinen Augen aus.

Warum wollte ich immer mit jemandem sprechen, der Sarah gekannt hatte? Ich drängelte mich zu ihm durch und sagte: »Hallo, Smythe.« Er preßte ein Taschentuch auf die schlimme Wange und drehte sich zu mir um. »Oh, Sie sind es, Mr. Bendrix«, sagte er.

»Ich habe Sie seit der Beerdigung nicht mehr gesehen.«

»Ich war verreist.«

»Reden Sie noch immer hier?«

»Nein.« Er zögerte und fügte dann unwillig hinzu: »Ich habe es aufgegeben, in der Öffentlichkeit zu sprechen.«

»Aber zu Hause geben Sie noch Unterricht?« neckte ich ihn.

»Nein, auch das habe ich aufgegeben.«

»Sie haben doch nicht etwa Ihre Ansichten geändert, hoffe ich?«

Er sagte düster: »Ich weiß nicht mehr, was ich glauben soll.«

»Nichts. Gewiß war das der Punkt.«

»Genau.« Er begann sich unauffällig von der Menge abzusetzen, und ich sah mich auf einmal an seiner schlimmen Seite. Es reizte mich, ihn noch ein bißchen mehr zu necken und konnte nicht widerstehen. »Haben Sie Zahnschmerzen?« fragte ich.

»Nein. Warum?«

»Es hat so ausgesehen. Mit diesem Taschentuch.«

Er antwortete nicht, nahm aber das Taschentuch herunter. Da war keine Entstellung mehr, die er verstecken mußte. Seine Haut war frisch und jung, abgesehen von einem ganz unbedeutenden Fleck.

Er sagte: »Ich bin es allmählich leid, es erklären zu müssen, wenn ich Bekannte treffe.«

»Sie haben eine Heilmethode gefunden?«

»Ich habe Ihnen doch gesagt, ich war verreist.«

»In einer Klinik?«

»Ja.«

»Haben Sie sich operieren lassen?«

»Nun, eigentlich nicht.« Mißmutig fügte er hinzu: »Es wurde mit äußeren Anwendungen gemacht.«

»Mit Gesundbeten.«

»Ich glaube nicht an Gebete. Und ich würde nie zu einem Quacksalber gehen.«

»Was war es? Nesselsucht?«

Er sagte vage, um das Thema abzuschließen: »Moderne Methoden. Elektrizität.«

Ich ging wieder nach Hause und versuchte mich auf mein Buch zu konzentrieren. Wenn ich zu schreiben beginne, stelle ich immer wieder fest, daß es eine Figur gibt, die sich eigensinnig weigert, lebendig zu werden. Psychologisch stimmt alles mit ihr, aber sie rührt sich nicht, sie muß herumgestoßen werden, ich muß Worte für sie erfinden, das ganze technische Können, das ich mit den Jahren erworben habe, muß ich einsetzen, damit sie meinen Lesern lebendig erscheint. Manchmal überkommt mich bittere Befriedigung, wenn ein Kritiker sie als die am besten entwickelte Figur meiner Geschichte lobt: War sie auch nicht entwickelt worden, so doch mühsam durch die Handlung gezerrt. Sie liegt mir so schwer auf der Seele wie ein schlecht verdautes Essen im Magen, betrügt mich in jeder Szene, in der sie vorkommt, um die Schaffensfreude. Sie tut nie etwas Unerwartetes, überrascht mich nie, übernimmt nie die Führung. Jede andere Figur hilft, sie behindert nur.

Und dennoch kommt man nicht ohne sie aus. Ich kann mir vorstellen, daß ein Gott genauso für einige von uns empfindet. Die Heiligen, ist zu vermuten, erschaffen sich in gewisser Weise selbst. Sie werden lebendig. Sie sind zu einer überraschenden Handlung oder zu einem überraschenden Wort fähig. Sie stehen außerhalb der Fabel, tun, was sie wollen. Aber wir müssen herumgestoßen werden. Wir haben den Eigensinn der Nichtvorhandenen. Wir sind ausweglos an die Fabel gebunden, und müde lenkt Gott uns hierhin und dorthin, nach seinem Willen, Figuren ohne Poesie, ohne freien Willen, deren einzige Bedeutung darin besteht, daß wir irgendwo und irgendwann helfen, die Szene auszuschmücken, in der eine lebendige Figur umhergeht und spricht, vielleicht den Heiligen die Möglichkeit gibt, nach *ihrem* freien Willen zu handeln.

Ich war froh, als ich die Haustür zufallen und Henrys

Schritte in der Halle hörte. Für mich ein Vorwand zu unterbrechen. Diese Figur würde jetzt bis morgen früh träge und unbeweglich bleiben. Endlich war es Zeit für das *Pontefract Arms*. Ich wartete darauf, daß er nach mir rief (innerhalb eines Monats schon hatte sich unser Leben so eingespielt wie das zweier Junggesellen, die schon seit Jahren unter einem Dach lebten), aber er rief nicht, und ich hörte, daß er in sein Arbeitszimmer ging. Nach einer Weile folgte ich ihm; mir fehlte mein Drink.

Ich wurde an das erstemal erinnert, als ich mit ihm hierhergekommen war. Sorgenvoll und niedergeschlagen saß er neben dem grünen Diskuswerfer, doch als ich ihn jetzt beobachtete, empfand ich weder Neid noch Schadenfreude.

»Einen Drink, Henry?«

»Ja, ja, natürlich. Ich wollte mir nur andere Schuhe anziehen.« Er hatte Stadtschuhe und Landschuhe, und der Gemeindeanger war in seinen Augen Land. Er bückte sich über die Schnürsenkel. Einer war verknotet, und er bekam den Knoten nicht auf – er kam mit seinen Figuren nie gut zurecht. Auf einmal hatte er die Fummelei satt und streifte sich den Schuh mit einigen Verrenkungen vom Fuß. Ich hob ihn auf und entwirrte den Knoten für ihn.

»Danke, Bendrix.« Vielleicht gab sogar ein so kleines Zeichen der Kameradschaft ihm Selbstvertrauen. »Heute ist im Büro etwas sehr Unangenehmes passiert«, sagte er.

»Erzählen Sie.«

»Mrs. Bertram hat mich aufgesucht. Ich denke, Sie kennen Mrs. Bertram.«

»O ja, ich habe sie vor kurzem getroffen.« Eine seltsame Wendung – vor kurzem, als sei es nicht an einem ganz bestimmten Tag gewesen, an einem Tag, der ganz anders war als alle anderen.

»Wir haben uns nie gut vertragen.«

»Das hat sie mir erzählt.«

»Sarah hat das immer sehr geschickt gehandhabt. Sie hat sie mir ferngehalten.«

»Ist sie gekommen, um sich Geld zu leihen?«

»Ja. Sie wollte zehn Pfund – ihre übliche Geschichte, für einen Tag in der Stadt zum Einkaufen, Geld ausgegangen, die Banken geschlossen ... Bendrix, ich bin kein geiziger Mensch, aber die Art, wie sie das anstellt, macht mich zornig. Sie hat zweitausend Pfund im Jahr, das ist fast soviel, wie ich verdiene.«

»Haben Sie ihr das Geld gegeben?«

»O ja. Man gibt es ihr immer, aber das Schlimme war, ich konnte nicht widerstehen und habe ihr eine Predigt gehalten. Sie wurde wütend. Ich habe ihr gesagt, wie oft sie das schon gemacht und wie oft sie mir das Geld zurückgegeben hat. Das nachzurechnen war nicht schwierig – nur das erstemal. Sie holte ihr Scheckbuch heraus und sagte, sie wolle mir sofort einen Scheck auf die ganze Summe ausstellen. Sie war so wütend, daß ich überzeugt bin, es war ihr ernst damit. Sie hatte wirklich vergessen, daß sie ihren letzten Scheck aufgebraucht hatte. Sie hatte mich demütigen wollen und sich damit nur selbst gedemütigt, die arme Frau. Das machte alles natürlich noch schlimmer.«

»Was hat sie gemacht?«

»Sie hat mir vorgeworfen, ich hätte Sarah keine richtige Beerdigung gegönnt, und sie hat mir eine merkwürdige Geschichte erzählt ...«

»Ich weiß, die hat sie mir auch erzählt, nachdem sie zwei Port intus hatte.«

»Glauben Sie, daß sie lügt?«

»Nein.«

»Es ist ein ungewöhnliches Zusammentreffen, nicht wahr? Mit zwei Jahren getauft, hat sie begonnen zu etwas zurückzukehren, an das sie sich nicht einmal erinnern konnte ... Das ist wie eine Infektion.«

»Es ist, was Sie sagen, ein seltsames Zusammentreffen.« Schon einmal hatte ich Henry die nötige Kraft eingeflößt; ich würde es nicht zulassen, daß er jetzt nachgab. »Ich habe merkwürdigere Zusammentreffen erlebt«, fuhr ich fort. »Im vergangenen Jahr, Henry. Zehntausend mögliche Nummern und Gott weiß, wie viele Kombinationen, und trotzdem habe ich immer wieder zwei Wagen mit den gleichen Zahlen Seite an Seite in einem Verkehrsstau stehen sehen.«

»Ich nehme an, so etwas gibt es.«

»Ich verliere nie meinen Glauben an den Zufall, Henry.«

Oben klingelte schwach das Telefon. Wir hatten es bis jetzt nicht gehört, weil der Schalter im Arbeitszimmer abgestellt war.

»Du meine Güte, du meine Güte«, sagte Henry, »ich wäre nicht überrascht, wenn es wieder diese Frau wäre.«

»Lassen wir sie klingeln«, sagte ich, und während ich sprach, hörte das Klingeln auf.

»Ich bin wirklich nicht geizig«, sagte Henry. »Ich glaube nicht, daß sie sich in zehn Jahren im ganzen mehr als hundert Pfund ausgeliehen hat.«

»Gehen wir etwas trinken.«

»Natürlich. Oh, ich habe noch keine Schuhe an.« Er bückte sich, und ich sah, daß er am Scheitel eine kahle Stelle hatte; es war, als wäre ihm der Kummer durch die Kopfhaut gewachsen und hätte die Haare hinweggerafft. Ich war eines seiner Kümmernisse gewesen. »Ich weiß nicht, was ich ohne Sie tun würde, Bendrix.« Ich klopfte ihm ein paar Schuppen von der Schulter. »Nun ja, Henry ...« Und wieder begann das Telefon zu klingeln.

»Lassen Sie's«, sagte ich.

»Ich melde mich lieber. Man weiß nie ...« Er stand mit offenen Schnürsenkeln auf und ging zum Schreibtisch. »Hallo«, sagte er, »Miles am Apparat.« Er reicht mir den Hörer und sagte erleichtert: »Für Sie.«

»Ja«, sagte ich. »Bendrix hier.«

»Mr. Bendrix«, sagte eine Männerstimme, »ich hatte das Gefühl, Sie anrufen zu müssen. Ich habe Ihnen heute nachmittag nicht die Wahrheit gesagt.«

»Wer spricht dort?«

»Smythe«, sagte die Stimme.

»Ich verstehe nicht.«

»Ich habe Ihnen erzählt, ich sei in einem Krankenhaus gewesen. Aber das stimmt nicht.«

»Also wirklich – das ist mir doch völlig egal.«

Seine Stimme griff durch die Leitung nach mir. »Das ist es nicht. Sie hören mir nicht richtig zu. Niemand hat mein Gesicht behandelt. Das Mal ist plötzlich verschwunden. Über Nacht.«

»Wie? Mir ist noch immer nicht ...«

Er sagte mit furchtbarer Verschwörerstimme: »Sie und ich, wir wissen, wie. Darum kommen wir nicht herum. Es war nicht richtig von mir, es zu verheimlichen. Es war ein ...« Aber ich legte auf, bevor er dieses törichte Zeitungswort aussprechen konnte, das die Alternative von »Zufall« war. Ich erinnerte mich an seine geballte rechte Hand, ich erinnerte mich an meinen Zorn darüber, daß man die Toten so zerlegen, verteilen konnte wie ihre Kleider. Ich dachte: Er ist so stolz, daß er immer eine Art Offenbarung haben muß. In einer oder zwei Wochen wird er auf dem Gemeindeanger darüber predigen und sein geheiltes Gesicht zur Schau stellen. Es wird in der Presse stehen: »Rationalistischer Prediger durch Wunderheilung bekehrt.« Ich versuchte meinen ganzen Glauben an den Zufall heraufzubeschwören, doch alles, woran ich denken konnte, und das mit Neid, denn ich hatte keine Reliquie, war die entstellte Wange, die nachts auf ihrem Haar lag.

»Wer war das?« fragte Henry. Ich zögerte einen Moment, ob ich es ihm sagen sollte, doch dann dachte ich: Nein. Ich traue ihm nicht. Er und Pater Crompton werden sich zusammentun.

»Smythe«, sagte ich.

»Smythe?«

»Der Kerl, den Sarah immer besucht hat.«

»Was wollte er?«

»Mir sagen, daß sein Gesicht geheilt wurde. Das ist alles. Ich hatte ihn gebeten, mir den Namen des Spezialisten zu nennen. Ich habe einen Freund ...«

»Elektrische Behandlung?«

»Ich bin nicht sicher. Ich habe irgendwo gelesen, daß die Ursache des Nesselausschlags eigentlich im Bereich der Hysterie zu suchen ist. Eine Mischung von Psychiatrie und Radium.« Das klang plausibel. Vielleicht war es ja auch die Wahrheit. Ein anderer Zufall, zwei Autos mit dem gleichen Kennzeichen, und ich dachte müde: Wie viele Zufälle wird es noch geben. Ihre Mutter bei der Beerdigung, der Traum eines Kindes. Soll das Tag um Tag so weitergehen? Ich kam mir vor wie ein Schwimmer, der seine Kraft überschätzt hatte und wußte, daß die Strömung stärker war als er, doch wenn ich ertrank, würde ich Henry bis zum letzten Augenblick über Wasser halten. War es denn nicht Freundespflicht? Denn wenn diese Sache nicht widerlegt wurde, wenn sie in die Presse kam, konnte niemand sagen, wo alles enden würde. Ich erinnerte mich an die Rosen von Manchester – dieser Schwindel war so lange nicht als das erkannt worden, was er war. Die Menschen sind heutzutage so hysterisch. Es konnte Reliquienjäger, Gebete, Prozessionen geben. Henry war kein Unbekannter; der Skandal wäre enorm. Und all die

Journalisten, die Fragen nach ihrem gemeinsamen Leben stellen, die merkwürdige Geschichte von der Taufe in der Nähe von Deauville ausgraben würden. Die Vulgarität der frommen Presse. Ich konnte mir die Schlagzeilen vorstellen, und die Schlagzeilen würden noch mehr »Wunder« ausbrüten. All das mußten wir im Keim ersticken.

Mir fiel das Tagebuch ein, das oben in meiner Schublade lag, und ich dachte: Auch das muß weg, denn sie könnten es auf ihre Weise interpretieren. Es war, als müßten wir, um sie für uns zu retten, nach und nach alles vernichten, was noch von ihr übrig war. Sogar ihre Kinderbücher waren zur Gefahr geworden. Es gab Photographien – die eine, die Henry aufgenommen hatte: die Presse durfte sie nie in die Finger kriegen. Konnte man Maud trauen? Wir beide hatten versucht uns gemeinsam ein provisorisches Haus zu bauen, und sogar das wurde zerstört.

»Was ist mit unserem Drink?« sagte Henry.

»Ich brauche noch eine Minute.«

Ich ging in mein Zimmer hinauf und nahm das Tagebuch aus der Schublade. Ich riß den Einband ab. Er widersetzte sich: der Leinenrücken faserte; es war, als risse man einem Vogel die Glieder aus, und da lag das Tagebuch auf dem Bett, ein Häufchen Papier, ohne Flügel und verwundet. Die letzte Seite lag mit dem Text nach oben da, und ich las: »Du hast mich gelehrt zu verschwenden, so daß wir eines Tages nichts mehr hätten als diese Liebe zu Dir. Du bist zu gut zu mir. Wenn ich Dich um Leiden bitte, schenkst Du mir Frieden. Gib ihn auch ihm. Gib ihm meinen Frieden – er braucht ihn mehr.«

Ich dachte: Hier hast du versagt, Sarah. Zumindest eines deiner Gebete wurde nicht erhört. Ich habe keinen Frieden, und ich habe keine Liebe, außer der Liebe zu dir, zu dir. Ich sagte zu ihr: Ich bin ein Mann des Hasses. Aber ich empfand keinen großen Haß; ich hatte andere Menschen hysterisch genannt, fand jetzt jedoch meine eigenen Worte übertrieben. Ich spürte ihre Unaufrichtigkeit. Was ich fühlte, war weniger Haß als Angst. Denn wenn es diesen Gott gibt, dachte ich, und selbst wenn du – mit deinen Lüsten und Ehebrüchen und den zaghaften Lügen, die dir so geläufig waren – dich so verändern kannst, könnten wir alle Heilige sein, wenn wir sprängen, wie du gesprungen bist, die Augen schlössen und ein letztesmal sprängen. Wenn *du* eine Heilige bist, ist es nicht schwierig, ein Heiliger zu werden. Es ist etwas, das Er von uns allen verlangen kann: Spring. Aber ich werde nicht springen. Ich setzte mich auf das Bett und sagte zu Gott: Du hast sie genommen, aber mich hast Du noch nicht. Ich weiß, Du bist hinterlistig. Du bist es, der uns auf einen Berg führt und uns die ganze Welt darbietet. Du bist ein Teufel, Gott, willst uns zum Springen verleiten. Aber ich will Deinen Frieden nicht, und ich will auch nicht Deine Liebe. Ich wollte etwas sehr Einfaches und sehr Leichtes: Ich wollte Sarah ein Leben lang, und Du hast sie mir genommen. Mit Deinen großen Intrigen zerstörst Du unser Glück, wie ein Bauer bei der Ernte ein Mäusenest zerstört. Ich hasse Dich, Gott, ich hasse Dich, wie wenn es Dich gäbe.

Ich betrachtete das Häufchen Papier. Es war unpersönlicher als ein Büschel Haare. Haar kann man mit den Lippen und den Fingern berühren, und ich hatte Geist und Seele satt bis in den Tod. Ich hatte für ihren Körper gelebt, und ich wollte ihren Körper. Doch das Tagebuch war alles, was ich hatte, also schloß ich es wieder ein, denn wäre es nicht ein noch größerer Sieg für Ihn gewesen, wenn ich es vernichtet hätte und ganz ohne sie zurückgeblieben wäre? Ich sagte zu Sarah: Nun gut, du sollst *deinen* Willen haben. Ich glaube, daß du lebst und daß es Ihn gibt, aber es wird nicht nur deiner Gebete bedürfen, diesen Haß gegen Ihn in Liebe zu verwandeln. Er hat mich beraubt, und wie der König, über den du schriebst, raube ich Ihm, was Er von mir will. In meinem Gehirn ist Haß, nicht in meinem Magen oder in meiner Haut. Ich kann nicht entfernt werden wie ein Ausschlag oder ein Schmerz. Habe ich dich nicht auch so gehaßt, wie ich dich liebe? Und hasse ich mich nicht selbst?

Ich rief zu Henry hinunter: »Ich bin soweit«, und Seite an Seite gingen wir über den Gemeindeanger zum *Pontefract Arms*; die Laternen brannten nicht, und Liebespaare trafen sich, wo die Straßen sich kreuzten, und auf der anderen Seite der Rasenfläche war das Haus mit den zerstörten Stufen, wo Er mir dieses hoffnungslos verkrüppelte Leben zurückgab.

»Auf unsere Abendspaziergänge freue ich mich«, sagte Henry.«

»Ja.«

Ich dachte: Morgen früh rufe ich einen Doktor an und frage ihn, ob man von einem Glauben geheilt werden kann. Und dann dachte ich, lieber nicht; solange man es nicht weiß, kann man sich unzählige Heilungen vorstellen ... Ich legte Henry die Hand auf den Arm und ließ sie dort; ich mußte jetzt für uns beide stark sein, und er war noch nicht ernstlich besorgt.

»Sie sind das einzige, worauf ich mich freue«, sagte er.

Ich schrieb zu Anfang, dies sei ein Bericht über den Haß, und als ich da neben Henry zu unserem abendlichen Glas Bier unterwegs war, fand ich das einzige Gebet, das zu dieser winterlichen Stimmung zu passen schien: O Gott, Du hast genug getan, Du hast mir genug genommen, ich bin zu müde und zu alt, um lieben zu lernen, laß mich für immer und ewig in Ruhe.

DAS ENDE EINER AFFÄRE

Der Soundtrack zum Film

Die Filmmusik zur ergreifenden Liebesgeschichte mit Ralph Fiennes und Julianne Moore stammt von Michael Nyman, dem wohl markantesten und eigenwilligsten Filmmusik-Komponisten unserer Zeit. Michael Nyman, bekannt geworden durch die bizarren Minimal-Klänge zu den Film-Kunstwerken Peter Greenaways, schuf mit "Das Piano" einen der weltweit meistgekauften Soundtracks, der 1993 für den Golden Globe der Kategorie "Beste Filmmusik" nominiert wurde.

SK 51354

Auch die Musik zu "Das Ende einer Affäre" mit seinen warmen Streicherklängen wurde für den Golden Globe 2000 nominiert. Wie alle Soundtracks von Michael Nyman, so ist auch "Das Ende einer Affäre" als eigenständige, absolute Musik zu begreifen. Seit jeher sind bei Nyman die Grenzen zwischen den Genres fließend, seine Fans finden sich gleichermaßen vor den Kinoleinwänden wie vor Hifi-Anlagen.

SOUNDTRACK NOMINIERT FÜR DEN GOLDEN GLOBE 2000

JETZT IM HANDEL ERHÄLTLICH

SONY CLASSICAL

www.sonyclassical.de

Graham Greene im dtv

»Bei Graham Greene ist Schuld die menschliche Unzulänglichkeit vor dem Schicksal, und Sühne ist nicht die absolute Verdammnis.«
Eberhard Thieme

Ein Mann mit vielen Namen
Roman
dtv 11429

Orient-Expreß
Roman
dtv 11530

Ein Sohn Englands
Roman
dtv 11576

Zwiespalt der Seele
Roman
dtv 11595

Das Schlachtfeld des Lebens
Roman
dtv 11629

Das Attentat
Roman · dtv 11717

Die Kraft und die Herrlichkeit
Roman · dtv 11760

Der dritte Mann
Roman
dtv 11894

Das Herz aller Dinge
Roman
dtv 11917

Jagd im Nebel
Roman
dtv 11977

Unser Mann in Havanna
Roman
dtv 12034

Der stille Amerikaner
Roman
dtv 12063

Der Mann, der den Eiffelturm stahl und andere Erzählungen
dtv 12129

Der Honorarkonsul
Roman
dtv 12187

Die Stunde der Komödianten
Roman
dtv 12199

Doris Lessing im dtv

»Nicht außergewöhnliche Charaktere rufen die enorme Wirkung ihrer Bücher hervor, sondern Menschen in vielfältiger Gebrochenheit.«
Siegfried Lenz

Martha Quest
Roman · dtv 12242
Die Geschichte der Martha Quest, die vor dem engen Leben auf einer Farm in Südrhodesien in die Stadt flieht.

Eine richtige Ehe
Roman
dtv 10612

Sturmzeichen
Roman
dtv 10784
Martha Quest als Mitglied einer kommunistischen Gruppe gegen Ende des Zweiten Weltkriegs.

Landumschlossen
Roman
dtv 10876
Martha sucht in einer Welt, in der es keine Normen mehr gibt, für sich und die Gesellschaft Lösungen.

Die viertorige Stadt
Roman · dtv 11075
Martha Quest geht nach London.

Vergnügen
Erzählungen · dtv 10327

Wie ich endlich mein Herz verlor
Erzählungen · dtv 10504

Zwischen Männern
Erzählungen · dtv 10649

Nebenerträge eines ehrbaren Berufes
Erzählungen
dtv 10796

Die Höhe bekommt uns nicht
Erzählungen
dtv 11031

Auf der Suche
Eine Dokumentation
dtv 11582
»Was ist eigentlich England?«
Mit dieser Frage und einem kleinen Kind im Gepäck kommt Doris Lessing 1949 nach London. Sie hat zwar kein Geld, dafür aber die feste Absicht, Schriftstellerin zu werden...

Penelope Lively im dtv

»Penelope Lively ist Expertin darin, Dinge von zeitloser Gültigkeit in Worte zu fassen.«
New York Times Book Review

Moon Tiger
Roman · dtv 12380
Das Leben der Claudia Hampton wird bestimmt von der Rivalität mit ihrem Bruder, von der eigenartigen Beziehung zum Vater ihrer Tochter und jenem tragischen Zwischenfall in der Wüste, der schon mehr als vierzig Jahre zurückliegt...

Kleopatras Schwester
Roman · dtv 11918
Eine Gruppe von Reisenden gerät in die Gewalt eines größenwahnsinnigen Machthabers. Dabei entwickelt sich eine ganz besondere Liebesgeschichte...

London im Kopf
dtv 11981
Der Architekt Matthew Halland, Vater einer Tochter, geschieden, arbeitet an einem ehrgeizigen Bauprojekt in den Londoner Docklands. Während der Komplex aus Glas und Stahl in die Höhe wächst, wird die Vergangenheit der Stadt für ihn lebendig.

Ein Schritt vom Wege
Roman · dtv 12156
Annes Leben verläuft in ruhigen, geordneten Bahnen. Als ihr Vater langsam sein Gedächtnis verliert und sie seine Papiere ordnet, erfährt sie Dinge über sein Leben, die sie tief erschüttern. Dann lernt sie einen Mann kennen, dem sie sich ganz nah fühlt...

Der wilde Garten
Roman · dtv 12336
Die Geschwister Helen und Edward leben in einem großen Haus mit wildem Garten. Nach dem Tod ihrer Mutter gerät das Leben der Geschwister – beide unverheiratet und Anfang Fünfzig – plötzlich in Bewegung.

Hinter dem Weizenfeld
Roman · dtv 12515
Ein Roman von Müttern und Töchtern, Untreue und Eifersucht, Selbstbetrug und Solidarität.

Bryan Forbes im dtv

»Ob dramatischer Thriller oder sehr englische Unterhaltung der Spitzenklasse – Bryan Forbes beobachtet genau; er schreibt einfühlsam, witzig, ein wenig melancholisch und klug: einfach unwiderstehlich!«
Modesta Höflinger-Wolf

Der Code
Roman · dtv 20022

Als Martin seinen alten Freund Henry auf dem Flughafen von Venedig sieht, trifft es ihn wie ein Schlag, denn Henry ist seit etwa einem Jahr tot. Noch bevor Martin ihn ansprechen kann, ist der andere auch schon wieder verschwunden. Seine Suche führt Martin auf die Spur eines dunklen Geheimnisses. Wer war der Jugendfreund wirklich? Und was wurde aus Sophie, der Frau, die beide Männer einmal geliebt haben? Was weiß sie? – »Beste Thriller-Unterhaltung.« (Brigitte)

Das gefönte Kaninchen, Tannengrün und der Tag danach
Roman · dtv 20213

Weihnachten steht vor der Tür. Die Chivers rüsten sich für das Fest der Feste, für den Ansturm von ihren Kindern, Verwandten und Freunden. Der Baum ist prächtig geschmückt, auch wenn der Engel an der Spitze leichte Ermüdungserscheinungen zeigt. Kate und Tony Chivers haben sich fest vorgenommen, nett zu sein und keine boshaften Bemerkungen zu machen. Aber wie es meist mit guten Vorsätzen geschieht – sie lassen sich nicht ganz einhalten. Ein stolpernder Großvater, ein flatterhafter Sohn, die Probleme von Tochter Jenny, die geistige Wiedergeburt von Onkel Roger und nicht zuletzt das gefönte Kaninchen sorgen für einige Aufregung vor, während und nach dem Fest. – »Eine herrliche Mischung aus Sarkasmus, Sentimentalität und Galgenhumor.« (Der Spiegel)

T. C. Boyle im dtv

»Aus dem Leben gegriffen und trotzdem unglaublich.«
Barbara Sichtermann

World's End
Roman · dtv 11666
Ein fulminanter Generationenroman um Walter Van Brunt, seine Freunde und seine holländischen Vorfahren, die sich im 17. Jahrhundert im Tal des Hudson niederließen.

Greasy Lake und andere Geschichten
dtv 11771
Von bösen Buben und politisch nicht einwandfreien Liebesaffären, von Walen und Leihmüttern...

Grün ist die Hoffnung
Roman · dtv 11826
Drei schräge Typen wollen in den Bergen nördlich von San Francisco Marihuana anbauen, um endlich ans große Geld zu kommen.

Wenn der Fluß voll Whisky wär
Erzählungen
dtv 11903
Vom Kochen und von Alarmanlagen, von Fliegenmenschen, mörderischen Adoptivkindern, dem Teufel und der heiligen Jungfrau.

Willkommen in Wellville
Roman · dtv 11998
1907, Battle Creek, Michigan. Im Sanatorium des Dr. Kellogg läßt sich die Oberschicht der USA mit vegetarischer Kost von ihren Zipperlein heilen. Unter ihnen Will Lightbody. Sein Trost: die liebevolle Schwester Irene. Doch Sex hält Dr. Kellogg für die schlimmste Geißel der Menschheit... Eine Komödie des Herzens und anderer Organe.

Der Samurai von Savannah
Roman · dtv 12009
Ein japanischer Matrose springt vor der Küste Georgias von Bord seines Frachters. Er ahnt nicht, was ihm in Amerika blüht...

Tod durch Ertrinken
Erzählungen
dtv 12329
Wilde, absurde Geschichten mit schwarzem Humor.

América
Roman · dtv 12519

Henning Mankell im dtv

»Mankell gehört ohne Zweifel auch international zur Elite der Krimiautoren.«
Svenska Dagbladet

»Man denkt an Georges Simenons Maigret, an Ruth Rendells Inspektor Wexford, an Sjöwall/Wahlöös Martin Beck.«
John Leonard

Die weiße Löwin
Thriller · dtv 20150

Kommissar Wallander steht vor dem kompliziertesten Fall seiner Karriere. Alles beginnt mit dem spurlosen Verschwinden einer schwedischen Immobilienmaklerin – doch schon bald weisen immer mehr Details in Richtung eines teuflischen Komplotts von internationalen Dimensionen. Als es Wallander schließlich gelingt, die Details zu einem Bild zusammenzuführen, weiß er, daß es nicht mehr nur um das Wohl einzelner geht, sondern das Schicksal von Hunderttausenden auf dem Spiel steht…

Mörder ohne Gesicht
Thriller · dtv 20232

Die letzten Worte der sterbenden Frau waren »Ausländer, Ausländer!« – Kommissar Wallander weiß, daß diese Information unter gar keinen Umständen an die Presse gelangen darf. Denn das Klima im Lande hat sich gewandelt, und die Möglichkeit, daß Ausländer an der Tat beteiligt waren, reicht möglicherweise aus, um eine Welle ausländerfeindlicher Gewalt auszulösen. Doch plötzlich führen die Ermittlungen in eine ganz andere Richtung: der Ermordete hat offenbar ein Doppelleben geführt… ›Mörder ohne Gesicht‹ wurde 1992 als bester Thriller Skandinaviens ausgezeichnet.

dtv